U0007760

漫時光

# 小豆蔻

下卷

不止是顆菜 著

高寶書版集團

# 第十一章　回京

在桐港逗留了三日，兩人終於返程，明檀始終記著來時自個兒說過的話，便是撐不住，也沒叫苦半聲。

其實吃睡之事，忍一忍挨一挨也就過去了，少吃少睡，至多有些饑餓疲累，明檀最受不了的，還是三日未沐浴。

第三日，她不敢近江緒的身，生怕夫君聞到什麼不該聞的味道，從此再也不記得從前渾身香香精緻無比的小仙女了。

江緒不懂她在矯情什麼，離開桐港時與他同乘一騎，忽然說不想坐在前面。

他問了半晌，她才不情不願小聲說了句：「我三日沒有沐浴了，也不知道身上是不是有味道。」

「本王也三日未曾沐浴，要臭也是一起臭。」江緒不以為意。

「那怎麼能一樣，你是男人，本就有臭男人一說，可沒有臭女人一說，誰要和你一起臭！」明檀想都沒想便駁。

「……」

僵持半晌，江緒忽道：「上來，帶妳去沐浴。」

「……今夜趕不到鄰鎮吧？」明檀猶疑。

桐港的路這麼爛，沒辦法縱馬飛馳，來時在山腳湊合了一宿，她可是畢生難忘呢。

「趕不到，帶妳去溫泉沐浴。」

江緒行事從來都是謀定而後動，離京之前，南下路線以及將要久停的靈、禹、全三州輿圖，他已經爛熟於心。

離桐港約五十里的須岷山腳，有一處溫泉。

今夜雖趕不到臨近可舒適歇腳的城鎮，但稍晚些，趕至這處溫泉是沒什麼問題的。

兩人一騎緩行，有一搭沒一搭地說著話，在皎月升至中空之時，終於抵達須岷山腳。

許是此處山僻，夜空藍得格外純淨，繁星點點，月華如水，夜色下，一池溫泉上方升起朦朧霧氣，如半遮面的美人，似掩非掩，嫋娜綽約。

明檀看到溫泉，整個人彷彿活過來了。

「溫泉，真的是溫泉！」她下馬，及至近前，語氣變得雀躍輕快，「夫君，我可以現在就下去嗎！」

「隨妳。」

江緒栓好馬，跟著上前。

得了准話，明檀迫不及待地解起衣裳，可剛解下腰間繫帶，她想了想，和江緒商量道：「不如這樣，我先洗，夫君你生個火，我在水裡把衣裳也過一過，夫君幫我烤一下好不好？」

江緒搭在腰間繫帶上的手忽地一停，半晌，他「嗯」了聲，沉默轉身，去撿乾柴。

明檀不管他，很快開心地玩起了水，待江緒在溫泉邊升起了火，她學著府中丫頭浣衣，像模像樣地捏著衣裳在水裡搓了搓。

「好了，夫君，給！」

江緒接過衣裳，坐回火堆邊，耐著性子將她的小衣、中衣、短衫、襦裙一件件掛在臨時支起的樹杈上。

跳動火光映照出他俐落乾淨的輪廓線條，劍眉星目，鼻挺唇薄，半抿的唇莫名將他的神色襯得有些認真。

明檀見他烤個衣裳也烤出了看公文的架勢，有些想笑，又有些想逗逗他。

「夫君！」

江緒側目。

明檀瞧準時機，鞠起一捧水往他身上潑。

可江緒動都沒動，靜靜看著那捧水無情地潑灑在離他還有半丈的地方，他收回目光，嘲弄般淡淡說了聲：「無聊。」

似有冷風穿林而過。

明檀：「……」

江緒恍若無覺，繼續道：「妳在水中，身處低位，又有丈遠距離，想要將水潑到本王身上，無內力加持根本做不到。當然，本王不想讓妳潑，妳有內力加持也是徒勞。」

「我看你才無聊！」明檀小聲嘟囔。

怎麼會有這麼不解風情的男人？想當初梁子宣出口便會誇「檀妹妹乃熠熠明珠，縱輕紗遮面，也不掩光彩」，這個男人就只會「妳不行」、「妳無聊」、「本王最厲害」。

明檀氣呼呼背過身，挪到離岸最遠的角落蹲坐著，暫時不想再看到某位厲害得天上有地下無，本王不死爾等皆婢的戰神殿下。

不過溫泉水解乏，卻不比尋常淨水，水溫持續不下，明檀泡了一小會兒，便覺得熱，有些想要上岸。

這會兒她才想起，自個兒總不能光溜溜上岸，衣裳還在某人手裡呢，可她氣得這麼明顯，現在主動去搭話豈不是很沒有面子？

正當明檀蹲坐在角落，邊調整呼吸邊糾結要不要主動搭話的時候，身後忽有某種危險氣息悄然襲來。

該不會是……水裡有什麼東西吧？

她背脊豎起了汗毛，下意識回身，想要驚叫。

可下一息，她便猝不及防地被人攏入懷中，驚叫堵在唇齒間，變成了悶悶唔聲。

好半晌，江緒才鬆開她，讓她喘氣。

「你怎麼下來了？」明檀喘著驚問。

「反正衣裳還要烤很久。」

「那你也——」

「別動。」他的聲音低沉微啞。

明檀被他攏在懷中，與他肌膚相貼，自是很快就察覺到什麼。

她頭皮一緊，還真的不敢動了。

不知是溫泉水太燙，還是她太緊張，一時間，心跳快了許多，怦怦地，好像要從嗓子眼蹦出來，耳根、臉頰，甚至是脖頸、鎖骨，不由泛起一片粉暈。

天哪，雖然四下無人，可這荒郊野外幕天席地的，她可不想在這地方做些什麼！誰家好姑娘敢在外面做這檔子事！

她極為聽話，嚇得乖乖的，一動也不動。

可明檀還是太過單純，男人存了心想做些什麼，哪是她乖乖不動就能解決的。僵持片刻，江緒略略退開半寸，明檀緩了緩，以為危機暫時解除，鬆了口氣的同時，悄悄挪了挪已經僵麻的小腳。

哪想身後水波忽動，她腦中剛鬆的弦再次繃緊，挪動的腳底僵麻，似是有一萬隻螞蟻在爬，她不由輕嘶了聲，沒蹲穩，往後趔趄，恰好倒在某人懷裡。

「不是說了讓你別動？」

「看來……王妃很想投懷送抱，做些什麼。」

江緒的聲音低低的，寬掌在她細膩肌膚上流連，語氣中滿是「本王就勉為其難成全妳」的雲淡風輕。

不！我沒有我不想別瞎說！

明檀辯駁的話還沒來得及說出口，就被人攬入懷中，封住了唇。

溫泉水波一圈圈蕩開，她以眼神控訴，聲音嗚咽，全都被溫泉上的嫋嫋霧氣遮掩，月色在這片蒸騰的熱氣下變得曖昧朦朧。山林中慣愛夜啼的鳥獸似被羞開，四周只餘粗喘聲和忍得極為辛苦但仍忍不住從齒縫泄出的嬌吟聲。

這下不只是沒面子，連裡子也沒了。

夜深寂靜，風聲倏忽。

水波歸於平靜之時，明檀已累極，這幾日積壓的疲累在今夜一起上湧。

她意識模糊間，只記得某人幫她絞了髮，又幫她穿了衣。衣裳被烘得暖暖的，裡頭的小衣和中衣無需漏在外頭，來時便未特地調換，是她平日慣用的料子，穿在身上舒服極了。

她什麼事都不想做，就連手都不願抬一下，穿好衣裳後，趴在某人胸膛上昏睡過去。

之後兩日上路，明檀不甚自在，羞答答的，總躲閃江緒的眼神。江緒也不知道她在害羞什麼，行房而已，又沒少做，在溫泉與在淨室有何不同？

回程至先前暫停車馬的城鎮，這一路艱辛終於得以舒緩。

有了桐港這遭經歷，坐在馬車上返京，明檀也不覺得疲累了。

其實回程無事在身，本應輕鬆許多，江緒還打算帶她走一截水路，繞富庶之地而行，滿足一下她想要買十輛馬車回京的需求。

可明檀卻忽然懂事起來，一路除了給京中親朋好友準備手信，愣是什麼都沒多買。

江緒一問，她便嚴肅說起大顯的民生百態，這世上還有許許多多如桐港一般貧苦偏僻之地，她如今身為宗室皇親，理應以身作則，厲行節儉。

江緒想說什麼，可她難得有這份心，哪怕是心血來潮，也不應潑冷水，便由著她去了。

明檀一懂事，就懂事到了回京。

盛夏時節南下靈州，如今回京，上京已入深秋，顯江兩岸垂柳蕭瑟，銀杏卻是沿街鋪滿了金燦燦的一片，風一吹，滿城金黃紛落，煞是好看。

江緒因是出門辦差，回京定然是先要去見成康帝的，在岔路口，江緒囑咐人先送王妃回府，單騎隻身入宮。

車馬停在門外，明檀下車。

定北王府。

福叔特特敞了大門，下人們從門口往裡兩列分站，直站進了二門，一眼望不到頭。

「恭迎王妃回府！」見明檀下馬車，眾人齊齊行禮，迎人入內，恭迎請安之聲極為洪亮。

明檀許久沒見這麼大陣仗，有些懷念，又有些受寵若驚。

好在離京數月，她還記得自己是定北王妃，她端出王妃派頭，鎮定地點了點頭，彎起唇角，朝著福叔溫聲道：「我與王爺離京數月，府中有勞福叔操持，辛苦了。」

「不辛苦不辛苦，這都是老奴的本分。」福叔還是一如既往謙虛，笑容也是一如既往恭敬和善。

「外頭如何廣闊，自是不及咱們自家府上舒坦，娘娘在外舟車勞頓數月，定是勞累非常，您快回啟安堂歇著，素心姑娘和綠萼姑娘自打前幾日得了您與王爺快要回京的信兒，可是高興壞了，這幾日忙得腳不沾地呢！」

明檀點頭，由福叔陪著，入了府，往啟安堂走。

別說，福叔對她這王妃也算是盡心盡力萬分看重了，從前江緒出京辦差，去就去了，回就回了，可沒如今這開正門，僕眾列立，一路恭迎至啟安堂的排場。

至啟安堂，院外張燈結綵，啟安堂恭迎的丫頭個個兒換上了鮮亮新裳，不知道的估摸著還以為王府要辦什麼喜事。

院門口擺著火盆。

隔著火盆，素心與綠萼在裡頭一臉喜氣地乖巧福禮道：「恭迎王妃回府，請王妃娘娘高抬貴足，跨火盆，趨吉迎福。」

「……」

行吧，上京好像是有這麼個習俗，遠歸之人要跨跨火盆。

明檀跨了過去。

素心與綠萼忙迎上來，再也忍不住，你一聲我一聲地喊著小姐王妃。

「小姐怎麼瘦成這樣了！」

「這件裙子小姐怎麼還在穿，天哪，上頭刺繡都脫線了！」

「小姐在外頭是不是遭了什麼罪？」

兩人你一言我一語沒個停歇，完全不給她說話的機會直接將她架入了屋子。

連素來穩重的素心亦是緊張地不停打量著她，先前喜意消散，取而代之的是泛紅的眼眶還有哽咽的聲音。

「小姐在外頭定是受苦了，臉都瘦成這樣了，面色如此憔悴！」

綠萼的情緒也被帶了起來，抬頭看著明檀的髮髻：「就是，有奴婢在，小姐何時梳過如此簡陋的髮髻，這根本就不能叫做髮髻。」

「雲姨娘前幾日先回了，竟還說小姐這一路過得不錯，這哪是過得不錯啊，分明就是去遭罪了！我們小姐何時受過這等委屈！」

「早知如此，小姐就不該帶雲姨娘去，雲姨娘只會舞刀弄劍，哪曉得照顧人，若是帶奴婢去，必不會讓小姐吃這等苦遭這等罪的。」

兩人從小便伺候明檀，從沒離過明檀這麼久，看明檀和看眼珠子似的，見她瘦削憔悴不少，自是心疼得不得了。說著說著，兩人圍著明檀竟痛哭起來。

明檀被兩人哭得頭昏眼花，好半晌，她才尋到個空隙無奈喊道：「停停停，不知道的還以為定北王府怎麼給人委屈受了呢，丟不丟人？妳倆是在哭喪麼，我只是出門遠歸，又不是死而復生！」

「呸呸呸！小姐剛回來，怎興得說那個字！小姐快朝著這邊拜一拜，給天爺告個罪。」素心一臉憂心忡忡。

「……」

明檀無法，到底拗不過這兩個丫頭，雙手合十，乖巧地朝著門口拜了拜。

其實明檀也從未離過素心與綠萼這麼長時間，心中亦是甚為想念。

沒一會兒，外頭有人將行李陸續搬進啟安堂。明檀找了找，在一口大檀木箱中，找出兩個雕刻得極為精緻的小盒子。

「行了，別哭了，拿著，給妳們倆帶的禮物。」

兩人面上的淚止了止，對視一眼，不約而同綻出笑容。

綠萼開心道：「奴婢就知道，小姐最疼我們了！」

她打開盒子，看到裡頭編得極為精巧的瓔珞還有簪釵、胭脂，高興得立馬就想給自個兒裝點上，往外頭去招搖炫耀自家王妃到底對她如何看重。

素心也高興，可她穩重些，能把得住，抹乾了淚，又忙道：「這一路舟車勞頓，小姐不如先沐個浴解解乏？奴婢一早便去園子裡採了新鮮花瓣，小廚房裡也備著杏仁酪、嫩筍雞湯，還有水晶包和白粥。因想著一路勞累，處處飲食不盡相同，便只備了這幾樣易克化的，也不傷胃，小姐沐浴完恰好可用，若是想用別的，奴婢再吩咐小廚房替您準備。」

也好，回程一路甚少休歇，今兒又是五更趕著入城，確實有些乏了。

明檀點點頭，素心立馬招呼人進水，綠萼也沒閒著，有條不紊地指揮著小丫頭歸置行李，還不忘給明檀沏茶捏肩。

明檀坐在明間，看著有丫頭去搬方才那口箱子，忽然想起什麼，喊了聲「停」，又親自上前，取出明珩送給她的那盒小玩意兒。

她一打開，綠萼便在身後機靈道：「這是大少爺送給您的吧，大少爺對您可真是沒得說。」

她早聽雲旖說過，此行繞路經停了龐山，再瞧裡頭這些稀奇玩意兒，除了大少爺還能有誰。

明檀彎唇，從裡頭拿出那一小塊烏恒玉摩挲會兒，不知想起什麼，她忽然問：「對了，綠萼，妳記不記得。我前幾年去寒煙寺時，戴的那串禁步？」

「禁步？」綠萼迷茫，「小姐，您的禁步沒有一百也有八十呢。您去寒煙寺那回……好像是踏青節？」她努力回想，「那回踏青節前，奴婢與素心沒照顧好您，讓您受了風寒，正在蘭馨院守著罰，都沒隨您一道去。」

「我知道，但我從寒煙寺回來不是發脾氣了麼，那日穿去的衣裳首飾還有繡鞋都沒要了。」

綠萼終於想起來了：「噢，是有這麼回事兒，您說不要了，那日的衣裳首飾奴婢就照例收進了箱籠，小姐怎麼突然問起這個來了？」

也不怪綠萼一時想不起這事兒，明檀每回在外頭生氣發火，都要遷怒於當日穿的衣裳首飾，請安侯府穿用一兩回便被打入「冷宮」的東西可多了去了。

「那些東西現在在哪？在侯府麼？」

「應是在侯府罷，小姐嫁妝豐厚，咱們來定北王府，除了慣常穿戴的那些，旁的都沒有帶。」

先前回門，夫人還說小姐的院子會一直留在那，方便他們夫婦小住。侯府不缺錢，想來夫人不可能招呼都不打一聲，就隨意去動照水院的東西。

明檀點點頭，打算過幾日回侯府送手信時，回自個兒院子找找。

明檀這邊先行回府安置，江緒那邊卻一直在宮中待到宮門快要下鑰。

原來舒景然先行回程時，在遠離靈州之地遭受宿家遣來的死士伏擊，幸而江緒將大半暗衛派去保護舒景然，還有雲旖這等近身高手相伴，並沒有出什麼大岔子。

後來宿家大約是收到了京中來的警告，不再繼續妄動，因為妄動他們也拿不到想要的東西。

早在拿到證據的第一時間，江緒就明修棧道，暗度陳倉，明面上與宿家拉扯周旋，私下卻已將證據轉移至定北軍，由軍中將領八百里加急送回上京。

他早料到，抽解之稅不是小數目，他還獅子大開口讓人補齊近兩年的稅收及其利息，宿家不可能交易得那麼爽快。

至於他帶著明檀和兩個暗衛就敢直下桐港，在遠靈州之地並未遭受來自宿家的襲擊，是因行經的州府都已安排駐軍，宿家再是勢大，也不會願與軍隊正面為敵。

成康帝與他細談近三個時辰，最後長長舒了口氣，滿意道：「這回幸好是你去了，若只是舒家那小子去，怕是沒這麼順利。對了，王妃如何？皇后昨兒還念叨著，這一路怕是累得緊，過兩日休息好了，定要邀王妃入宮賞方開的綠菊。」

不提明檀入宮，江緒還沒想起。一提這事，江緒輕叩著桌，忽道：「宿家並不知曉周保平還留了本行賄名冊，靈州動不得，行賄行到附近州府的，陛下以為如何？」

成康帝頓了頓，沉吟片刻，摩挲著玉扳指，有些為難道：「照理來說，是該立時辦了，只是淑妃你也知道，潛邸舊人了，伴朕多年，沒有功勞也有苦勞。」

說到這兒，他咳了聲，壓著聲又道：「上月請平安脈，她已懷有龍胎，因未滿三月，還未對外宣布。所以這事兒，朕打算稍緩一緩。」

行賄名冊上頭的人若要辦，第一個該辦的便是淑妃父兄，成康帝子嗣不豐，有所猶豫也是理所當然。

且這事不比先前佳貴人那事，佳貴人鬧的那齣，待平安產子，多半就復位抹平了，江緒、明檀不可能和她多作計較，可淑妃父兄的事辦下來，皇嗣便有了個獲罪的母家，這可是極不光彩的。

江緒顯然也明白這點，沒再多說什麼，只是點了點頭道：「那若無其他事，臣先告退了。」

「不留膳？」

江緒沒再應聲，略略行禮，很快便退出御書房。

御書房外，江緒垂眸，漫不經心地整理著袖口，淡聲吩咐道：「查查淑妃何時有的身孕，再查查證物入宮那日，聖上身邊有無內侍行動異常。」

「是。」

邁下臺階，江緒忽然改了主意：「不必了，去趟坤寧宮，讓皇后查，她會查的。」

內宮之事，還是六宮之主做來最為便宜。

卻說明檀回京的消息傳開，次日拜帖邀帖便如雪片般飛進定北王府，不過下帖之人都懂事得很，知道她方回京，需要歇息，相邀都在數日之後。

明檀撿了幾封要緊的看了，餘下的便是綠萼和素心在一旁念。

綠萼也不知道是不是自個兒耳朵不大好使，出現幻聽，她竟聽到自家小姐無意中嘟囔了句：「這金箔嵌的邀帖未免太過奢靡。」

奢靡？

她驚疑地偷覷了明檀一眼。

一定是她聽錯了，小姐怎會嫌棄邀帖做得奢靡呢，從前靖安侯府辦賞花宴，小姐精心準備的邀帖，一張就得花上二十兩銀子，嵌個金箔算得了什麼！

可午膳過後，錦繡坊本是要來量身裁做秋衣與入冬的薄襖，明檀竟說不必了，今年她不用做秋衣和薄襖。

素心與綠萼有些疑慮。

綠萼以為，這回離京小姐在其他地方已經買了不少秋衣與薄襖，穿不過來也是有的，然隨後幫明檀整理帶回來的那數箱行李，裡頭竟都是給人準備的手信，新衣裳只有一套，還是夏衣！

這委實太詭異了。

更詭異的是，明檀晌午小睡過後，竟吩咐綠萼，將前兩年沒怎麼穿過的秋衣與薄襖尋出來，今年便穿這些了。

「小……小姐，您這是怎麼了？」綠萼忍不住問。

「什麼怎麼了？」明檀理所當然道：「沒有穿過的衣裳不拿出來穿，豈不是糟蹋了？不過不知道這兩年身量是不是變了許多，妳收拾出來，我試試，若是不合身，再找錦繡坊的裁縫過來改改。」

綠萼如遭雷劈！小姐這是怎麼了？口中竟能說出「糟蹋」二字，不合身的衣裳還要再改改，這不可能，這絕對不可能，小姐定是讓人換魂了。

綠萼六神無主地去找素心商量，素心聞言，一時不知從何而駁。早膳午膳吩咐少備，她還沒當回事，只當小姐剛回來，胃口不好，可連衣裳都要穿舊的，這問題可就大了。

小姐的衣裳自然不差，可放了一兩年，衣料都過時了，小姐從不會穿，京中閨秀也不會，穿出去定然是要被人嘲笑的。

素心一會兒沒應聲，綠萼惴惴不安，想到是不是該準備黑狗血之類的驅邪之物了。

素心輕拍了下她的腦袋：「別胡思亂想！小姐許是在拿什麼主意也說不定。」

綠萼本來還想再說些什麼，可轉念一想，覺得素心所言頗有道理，從前小姐在侯爺面前賣慘時總是打扮得素素的，還要備上蒜汁帕子，這回說不準也是要辦什麼事兒。

嗯，這麼一想就對了。

綠萼總算是鬆了口氣。

江緒也沒想到，他這小王妃還能將這一時的心血來潮堅持到回京。

眼見回京幾日，她沒和平日一般衣裳不重樣，倒是穿了好幾件他見過的衣裳，三餐膳食也比平日減了大半，且似乎還有越減越少的架勢。

這日晨間練完劍回啟安堂，只見桌上擺了四個包子，兩碗米漿，江緒默了默，不知該說什麼。

明檀恍若無覺，忙從婢女手中接過帕子，替他擦了擦汗，又拉著他坐下，殷勤道：「昨日早膳剩下不少，阿檀今日便只備了包子和米漿，夫君三個，阿檀一個，阿檀不餓，夫君若是少了，阿檀還可以再給夫君多分半個。」

江緒想要開口，不知想到什麼，最後還是點了點頭。

可他拿起包子咬了一口——竟是素的。

說出來別人可能不信，堂堂大顯定北王，回京數日還沒在早膳時沾過半點葷腥。

「王妃……倒也不必如此節儉。」

明檀不解，張口又要和他念叨沿途見過的民生百態。

江緒想了想，斟酌道：「許多事，非一朝一夕可改，王妃苛求自己，銀子並不會流入百姓手中。且即便是苛求自身，將省下來的銀錢用以施恩行善，也無法從根源上改變貧苦之態。如若讓貧苦之人養成被施恩的習慣，也許並非在幫人，而是在害人。正如妳在桐港時所言，唯讀書明理，或是令其建設一方，或是走出貧苦之地，看到這世間更為廣闊的可能，才是根本解決之法。而讓大顯百姓安居樂業，便是為君者以及整個大顯朝廷，從前在做，如今在做，往後也會繼續做的。」

當然，他還是對明檀有此節儉意識給予了肯定：「王妃能這麼想，自然是很好的。只不過不奢靡，不等於要苛求自己，王妃以後不必如此。」

明檀托腮，有些惆悵：「那阿檀就沒什麼能幫得上忙的嗎？」

江緒又道：「過些時日皇后應會邀妳入宮賞花，妳可以與皇后提一提，讓皇后拿主意，將要入冬，若是皇后能號召官眷捐些金銀細軟，為苦寒之地的百姓添上一批取暖之物，倒是不錯。」

明檀琢磨會兒他這番話，點頭應好，同時也心中一暖。讓皇后出面，的確比她這王妃張羅來得合適。

江緒今日還要入宮，吃完那三個素包子就離府了。

綠萼替明檀梳髮時，見四下無人，她湊到明檀耳邊，語含欽佩地輕聲讚嘆道：「小姐這招委實高明。」

明檀莫名：「妳說什麼？」

綠萼自以為是地分析道：「此次外出，殿下是不是覺得小姐平日太過奢靡了？小姐這幾日回府故意作出節儉姿態，殿下見了，定是覺得對小姐太過苛求，今兒總算是忍不住提出小姐不必如此了！」

「……妳覺得我在故作節儉？」

難道不是嗎？綠萼腦中疑惑了瞬，嘴上倒是忙改了口風：「當然……當然不是，奴婢的意思是——」

「行了，不用說了，我懂了。」

明檀深吸口氣，先是鬱悶，可越想越覺得自個兒快要氣死了！

這些小丫頭竟以為她是在故作節儉，故意苛求自己博得夫君憐惜！

見情況不對，綠萼忙拿出保命絕招狂誇明檀。明檀不在的這些日子，她學了不少溢美之詞，這會兒剛好派上用場。

她嘴上誇著，還不忘舉起小銅鏡放到明檀眼前：「小姐快消消氣，小姐這麼美的臉蛋，多看幾眼，天大的火氣都消下去了。」

「……」

好吧，這招雖然老套，但很有效。

明檀舉著小銅鏡欣賞會兒鏡中的朱顏玉貌，好半晌，她平靜下來，心平氣和地問了句：「我看起來，難道就那麼不像一個勤儉持家之人嗎？」

「這——」

「說實話！」

「不像。」

回府休整並自閉了三日，明檀總算幹起了正事。

她著人分好帶回來的手信，親寫了短箋，命人送往京中各家，又遣人去昌國公府和周府，邀白敏敏與周靜婉來王府一敘。

深秋的上京，晌午最好賞花，天光清朗，風也溫涼。三人坐在王府園中的涼亭中，小丫頭提來爐火與茶壺，在一旁搖扇煮茶。

「此番南下數月，如何？是不是很好玩？」白敏敏一心想著玩，見了明檀便好奇地問東問西。

周靜婉倒是細細打量她一番，溫聲關切道：「瞧著似乎清減了不少，這幾月是不是累著了？」

「當然累了，可別提了，這一路我住過漏雨的屋子，住過破廟，在林中露宿過，在全州還有三日未能沐浴呢。」

明檀有太多話想和兩人說了，一開口，便是碎碎念叨了近兩個時辰。

明檀叫苦，白敏敏與周靜婉是能預見的，可沒承想她這回叫完苦，話鋒一轉，竟說起了她這一路的諸般感慨，兩人聽完對視一眼，神情亦與綠萼有得一比。

「妳們這是什麼反應？」

周靜婉說話素來委婉，隻字不提她的長篇大論，只問她這幾月在外頭是不是受了委屈，有委屈不妨說出來，別憋在心裡。

白敏敏咽了咽口水，忙附和道：「就是，若受了委屈，千萬別憋著，說出來咱們一起商量商量，妳這樣怪嚇人的……」

明檀聽明白了，合著她們也覺得自個兒是受了刺激！

她無語地端起茶盞，連浮沫都沒撇，徑直喝了大半。

周靜婉忙安撫她：「阿檀，我們沒有別的意思。其實依我看，王爺說的很對，有善心、懂勤儉是好的，只是妳也不必倏然之間就對自己過分苛求，凡事過猶不及。」

「我這不是沒苛求自己麼。」她支著額，鬱悶道。

夫君說了之後，她也細想過了，真讓她苦哈哈過完下半輩子她肯定也過不來，該吃還是得吃，該穿還是得穿，只是凡事適度即可，不可明知用不上，還奢靡浪費。

她還打算等忙完手頭這些人情往來，過些日子將自個兒那些不愛用的東西都收拾出來，變賣成銀錢，用以給苦寒之地的百姓添置過冬的物資，也算是盡份心意。

想到這，她遊說起白敏敏與周靜婉。

兩人聽完，覺得這是好事，紛紛答應回去便將那些已用不上的金銀細軟收拾了，只待皇后那邊有訊兒，便捐了。

明檀這才滿意，喝了口茶，想起什麼，忙問：「對了，光說我了，妳們這段日子如何？」

「什麼如何，每日不都是那些事，賞花喝茶看馬球學女紅……」白敏敏百無聊賴地數著，「噢對了，上上月平國公府又辦了生辰宴，妳說平國公府怎的如此邪——」

她頓了頓，改口道：「怎的如此多事，生辰宴上又鬧出了男男女女那檔子醜事，明面上雖遮掩過去了，可私底下議論了許久呢，聽聞平國公夫人氣得再也不允含妙辦勞什子宴會，含妙也是無辜，這與她有什麼干係。」

「停停停，妳知道我要問的不是這個。」

離京之時，舅母正四下為白敏敏相看人家，周家也似乎著意於陸殿帥。數月不見，議親之事總得有些進展吧，白敏敏與周靜婉兩人的年紀都不算小了。

白敏敏與周靜婉對視一眼，似乎有些不自在，尤其是周靜婉，面上還飛了兩朵紅雲。

到底是白敏敏嘴快：「陸殿帥與靜婉已經定親了呢，婚期就在明年開春。」

周靜婉輕瞪她一眼，羞得以帕遮面，半晌才道：「可別說我，」她看向明檀，忙轉移話題，「方才敏敏說的那事，倒也不是全然無關緊要。」

明檀好整以暇地聽她說著。

「先前平國公府辦生辰宴，眾人都在席間用膳，可後湖園子旁卻鬧出了醜事，被平國公府的表姑娘撞破了。那表姑娘才七歲，還是個孩童，自是不大懂這些的，回到筵席上，竟當著眾人的面問起了這醜事，平國公夫人當時的臉色十分不好看──」

「豈止是不好看啊，我都替平國公夫人心堵得慌，都是什麼事啊。」白敏敏忍不住插了句。

周靜婉繼續道：「妳可知那鬧出醜事的是何人？」

明檀問：「何人？」

「正是張太師的孫女和步家三公子。」

步家三公子……那不是上京城裡有名的浪蕩子麼，上門提親都會被拒之門外的那種，他能在別家府中鬧出醜事可不稀奇。

只不過……等等，張太師的孫女？

明檀回過神，驚訝不已。

她記得南下途中，夫君便與她說過，平國公世子章懷玉的親事，皇后已親自相看過了，定了張太師的嫡孫女，張太師就這麼一個孫女，可謂是十分看重。

見明檀面上的神情，顯然已知曉平國公世子與這位張太師孫女的親事了。

定北王殿下與平國公世子交好，周靜婉不覺意外，她繼續道：「聽聞此事皇后娘娘知曉後，怒不可遏，張太師一把年紀，本是留在京中頤養天年，只待身後配享太廟。可因著此事，為自家孫女入了宮，脫帽素服，痛哭流涕，在勤政殿外向皇上告罪，自罪治家不嚴，家風不正，請聖上收回配享太廟之殊榮。」

明檀挑眉：「張太師乃三朝元老，清正廉明，功載史冊，皇上定不會因此事，就收回其配享太廟之殊榮的。」

周靜婉點點頭：「不僅如此，聽聞聖上還好生勸慰了張太師一番，請太醫一道陪同張太師回府，為其請平安脈。只不過出了這檔子事，聖上也不能拂了皇后娘娘還有平國公府的面子。」

那不用想，遭罪的只能是步家了。

「步大人丟了官，步家三公子是個沒心沒肺的，還有心思去花樓喝酒，然一覺醒來，竟被人給閹了！」周靜婉覺得此事頗為不雅，說到此處，掩了掩唇，「張家人也親自上門，去平國公府賠禮道歉，礙著張太師的面子，平國公府壓著火，倒沒多鬧什麼。當然，婚事定然是不成了。」

說了半晌，周靜婉掩袖喝了口茶，潤了潤了嗓子：「平國公世子年紀也不小了，皇后看的這門婚事黃了，再看其他人家就愈發挑剔。前些時日京中辦馬球賽，有豫郡王上場，大家紛紛壓豫郡王勝，唯獨敏敏，壓了平國公世子勝，結果妳猜如何？」

「平國公世子勝了？」明檀邊猜邊小口用著新鮮瓜果。

「怎會，豫郡王可是大顯一等一的馬球高手，自然是豫郡王勝了。」

「……」

明檀用一種「那妳賣什麼關子」的眼神看著她。

「可皇后娘娘聽聞此事，覺得敏敏甚有眼光，這一月便召了昌國公夫人入了兩回宮。」周靜婉打趣著看了白敏敏一眼，「想來皇后娘娘，多半是看上敏敏做弟媳了。」

「妳都渾說些什麼呢！」白敏敏羞惱，「我也想壓豫郡王的，若不是章懷玉那廝私下尋我，讓我壓他充充面子，回頭十倍賠給我，誰要壓他！就他那馬球水準，還想贏過豫郡王，真是青天白日，慣會做夢！」

周靜婉：「那他為何不尋旁人，偏要來尋妳？」

「妳！妳家陸殿帥還不夠妳操心嗎！淨琢磨些渾事兒！」

「嗝——」明檀看著她倆你一言我一語地鬥著嘴，不雅地發出了吃撐瓜果的打嗝聲。

見兩人望向自己，明檀忙示意兩人繼續，並端起茶盞喝了一小口，眼中閃過一抹滿意神色。

很好，不愧是她的小姐妹，大家整整齊齊，都沒閒著。

晚上，江緒回府。用膳時，明檀和他說起周靜婉與白敏敏的婚事。

周靜婉那兒，離京之前就已八九不離十了，聽聞已然定親，明檀並沒有多意外。倒是白敏敏與平國公世子，她的確沒想過，這兩人還能湊一塊兒。

江緒顯然已知曉此事，他邊夾菜，邊淡聲道：「平國公府與昌國公府門當戶對，議親實屬正常。不過妳表姐性子跳脫，其實並不是皇后心中的最佳人選，但皇后只有章懷玉這麼一個嫡親弟弟，凡事都會以他的喜好為先。」

說到這，江緒頓了頓，看了明檀一眼：「是章懷玉告訴皇后，他屬意於妳表姐。」

明檀：「……」

「聖上也勸了勸，反正她先前千挑萬選出來的張太師孫女德行也不過如此，還不如遂了章懷玉之意，皇后聽了，覺得很有道理，所以近日才頻頻召妳舅母進宮。」

明檀：「……」

她也覺得很有道理。

許是知道明檀已經開始會客，次日，章皇后便派人來定北王府傳話，說今年宮中新培育出了綠菊，近些時日開得正好，邀她入宮一道賞花。

明檀自是欣然應下。

這綠菊培育起來頗費功夫，明檀入定北王府後，一直著人悉心培育，只是這事兒急不來，今年府中養出來的不過在邊緣處堪堪泛些淡綠。

「到底是宮中花匠更精於此道，除了綠雲、綠牡丹，這些墨荷、帥旗、玉壺春也盛放得如此絢麗多姿，尤其是這鳳凰振羽，真真是光彩奪目，依臣妾看，與皇后娘娘最為相襯。」明檀笑意盈盈地誇讚道。

「看來王妃是懂菊之人。」章皇后不由彎唇，握住明檀的手，拍了拍，溫聲道：「永春園一別，也有好些日子沒見著妳了，本宮瞧著，妳清減了不少，可要好好保重身子。」

「是，多謝皇后娘娘關懷。」

章皇后又道：「妳若喜歡這菊花，每樣都挑些好的送去定北王府，如何？」

「多謝皇后娘娘厚愛，」明檀恭謹福禮，「只是臣妾覺得，這菊花還是花團錦簇擺在一塊兒才最為好看，平白搬些去了王府，其他的稍顯孤單了些，臣妾若能得那兩盆帥旗，便是極為滿足了。」

御花園裡統共就這麼些花，她若每樣都薅上幾盆，怕是剩不下多少，皇上還如何拿來賞其他嬪妃？

成為定北王妃後，她才慢慢瞭解許多宮中之事，原來宮中連花都是有定數的，什麼季節得了什麼珍奇品種，都是各宮妃嬪地位的象徵，她還是不奪人所好為好，畢竟定北王府也不缺這三兩盆花，而且，皇后若是真要每種都給挑些送她，便不會問一聲「如何」了。

章皇后點點頭，唇角的笑意又深了些。

這定北王妃，的確是難能可見的進退有度。

「如此也好，定北王乃難能可見的將帥之才，帥旗與之正堪相配。來人，將那兩盆帥旗送去定北王府。」

不知想起什麼，章皇后抬手往前指了指，吩咐道：「那兩盆玉壺春，送去昌國公府。」

一直綴在皇后旁側難得規矩一回的白敏敏忙行禮謝道：「多謝皇后娘娘厚愛。」

皇后溫和地朝她笑了一笑：「不必緊張，就當是逛自家園子。」

白敏敏嘴上應著「是」，手心卻忍不住冒出了汗。

前幾回皇后都是召她母親進宮，這回竟是不打招呼直接將她召進了宮，她連衣裳都沒來得及好生準備，如何能不緊張！好在今兒明檀也在，她才稍稍心安了些。

相較於白敏敏，明檀本就更擅應付這些虛禮，且進宮次數多了，如今更是游刃有餘。好不容易見白敏敏安生老實一回，她覺得頗為好笑，還打趣道：「倒是難得見我表姐如今日這般乖順，想來……是被皇后娘娘母儀天下的風姿所折服了。」

白敏敏忍不住瞪了她一眼，皇后的目光移過來，她馬上垂首，眼觀鼻鼻觀心的，作鶉鶉狀。

皇后彎唇淺笑：「敏敏活潑，今兒頭回見本宮，緊張也是有的，往後來得勤了，自是不會再多拘禮。」

章懷玉認準了昌國公府的姑娘，她一開始聽說這姑娘性子跳脫，是不怎麼滿意的，可皇上那番勸慰，她細細想來覺得很有道理。

張太師的孫女她可是相看了有足足一年才最後定下，本以為是個大方得體端莊嫻靜的好姑娘，哪曉得竟是個毫不守禮的！

出事之後，她怕是步家那渾人相逼，辱了這姑娘清白，還著人仔細查了，那張家姑娘可是沒有半分不願，被步家那渾人花言巧語哄得五迷三道的，事發後還苦苦哀求張太師，讓他救救自個兒情郎，差點沒把張太師氣死。

這白家姑娘，雖是跳脫了些，但門第模樣都不差，章懷玉又中意……她想了想，也不是不能考慮。

章家出了她這麼一位皇后，未免外戚專權落人話柄，父親一直只領著富貴閒職，將來章懷玉承襲爵位，必然也只可富貴，不可太露鋒芒。

當然，章懷玉本來也無甚鋒芒可露，於入仕之事毫不上心，琢磨些閒散事兒倒是勤快得緊。

依他這性子，若能娶一位喜歡的姑娘，富貴安樂一生，她這做姐姐的沒什麼好阻攔的。

想到這，她握住白敏敏的手，輕輕拍了拍：「來，陪本宮坐坐，走累了。」

「是，皇后娘娘。」

白敏敏與明檀一道陪著章皇后入了園中涼亭小坐，趁此機會，明檀向章皇后提了提號召官眷將無用之物捐出，變賣成銀錢，給苦寒之地百姓添些過冬物資的事兒。

章皇后略想了想，便展笑道：「這倒是個不錯的主意。京城官眷素喜奢靡之風，然國泰民安，強求所有人都厲行節儉只會適得其反，可若只是讓捐些無用舊物，想來眾人盡會樂意。」

白敏敏主動說了句：「臣女覺得，這無用舊物也該定好成色與種類，畢竟捐贈並不是收撿破爛，太過破舊的收來怕難以變賣……」說完，白敏敏忙補道：「這只是臣女的一點拙見，若是說錯了，皇后娘娘不要放在心上。」

「怎能不放在心上，」章皇后一臉滿意，「本宮覺得，敏敏這話說得極是有理。」

明檀和王婆賣瓜似的忙瞧準機會誇道：「是啊，表姐性子雖活潑，但素來聰穎細心，常能想到旁人想不到的地方。」

白敏敏被誇得有些不好意思，不過受到了鼓舞，隨後主動說了些自個兒想到的意見，有不周到之處，明檀便不著痕跡地幫著一道補充。

這種坐著收名聲的事，對章皇后來說可以說是有百利而無一害。她細細聽來覺得十分可行，末了端起茶盞喝了口茶，便緩聲定了下來。

「既如此，本宮過幾日再辦個茶會，邀上幾位誥命夫人，把這事兒和大家說上一說。至於捐物變賣事宜，這主意是王妃提的，敏敏也頗有想法，便交由王妃負責，敏敏從旁協助，如何？」

兩人對視一眼，忙齊齊福身領命。

和聰明人打交代，許多事無需說得太過明白，雙方就能互相覺得舒坦。

章皇后得了這麼個坐收名聲的主意，並沒有心安理得獨攬，而是放權交由明檀督辦。

誠然明檀並沒有想靠這事收攬名聲的意思，但她是真心實意地想要親自做這件事的，皇后能讓她如願，她很感激。

讓白敏敏從旁協助，皇后顯然也是有周全考慮，她個未出嫁的姑娘，能多攢些名聲，對自個兒，對未來夫家，都是好事。

且辦這種事，很能看出一個人的品行與能力，平國公府的世子夫人，再是性子活潑，總不能連執掌中饋的能力都沒有。

此事說定，天色已不早，明檀與白敏敏起身告退。

宮中不是說話之地，白敏敏雖然有一肚子話想說，還是辛苦憋著，與明檀安安分分地相攜離宮。

至宏永門外，兩人竟遇著了佳貴人的轎輦。

白敏敏身無誥命，只是個官家小姐，見了宮中妃嬪理當行禮。

只不過她迷惑了一瞬，瞧著轎輦上的宮嬪穿的應是淑儀以下服制的宮裝，卻乘著轎輦……

她進宮之前母親可是請了人特地教過她的，宮中只有淑儀以上才配乘坐轎輦，所以這位宮嬪到底是什麼位分？一上一下，禮節可是不一樣的。

她這一迷惑，佳貴人就停了轎輦，捂著已然顯懷的小腹，居高臨下拿著眼尾瞧人道：「這是何人，見了本宮轎輦竟不行禮？」

白敏敏忙要按淑儀以上的禮節蹲身，明檀卻不著痕跡地攔了攔，淺笑道：「佳淑儀這是復位了麼，恭喜。」

「妳！」

這定北王妃到底是有完沒完！害她貶了位分不夠，如今還哪壺不開提哪壺！

眼見如今月份大了，都說她這一胎保準是個小皇子，皇上近些時日對她也消了氣，解了她的禁足，特許她乘坐轎輦，可位分卻遲遲不復！

她心裡還對定北王心存忌憚，不敢再惹是生非，轉而看向白敏敏，又問了遍：「妳是何人？見了本宮為何不行禮，懂不懂規矩！」

明檀正要說話，卻見宏永門外一身絳色錦服的翩翩公子搖著摺扇上前，吊兒郎當道：「我當是哪宮娘娘，佳貴人，您這一口一個本宮，可真是懂規矩得很啊。」

淑儀之位，猶如天塹。往上可乘轎輦，可自稱本宮，往下——

轎輦還可破例，這自稱卻沒有破例一說，佳貴人這是還停在淑儀的風光上頭出不來，又懷有身孕，平日無人與她較真。

見了來人，佳貴人一口氣堵在胸口，不上不下。

行，又來一個惹不起的。

惹不起她還躲不起麼！

她咬了咬唇，負氣道：「走！」

佳貴人的轎輦走開後，宏永門前的甬道倏然變得寬敞起來。

來人搖著摺扇往前，腰間的羊脂玉佩隨著步子輕晃。

白敏敏見著來人，明顯略怔了瞬：「那位貴人懷有身孕，你這樣對她說話——」

「怕什麼，宮中有孕的又不只她一人，淑妃的架子都沒她大。」章懷玉不以為意，「妳平日不是很能麼，慫什麼。」

「你！」

算了！人家是國舅爺，自然天不怕地不怕。

白敏敏沒好氣地又問了句：「這時辰，你怎麼進宮了？」

章懷玉看了她一眼：「怎麼，皇后召我用晚膳，還得經由白大小姐同意不成？」

旋即收扇，拱手向一旁的明檀行了個禮：「王妃。」

明檀點頭回禮道：「章世子。」

她打完招呼就不再吱聲，靜靜思忖著章懷玉方才所言——

宮中有孕的又不只她一人，淑妃的架子都沒她大……難不成，淑妃也懷孕了？

雖然知道這不是什麼說話的好地方，白敏敏還是忍不住與章懷玉對嗆：「皇后娘娘方才分明說，晌午積食，今兒晚膳不擺了，你扯謊也扯得稍微靠譜些成不成。」

章懷玉挑眉：「這便是了，皇后不想留妳用膳，才給妳鋪這麼個臺階，妳還當真了？」

「章懷玉你！」

白敏敏氣得差點在宮中爆炸。

最後還是章懷玉上下打量會兒，雲淡風輕說了句：「今日這身衣裳不錯，行了，再不出宮就要宮門就要落鑰了，王妃自然有地兒歇，至於妳……」

白敏敏朝他翻了個天大的白眼，拉著明檀怒氣衝衝往前走：「真不知道舒二公子怎會和你這種人結交！」

章懷玉：「那妳不知道的可多了去了。」

白敏敏忍住踹他的衝動，刻意從他胳膊上撞過去。

章懷玉回頭，看著氣得迅速消失的背影，笑了下，優哉遊哉地往長春宮走。

長春宮內，章皇后正在看內宮帳冊，聽人通傳世子來了，她掩上帳冊，傳人進來，又著人去備章懷玉喜歡的金駿眉茶。

「給皇后娘娘請安。」

「坐吧。」章皇后隨意應了聲。

章懷玉也不客氣，徑直坐到軟榻的另一側。

侍女很快便給章懷玉上了茶，雖還燙著，可嫋嫋升起的茶香十分熟悉，章懷玉不由會心一笑：「還是姐姐疼我。」

「知道本宮疼你還緊巴巴地跑進宮來，怎麼，怕本宮將你的意中人生吞了？」章皇后斜覷了他一眼。

「姐，您說的這是哪裡話，我這不是怕她不懂規矩，衝撞了您麼。」

章皇后聽了，輕哂道：「人家大家閨秀，還能比你沒規矩？」

「大家閨秀？姐，您一定是有什麼誤會，她算哪門子大家閨秀，她——」章懷玉說到一半，意識到想娶上媳婦兒這些話好像也不該當著他姐的面說，默默咽了回去。

「她如何？」

章懷玉喝了口茶，違心誇讚道：「是比我有規矩。」

章皇后忍不住輕哧了聲。

章懷玉臉不紅心不跳地繼續擱那兒坐著，裝出一副不知道他姐在嘲笑他的模樣，還欲蓋彌彰地解釋道：「我當然知道姐不會對她怎樣，可宮裡貴人多，她那性子，指不定一不小心就衝撞了誰，姐，妳以後還是別讓她進宮了。」

「如今能不進宮，往後若成了世子夫人，年節裡也是免不得要進宮了，一味躲著怎麼成？行了，本宮自有分寸，你也不必隔三差五往宮裡頭跑，這宮裡有本宮在，還能讓人吃了虧不成？既然來了，去勤政殿，給你姐夫請個安。」

勤政殿可遠，章懷玉不情不願地起身，應了聲「是」。

與此同時，明檀與白敏敏也在宮門落鑰前順利離了宮。

出了宮門，白敏敏總算能暢所欲言一番了，她小嘴叭叭地不停數落著章懷玉，連氣兒都不帶喘一聲，一直數落到江緒從定北王府的馬車中出來，她才安靜閉嘴。

江緒掃了她一眼，朝明檀道：「走了，回家。」

明檀稍怔片刻，忙和白敏敏告別，上了車。

「夫君，你怎麼來了？」坐上馬車，她有些意外。

「今日去了殿前司，辦完事見時辰差不多，便過來了。」

明檀緩緩點頭，想起什麼，忙和他說起方才在宮中章皇后指派給她的差事。

此事在江緒意料之中，他並不驚訝。

兩人一路聊到回府，用過晚膳，江緒允她一道進了書房，在桌案對面多擺了把黃花梨椅，兩人共用一方端硯，寫公文、寫章程，偶爾說上幾句，燭光暖黃，書案寂靜。

先前在宮中，為了讓白敏敏好生表現，明檀還有許多建議未曾提出。

她記得南下途徑禾州時，禾州女子對那些華麗衣裳十分追捧，只不過她們身上穿戴的衣裳首飾，多是京城上一輪時興的花樣。

再遠些小些的地方，當地的富家女子甚至還在穿上京前兩年流行的衣料和紋樣。據她觀察，有些東西這些人家並非買不起，而是流傳到當地需要時間，偶爾也有人花大價錢托人弄來的時興物件，稍有一件，拿出去都是很有臉面的。

所以她想，收來的各式衣物也不必作踐折換了，若能拿去需要這些東西的地方，不愁賣不出好價錢。

她將這想法和江緒說了說，江緒略略思忖道：「想法不錯，可這其中來回所需的時間與耗在路上的成本也得考慮進去，若所耗成本與兩地差價持平，便不可行。」

明檀的經驗還是太少，江緒說到此處，她才想起。

她點點頭，邊將這點補充下筆邊認真道：「那便要先核算成本與所能折賣出的差價……」

她筆下的小楷寫得工整秀麗，嘴上碎碎念叨時，臉頰微微嘟起。

江緒瞧著，有些出神，筆尖濃墨滴下，迅速在紙上暈染開來，他回神，不動聲色將其揉成紙團擱在一旁，重新鋪紙，寫起了公文。

三日後，皇后邀了京中幾位較有聲名的誥命夫人入宮，賞花喝茶之餘，和她們說起籌捐一事。幾人自是紛紛贊同，直誇皇后娘娘心慈，並十分懂事地在離宮後將這消息分說開來。

捐些無用之物而已，能撈著名聲，還能幫到他人，這是好事兒，官家女眷很是積極。不足兩日，籌捐到的金銀細軟便有足足八十餘箱，到第三日，便超過了兩百箱。

後頭幾日，有人比著其他人，覺得自個兒捐少了，忙又補捐，有人有剛清理出來的物什……籌捐數量還在不斷增加。

明檀著人登記造冊，白敏敏著人分撿類別成色。

周靜婉也被明檀拉來幫忙了，她文采好，字兒也寫得好，籌捐了這麼多東西，明檀讓她寫謝詞，預備等事成後，再一封封客氣地回往各府。

因著是章皇后的提議，敢拿破爛物什對付的沒幾個，每家小姐至少都拿了四、五根簪釵，多的還有拿成套頭面的，雖已不是京中時興的款兒，但許多還簇新著，瞧著從未用過。

值得一提的是，這回沈畫遣人送來滿滿一盒的首飾，她有喜了，許多新做的衣裳穿不上，也一併送了來。

明檀離京這幾月，原國子監祭酒告老還鄉，李司業升祭酒一職，李二公子因文章做得不錯，得了聖上親口誇讚，李府如今勢頭很是不錯。

回京後，明檀給李府送了手信，但一時未顧上見見沈畫，不過光瞧她送來的這些東西，也知道如今她在李府應是過得十分滋潤。

明檀想起侯府還有些她閨閣時的舊物，決定回靖安侯府一趟將其清點出來，剛好將南下帶回的手信送過去。

其實先前回京，她本是打算儘早回府一趟，可裴氏回娘家喝喜酒了，不在府中，她便一直沒回。

得知明檀要回靖安侯府，江緒左右無事，打算陪她一道去。

明檀也知，夫婿陪著回娘家極有面子，可他一道，侯府上下必要誠惶誠恐忙得腳不沾地，她回去是辦正事的，可不興添這個麻煩，於是便將江緒勸下了。

次日獨回靖安侯府，裴氏親到門口相迎，挽著明檀回蘭馨院，母女倆敘了好一會子話。

原來明檀離開禾州之後，馮家便月月給侯府來信。

明楚如今乖覺得緊，隔三差五去馮老太太跟前侍奉湯藥，馮家眾人謹遵王妃諭令，將人拘在府中，不讓她出去惹是生非。

只不過說破了天，明楚也是侯府姑娘，他們馮家不願與侯府生出齟齬，所以若要行什麼事，總會先來信請示一聲。

明檀覺得這樣很好，只要明楚不惹事，她也無意與之多做計較。

說完明楚，裴氏又不意外地說到了沈畫：「她這一胎懷象極好，肚子尖尖兒的，保不齊是個男胎，李家孫輩可還沒男丁，若是生個大胖小子，李夫人怕是要將掌家之權盡數交給阿畫了。」

「當然，姑娘也好，她家二郎早說了，他就喜歡小姑娘，生個女兒才好。總之，只要能平安生下來，都是好的。而且阿畫有福啊，旁的人家吐得天昏地暗，都只剩膽汁了，什麼都吃不下，可她沒吐幾日，如今胃口也好。上回瞧她，人圓潤了一圈兒呢，肚子裡是個懂事的。」

明檀初初聽著沒什麼，還依言附和。

可裴氏緊接著又說起，她這回回娘家喝的喜酒是雙生子的滿月酒，還一個勁兒說著那對雙生子如何如何可愛，如何如何機靈……明檀慢慢聽出那麼點意思來了。

果不其然，裴氏話鋒一轉，望向她的肚子，試探問道：「說來，妳與王爺成婚也有些時日了，就沒半點動靜？」

明檀搖頭，遲疑道：「夫君說我年紀小，不急，還說女子早育於身子並無益處。」

裴氏嘆了口氣，憐惜道：「那是王爺疼惜妳，妳年紀小，可王爺這年紀，許多人家的孩子都能去學堂念書了，怎能不急。」

可這是因為他成婚晚吧，她嫁過去即便是立時有喜，那孩子也念不了書呀。明檀在心裡默默想著。

見明檀不出聲，裴氏又絮絮念叨了好一通，無非就是些子嗣要緊、後宅立足還是得有子嗣傍身之類的老話。

明檀向來敬她，倒也不駁，聽得頭昏腦脹還勉強飲著茶附和。

直到用過午膳，明檀總算喘了口氣，她領著綠萼回照水院歇息，順便著人整理院裡頭的舊物。

「對了，妳看著點，若是見著我從寒煙寺回來時戴的那串禁步，便告訴我。」

綠萼嘴上應了，可眼睛卻看不過來，她家小姐東西太多了，這些舊物一箱箱打開，琳琅滿目，且她根本不記得小姐當年去寒煙寺穿戴的是哪一身了。

到底還是明檀眼尖——

「停。」

她忽地起身，走至一口檀木箱前，翻看了下那身衣裳。

沒錯，她去寒煙寺時，穿的便是這身衣裳，被人踩髒的痕跡還在，疊放在下面的是她後頭去廂房換的那身。

緊接著她打開了箱子裡的錦盒。

錦盒裡不意外地躺著一串精緻繁複、如今看來依舊別致非常的禁步。

明檀將其拎起，仔細打量著。

日光從明間屋外投射進來，將這串沉甸甸的禁步照得十分晃眼，她的目光一寸寸挪著，始終沒找見應在上頭的玄色長條小玉牌，末了，她的視線停在左下側的細小缺口上——這處空落落的，應是掉了一樣配飾。

她驀然想起江緒暗袋裡的那塊玉牌。

其實當初在靈山時，明檀腦海中曾倏然閃過某種念頭，可那念頭稍縱即逝，畢竟她沒想過，自個兒禁步上的小玉牌，早已丟了。

可如今看來——

她垂眸，邊將禁步收回盒中，邊細細回想當年在寒煙寺所發生的事。

廂房內的血，燒光寒煙寺的那把火，還有後來京中那些接二連三發生的不同尋常之事……她靜下心來，重新回憶梳理。

回到定北王府時，明檀心中已經梳理出前後都說得通的某種可能。只是她並不知道，她所猜測的其實與真相相差無幾。

今日軍中有事，江緒遣人回府知會了聲，今兒不回來用晚膳了。

明檀本打算在晚膳時問他，這下好，白備了一桌子菜。她心裡想著事，沒什麼胃口，喝了盅湯，餘下的便讓人撤了自行分食。

晚上沐浴過後，明檀在屋子裡走來走去。

她早將江緒留在家中的暗袋翻出來看過了，東西不在，想來他是隨身帶著。

她也不知在想什麼，邊在屋中轉著圈，邊低頭輕咬手指，似在思考什麼嚴肅之事。

終於，院外傳來動靜。

明檀回身，急忙往外相迎。

可方走至外間，明檀的腳步頓了一頓，她往回走，慌慌忙忙坐回內室的軟榻之上，順手拿起本書，支著腦袋，裝出副正在看書的模樣。

不一會兒，江緒進屋了。

「夫君，你回來了。」明檀放下書，面露微訝。

剛沐完浴，她烏髮披肩，緋色襦裙將她的肌膚襯得欺霜賽雪，因在屋中，她只著了雙木屐，蜷在榻上，足是裸在外頭的，白皙腳趾正不安亂動。

江緒邊解著袖口束帶，邊掃了她一眼。

她努力保持著鎮定，趿上木屐，臉不紅心不跳地走至江緒面前，如往常一般溫柔小意道：「夫君今兒累著了吧，我讓人備水，夫君先沐浴解乏，等沐完浴便可以用宵夜了，軍營裡頭伙食不好，如今這時節，夜裡寒氣重，我特地煨了薑絲雞茸粥，能暖胃驅寒，夫君待會多用些。」

她邊說，邊不動聲色幫江緒更衣。

江緒似乎未有所覺，極輕地「嗯」了聲，垂眸靜靜望她：「王妃有心了。」

明檀聞言，莫名心虛，手上動作微滯，又硬著頭皮繼續替他寬衣解帶。

婢女們很快送了熱水進屋，淨室裡嫋嫋升起朦朧霧氣。

見到江緒下水，明檀終於放下心來，悄咪咪退出淨室，順便順走他衣裳裡頭的暗袋。

她邊翻找邊回內室，很快，她便從暗袋裡頭摸出那塊玄色小玉牌，她步子加快，忙去妝奩前拿今兒帶回來的禁步。

禁步沉甸甸的，玉牌相比起來，很沒分量。

她的心跳得很快，手有些抖。

她緩緩將玄色小玉牌對準禁步的缺口處，瞳孔驀地收縮——對上了！

玉牌上裂開的小孔，與禁步上的缺口正好能對上。也就是說，夫君的這塊烏恒玉是她的，她沒有猜錯！

明檀忙回身，可還沒邁出步子，她便撞上一頂溫熱硬挺的胸膛。

不知何時，江緒披了件寢衣悄無聲息地站在她身後，身上水珠未擦乾。

她懵了一瞬，下意識將小玉牌往身後藏，心臟險些被嚇得頓停。

然江緒只是淡淡掃了她放在桌案上的暗袋一眼。

明檀順著他的視線望去，心下頓感懊惱，她垂頭喪氣地鬆了手，將小玉牌遞還回去。

江緒正要接，可明檀忽然想起什麼——

不對，她為何懊惱，為何要有做賊心虛的負罪感？這塊烏恒玉明明就是她的，該是某人好好解釋一下這塊烏恒玉為何會被他據為己有才對吧。

想到這，明檀陡然理直氣壯起來，她手一揚，江緒伸出的手便接了個空，略滯了瞬。

緊接著，她仰起小腦袋，拿著那塊小玉牌戳了戳他的胸膛，義正言辭問道：「夫君，事到如今，你是不是該好生與我解釋解釋這塊烏恒玉的來歷，這塊玉明明就是我的，你早就知道了吧？」

江緒默了默，問：「妳鬼鬼祟祟，便是為了這事？」

「誰、誰鬼鬼祟祟了！」

「嗯，也不知道是誰，明知本王回了，還要裝出一副不知的模樣。」江緒極淡地掃了她一眼。

早在進屋之前，他便在外頭看到明檀的身影在燭火映照下前後亂竄，瞧那身影，明明是想出門相迎，最後又莫名竄回軟榻蜷著。

進了屋，看到她蜷在軟榻上的模樣，他還以為小王妃今夜有事相求，又想以色相誘，本來他還打算勉為其難接受，現下看來，倒是他想太多。

明檀被他一語揭穿，不由有些羞惱。

「妳想知道什麼，直接問本王就是了，不必如此大費周章。」

「我本來是想直接問夫君的，可這不是怕想差了，鬧出什麼烏龍……想先確認一下是不是我的玉嘛。」明檀忍不住小聲嘟囔。

她在夫君面前可沒少出糗，這回若是不確認就自顧自想完一齣大戲，回頭這玉若不是她那塊，可不就是個大烏龍麼。而且夫君說這玉救過他性命，上趕著亂認救命恩人，若鬧了烏龍，夫君不笑她，她都得找個地縫往裡頭鑽進去！

江緒聽完，默了默，忍不住揉了揉她的小腦袋，替她順了下頭髮：「並非烏龍，王妃的確是本王的救命恩人。」

明檀抬頭。

他亦是不避不讓地看著她，將當初寒煙寺之事，以及後來林中遇險一事盡數與她詳說了。

明檀聽得有些懵，末了，她總算理出些頭緒：「那這樣說來，我救過夫君兩次？」

「嗯。」

「那在龐山之時，夫君為何不說？」

「妳沒有問。」

明檀張了張口，竟不知從何而駁。

不一會兒，婢女送了宵夜進來，明檀落座桌邊，陪著江緒一道用膳，可方才江緒所言，她聽來仍覺不可思議，陷在裡頭半晌沒能回神。

她委實很難相信，在素未謀面之時，她與夫君就有過那麼多的交集。

這樣想來，很多她未曾細想的事情好像有了解釋。

譬如上元落水之時，夫君為何會出手相救？又為何會知曉她是靖安侯府的小姐，徑直遣人將她送回府中……

所以從始至終，夫君都是知曉此事的。

想到這，明檀的心情有些複雜。

熄燈上榻後，明檀翻來覆去睡不著。

江緒將她攬入懷中：「早些睡，明日不是要入宮見皇后麼。」

「可是我睡不著。」

「為何睡不著。」

明檀依偎在他胸口，猶豫半晌，還是忍不住，小聲問了出來：「夫君一早便知我是你的救命恩人？」

「……」

其實也不是一早，是在靈渺寺見過她面容之後才想起來的。只不過江緒沒有否認，若否認，想來以她的聰慧，很快便能覺出上元落水之時，他救人動機不足。

不知為何，時至今日，他已不想再追究當初到底為何娶她。可他不想追究，明檀卻很想要答案，她猶疑半晌，輕聲問道：「那夫君娶我，是想要報恩嗎？夫君對我好，也是因為想要報恩嗎？」

她不傻，以他的權勢還有與聖上的關係，他若不願娶，聖上斷不會隨意下旨賜婚。

江緒沉默了很久。

久到明檀以為他不會回答之時，他開口了：「不全是。」

這三個字有很多意思。

當初他娶她，的確不全是因為報恩，更多的是出於對靖安侯府的考量。他與她的婚後相處，一開始也許是因恩情，容忍居多，可如今他很清楚，不是。

明檀心裡頭有所準備，所以聽到這答案，並不是十分失落。

她勉強讓自己心平氣和下來，接受事實，靜了會兒，她又有些不甘心地小小聲問道：

「那夫君不全是的其他緣由裡頭，有沒有那麼幾分，是因為喜歡阿檀？」

這種事情，好像很難用言語回答。

靜了半晌，江緒將她往上抱了抱，封住她的唇，往裡長驅直入，以實際行動給出回應。

明檀被親得喘不上氣，嗚咽著，臉頰憋得通紅，待江緒放開她，她才喘著氣，抵住他的胸膛，眼睛濕漉漉地抬著，對上他沉靜而筆直的視線。

「妳說呢。」他聲音低啞，眼裡的答案太過明顯。

明檀耳根發熱，一時竟不好意思厚著臉皮追著讓他親口說出來。

其實這樣她就很滿足了，報恩又如何，至少還有恩情牽扯。何況夫君如今對她不只報恩，也有喜歡，他們還有很長很長的時間，她相信夫君會愛上她的。

江緒的欲望被挑起，很快傾身覆上她柔軟的身子，溫熱氣息一路往下流連，在所經之處簇簇灼燒，帳中不時傳出曖昧的低喘與嬌吟。

過了半晌，正是情濃之時，帳內卻忽地靜默一瞬。

「妳來葵水了？」

明檀老實點頭。

江緒眼底泛著紅，聲音壓了又壓：「方才為何不說？」

明檀無辜道：「夫君沒有問呀。」

「……」

原來在這等著他。

# 第十二章　結髮

不知不覺便至霜降，離立冬不足半月，京中官眷所捐贈的金銀細軟皆已登記造冊，並分門別類進行整理，珠寶簪釵共計四十餘箱，衣裳細軟共計兩百餘箱，另有其他物件若干。

明檀原本將打聽運輸耗用的事交給白敏敏，想著有舅舅與白家表哥在，此事應是不難。

誰想章懷玉得知此事，竟不動聲色尋了朋友，省略中間幾多繁複，直接找上了盤踞於禹西一帶的西域商人。

那些西域商人竟願意以禹西地區的市價收下這批金銀細軟，直接以等值的大批禦寒取暖物資進行交換。

明檀細細盤算了番，這似乎是一筆互惠互利、十分得宜的買賣。

如今時間十分著緊，最遲應在冬至之前將東西分發至百姓手中，不然叫哪門子禦寒？可變賣折成銀錢再添物資，這事本繁瑣得緊。現下有人願意直接省略中間的過程以物易物，可以說是既省時，又省力。禹西地區的市價雖不算最好，但定然比在上京城裡隨意當換要來得合算。

不管如何計較，明檀都覺得此法甚好，沒有理由不應承下來。可白敏敏卻不是很贊成，她不情不願地小聲嘟囔道：「誰知道他找的人靠不靠譜。」

「妳覺得我連這一點都沒弄清楚嗎？」明檀頗覺好笑。

白敏敏又不服氣道：「那誰會沒事收下這麼多東西，還願以禹西地區的市價等值易換，我看要麼是不靠譜，要麼就是章懷玉私下還答應他們什麼條件。若是章懷玉私下與他們達成什麼額外條件才促成此事，那我們做成了這件事又有何意義，不過是倚了人家的本事，沽名釣譽罷了！」

明檀頓了瞬：「倒也不是，妳想差了。」

白敏敏看她。

明檀又道：「此事我打聽過了，西域商人收下我們的東西，可以將其賣往西域小國。在西域烏恒等國中，來自大顯上京的物什素來昂貴新奇，且我們這些金銀細軟，本是大顯宮妃與官眷所有，賣往西域小國，這其中之利遠非其他地方可比，他們是有利可圖，才會答應這筆買賣。」

「可——」

「可什麼？」

白敏敏本想說，章懷玉是為了讓她欠他人情才這麼做的，可此事由皇后提議，他即便是幫忙，幫自己姐姐辦事有何不對？她若往自個兒身上攬，未免顯得太自作多情了些！

見白敏敏不吭聲，明檀以為她是沒意見了，又托腮出神，半是惋惜半是反思地喃喃道：「明明哥哥也在禹西，我竟未能想到此法。從前甚少關注章世子，如今看來，章世子並非泛泛之輩。」

他當然並非泛泛之輩，哪個泛泛之輩能在逞口舌之能與找人不痛快這兩件事上如此出類拔萃！

白敏敏氣惱地背過身，對於被迫承下章懷玉人情一事頗為不爽。

轉眼便入臘月，冬至將近。一年眾多時節裡，除夕之外，便數冬至最為要緊。隨著禦寒物資順利送至所捐苦寒之地的百姓手中，章皇后交代的差事，總算是圓滿辦成了。

御史紛紛上書，言章皇后胸懷悲憫，心系眾生，賢德良善，堪為天下女子之表率，有此國母，乃大顯百姓之福。

雖朝野上下讚頌不缺，然章皇后並未獨自攬功，時時不忘推說是京中官眷仁善，都願捐物籌資，能幫到邊地百姓，是大家的功勞。

作為此事的實際促成者，明檀自然少不了嘉獎，成康帝甚至專程下了道聖旨，誇讚她蘭心蕙質，聰慧機敏，還特地著內侍於王府門外宣讀，廣而告之。

如今名聲於明檀而言，已不是那麼重要，第一次想要竭力促成的事情圓滿辦成，她心中很是驕傲滿足。

只不過年關將至，容不得她歇，辦完這樁差事，她又腳不沾地操持起府中之事。

王府大多時候雖是福叔在管，然福叔管好府務與外頭鋪子就已分身乏術，可沒功夫再操持府中迎來送往的諸般人情。

主要是從前沒有王妃時，王府肅穆冷清，府中並無人情，如今有了王妃，王府比從前熱鬧許多，這裡頭多出的事兒，少不得要明檀親自操心。

「李府的禮太輕了些，這是如何備的？添些有孕之人可用的補品，再添株上品老參，這老參給李家老太君用最合適不過了。對了，還有皮料……前些日子我與王爺雖不在府中，可我記得秋獵過後，聖上送來的賞賜中有一張白狐皮？」

婢女應是。

「將白狐皮添上去，記得囑上一聲，是我專程送予表姐禦寒的，冬日懷著身子，穿得太笨重了不方便出門，白狐皮暖和輕便，最適合表姐。」

婢女又應了聲是。

「還有平國公府，這回平國公世子可幫了大忙，這禮再厚上三分也不為過……」

到底是學過掌家的姑娘，明檀理起這些事雖風風火火，卻有條不紊。

她花了一日功夫備好冬至節禮，又看了一日帳簿，緊接著花了大半日在王府裡頭閒逛，將府中需要修葺的地方一一指予隨行管事，命其好生督辦。畢竟冬至一過，除夕也離不了多遠，過年時，府中自是應該簇新明淨。

暈頭轉向忙至能喘口氣的時候，已是冬至前夕。明檀這才想起，明兒聖駕親臨太廟，夫君身為宗室親王，自然是要隨駕出行的。她本還想著明日要與夫君一道吃餃子，現下看來是不能夠了。

近些時日她累得慌，常常不待夫君回府便早早安置，夫君出門又早，好幾日兩人沒怎麼說上話，明兒冬至竟不能一起過……明檀不知在琢磨什麼，末了竟是趁江緒還沒回府，讓綠萼掌燈，自個兒翻出壓在某口檀木箱箱底，做了大半的冬靴。

她拿著瞧了好一會兒，終於回想起該如何繼續縫這冬靴了。

最近太忙，她險些忘了，之前前往桐港時在獵戶家中歇腳，她偶然聽得人家夫妻對話，一時心熱於平凡夫妻生活之溫馨，便想學著人家為自個兒夫君做些什麼。

回程時，江緒有幾日將她留在客棧，獨自去了定北軍駐軍之地巡兵，她左右無事，就翻找出皮毛，做起了冬靴。

得虧她對自個兒做東西的速度有些計較，若是做尋常靴履，怕是只能等年後開春才能送出手了。

「小姐，這鹿靴縫得可真精緻，您是打算做了送給殿下？」綠萼好奇問道。

明檀「嗯」了聲，認真縫製起來。

見明檀累了一日還坐在榻前認真地穿針引線，綠萼忍不住又問：「小姐，您今兒累了，不如先歇了吧，白日再縫也不遲。」

「不了，我要在夫君回府之前做好。」

「那奴婢幫小姐吧？瞧著也沒多少了，燈下縫東西熬人，傷了眼睛可不好。」

「不用，我自己來就好，妳去外面守著吧。」明檀有些睏，不由打了個呵欠，可態度仍是十分堅持。

綠萼無法，只得換了盞更為明亮的燭燈，默默退了出去。

沒了綠萼在一旁說話，屋內倏然變得格外寂靜。明檀打起精神繼續縫製左靴，時不時拍拍自己臉蛋，應付不斷上湧的睏乏之意。

許是因為太睏，針尖幾次錯著靴面扎到她的手指頭上，指尖倏然冒出細小血珠，她輕嘶了聲，含吮住指尖，含上一會兒，又挑開針線繼續縫製。

明日冬至，聖駕出宮，拜祭太廟。京中軍備之處皆是嚴陣以待。皇城司身負守城之責，陸停所統領的殿前司禁軍則是需全程護衛聖駕。

江緒與之商議甚晚，漏夜歸府時，本以為小王妃定是如往常一般早早歇了，卻不想今日屋中還亮著燈。

他進屋時，明檀正忍著呵欠給冬靴收邊，聽到簾外動靜，她不由得走神，又不小心扎到了指尖。

「夫君。」明檀抬頭，頗感意外。

江緒未應聲，上前握住她的手腕，只見她指尖發紅，上頭被扎了許多細密針孔，稍一用力捏著，小血珠就往外滲。

「這是在做什麼？」江緒沉聲問。

明檀忙抽回手，細緻地縫完最後幾針，用剪子將線頭剪斷。

「給夫君做的冬靴，這鞋底納得又厚又鬆軟，走路會很舒服的，靴裡皮毛也很暖和，便是下雪也不用怕，不會往裡滲水！」明檀一掃睏意，捧著這雙靴履期待地望著他，「夫君要現在試試嗎？」

江緒靜靜看了她一會兒，輕「嗯」了聲，接過鹿靴。

這雙鹿靴做得極為精緻用心，江緒不經意間瞥見，左靴內側繡著「啟之」二字，他下意識看了右靴一眼，內側也繡了「阿檀」二字。

「妳在暗處繡了字。」

明檀點頭，眼睛亮晶晶地望著他，擎等著他誇。

卻不想他打量半晌，明明想說一句誇讚之言，出口卻是不經思考的：「繡在靴中，不會臭麼。」

「……」

明檀面上的笑意一瞬僵硬，滿腔歡喜似是被一盆冷水澆得只冒著餘煙。

這人到底會不會說話？

他平日是因不會說話所以才很少說話是嗎？

江緒說完也覺得，這話問得不大對，他解釋道：「本王沒有別的意思，本王的意思是——」

「你才臭，你腳臭鞋臭渾身都臭！」

明檀的睡意被江緒氣得倏然消散，精神得現在坐下來還能再看十本帳冊。

江緒：「……」

明檀一屁股坐下，自顧自收拾著針線，再也不看他一眼。

江緒默了默，在另一側落座，換上這雙新做的冬靴。

「很舒服，也很合腳，王妃有心了。」穿上後他道。

明檀沒搭理他。

他起身，站到明檀面前，那冬靴便邁入她的視線。

她忍不住瞟了眼。

確實很合適，是她想像中上腳的模樣。可她做得這般好，還在裡頭藏了自個兒的小心思，這男人竟不解風情至此，更氣了！

她起身，抱著收拾好的針線盒子就要往妝檯那兒走，江緒在她身前擋了擋，她欲繞開，江緒又伸手，攔住她的去路。

「你攔我做什麼？」明檀沒好氣地問道。

江緒沒應話，只從她懷中接過針線盒，將其放置回妝檯，又從屜中找出藥箱。

「妳的手受傷了，本王……」江緒略頓，「我給妳上藥。」

明檀沒吭聲，任由江緒拉著她坐回軟榻。

「可能會有點疼，忍忍。」他沉聲道。

「再疼也疼不過被扎的時候！」

江緒的動作停了停，抬眼看她：「很疼麼。」

「當然疼了。」

明檀可不是什麼默默奉獻不求回報不求心疼的傻姑娘，平日盯著人做個點心她都能在江緒面前細細分說上半刻，準備這麼大個驚喜，她原本就打算好生邀功，讓夫君從方方面面感受到她對他到底有多用心的！

方才她是被氣著了，不想理人，這會兒他主動問起，她自是不會放過大好機會，小嘴叭叭絮叨個不停，直從如何起的念頭一路絮叨到了今兒手上被扎的十一針整。

她越說越委屈，將上了藥火辣辣的手指頭往江緒面前遞了遞：「我可沒誇張，你看，十一針整呢。」

江緒一時靜默，有些不知該如何應對。

半晌，他道：「是本王的錯。」

他自覺理虧，可覺得好像哪不大對。

只不過明檀沒給他太多細想的時間：「那你吹吹。」說著，爪子遞得更近了些。

江緒遲疑一瞬，還是依她所言，輕輕吹了吹。

明檀又問：「我繡的字好看嗎？」

「……好看。」

「可我瞧著，夫君好像不是很喜歡。」

「喜歡。」

「真的喜歡麼？」

「自然，明日本王便穿妳做的新靴，王妃費心了。」

「夫君為何與我說話總是這般客氣！」

江緒默了半晌，終是改口道：「阿檀費心了。」

聽到這聲「阿檀」，明檀總算是滿意了，她起身拉住江緒：「夫君早些睡吧，明日還要去拜祭太廟，可累得緊。」

江緒點頭，莫名緩了口氣。

冬至祭拜太廟乃朝中重事，江緒沒歇兩個時辰便起了身。他換上親王朝服時，外頭天還黑著，府內寂靜，明檀睡得很沉。

他看了會兒明檀恬靜的睡顏，撚緊被角，本欲起身，可不知想到什麼，他又俯身在她額上親了下，這才悄無聲息出門。

冬祭繁複，出行太廟，郊祀祈福，還要暫歇齋宮，沒個三五日回不了鑾。外頭攤鋪例行休市，無甚可逛。左右無事，明檀索性在府中會了好幾撥客。

這頭一撥來的，便是沈畫與她的婆母，向氏。

向氏是個和善性子，頭回相看就對沈畫十分滿意，後來結了親，婆媳之間相處得極為融洽。

此回來定北王府，向氏擔心沈畫懷著身子不方便，特地前來一道照顧。

沈畫如今還未顯懷，只不過身形豐腴了些，眉眼盈盈，光彩照人。明檀見她這般模樣，也知她如今過得應是十分舒心。

三人閒話家常，聊得甚是愉悅，只不過不知是沈畫有心避諱還是如何，她與向氏隻字未探明檀的身子。

倒是明檀好奇地摸了摸沈畫略微突起的小腹，感嘆道：「表姐也要做娘親了，不知我何時能做娘親，我總覺得自個兒還沒長大呢。」

向氏忙道：「王妃年紀尚輕，倒也不急。」

明檀點點頭，深以為然：「王爺也是這麼說的。」

見明檀並不介意這話題，向氏暗自舒了口氣。

沈畫不知想到什麼，沉思片刻，沒多說，待婢女領著向氏去如廁，她才與明檀道：

「早先聽舅母話裡那意思，有些擔憂妳這子嗣一事，不過我瞧妳，似乎並不擔憂。」

「我原本是有些擔憂的，可王爺並不擔憂，還說我年紀小，不必急著有孕，想想……也有道理，此事急不來，順其自然便是了。」

沈晝欲言又止，半晌，她還是斟酌著問了句：「可有找大夫看過？」

「太醫每月都會來請平安脈，無礙。」

沈晝這才放心：「說的也是，想來舅母她是怕妳與她一般……不過王爺不急，那順其自然就是了。」

明檀點頭。

不過沈晝這麼一說，她打算等下回封太醫來請平安脈時好好問上一問，有沒有什麼法子能讓人懷上身子的機會大上一些。

可話說回來，她與夫君有小半個月沒有行房了，不行房，孩子總不會憑空懷上。

三日後，聖駕回鑾。將成康帝與章皇后送回宮中，江緒早早打道回府。

休市三日，街鋪重開，上京城裡熱鬧得緊，江緒騎在馬上，不緊不慢往前，時不時往街邊掃上一眼。走至街角時，他瞥見一間布莊生意極好，往來絡繹不絕。

想起明檀在禾州時逛成衣鋪子的熱情，江緒勒緊韁繩，翻身下馬。

「這位客官，裡邊請。」店裡夥計十分熱情地招待著他，「您想看些什麼？冬衣還是綢緞，咱們店什麼都有。」

江緒掃了圈，目光定在一匹泛著淺淡光澤的素色緞子上。

夥計很有眼色，忙道：「客官，您可真有眼光，這雪緞是極好的料子，達官貴人喜歡得緊，您瞧瞧這光澤，這手感，可不是尋常料子比得上的。只不過這好料子嘛，比旁的肯定是要貴上——」

「要兩匹。」江緒徑直道。

「欸，好嘞好嘞。」遇上如此乾脆的顧客，夥計自是殷勤，「您稍等片刻，我這就給您包起來。」

江緒頷首，心想：自南下回京後，似乎未見她添什麼衣裳，前幾日她送了他冬靴，今日送她布料，想來她定會高興。

只不過還沒等他回府見到某人高興的樣子，京畿大營又出了事，需他前往處置，待他繞道京畿大營完事回府，天色已近黃昏。

他心裡默備了許久說辭，可沒想到回啟安堂時，小王妃竟不在。

「王妃呢。」

「回殿下，王妃本是在府中等您回來一道用午膳，可您遣人回府說要先去趟軍營，王妃便獨自用了。晌午王妃歇了小半個時辰，白家小姐派人來請，王妃便去了昌國公府吃茶，去之前王妃還吩咐說，今兒不必備她的晚膳。」留在啟安堂看家的素心細緻答道。

江緒聞言，沒往屋裡走，只將那兩匹緞子交給素心：「本王去書房，王妃回了，告訴她這是本王挑的。」

王爺挑的？素心接過緞子，稍怔了瞬，忽然明白過來，不由看向負手跨過院門的那道背影，抿唇偷笑。

明檀今日在昌國公府吃了兩杯青桔酒，有些臉熱，回府時天已漆黑，見院中寂靜，她邊回屋，邊隨口問了聲：「殿下還沒回麼。」

素心幫她寬衣，笑盈盈道：「回了，殿下這會兒在書房理事。」

「回了？」明檀稍感意外。

素心揶揄笑道：「不僅回了，王爺還特地挑了禮物給您呢。」

「什麼禮物？」明檀酒都醒了幾分。

素心回身，將江緒帶回來的兩匹緞子呈了上來。

明檀打開一看，懵了懵。

雪緞？這起碼過時三個月了吧？京裡尋常富貴人家還穿，可她認識的夫人小姐們早就不穿了。

瞧這上頭有金縷閣的標識，想來這並不是宮裡賞的，是自個兒在金縷閣買的。堂堂定北王殿下跑金縷閣精挑細選兩匹過時已久的布料，好笑中讓人覺得有些心酸，心酸中又讓人覺得有些感動呢。

她唇角上翹，愛惜地摸了摸布料，也不知在想些什麼，過半天，她忽然吩咐人備上吃食，自個兒拾掇了下妝容衣裳，領著素心往書房去了。

書房內，江緒正在密室，與祕密前來的幾位將領商議要事。

北地十三州僅餘榮州還未收復，東州一役之後，邊地兵將養精蓄銳休養生息已近一年，如今是時候著手布局如何拿回榮州了。

說到一半，江緒忽聞屋外有熟悉的腳步聲漸行漸近，想到外頭護衛並不知他正在與人祕密議事，定不會阻攔於她，他收了聲，示意幾人稍待片刻，挪開機關，獨自走出密室。

明檀進書房時，江緒恰好坐回桌案。

他還沒來得及問她來做什麼，明檀就一陣風似的捲到他面前，帶來一陣似有若無的淺淡香風。

她將食盒擱下，斜坐到他腿上，摟住他的脖頸，無理撒嬌道：「夫君，你送的東西一點都不用心，雪緞雖好，可已經過時三個月了。你是不是不喜歡阿檀，不愛阿檀了！」

「……」

江緒眉心突突起跳。

「本王——」

「又來了又來了。」明檀對他的自稱一向不滿。

「我——」

明檀湊近，親暱地繼續撒嬌：「不管，罰夫君親阿檀一下！」

「……」

江緒用一種「妳確定麼」的眼神看了她一眼。

明檀似是等不及，先親了他一口。

她就不信，今夜她這般主動熱情，夫君還體會不到夫妻之間該有的情趣！

事實證明，某人真的體會不到——

「別鬧，妳先回屋。」

他的喉結略略滾動了瞬，聲音低啞。

誰鬧了？明檀正不滿想控訴於他，博古架後忽地傳來一聲響動。

「什麼聲音？」明檀疑惑了瞬，起身走近博古架。

「書倒了。」她沒多想，將倒下的兵書重新擺放規整，走回桌案。

密室不甚隔音，幾位將領正襟危坐餘內，頭皮發緊，面面相覷，面上神情十分精彩。

幾人心中不約而同嘀咕道：萬萬沒想到，王爺與王妃私下相處竟是這般膩人……

想當初王爺大婚，他們也是來王府喝過喜酒的，那會兒可看不出王爺對這樁婚事有多看重，且成婚之後王爺甚少提起王妃，就和沒這號人似的，大家自然以為兩人感情平平。

現下幾人如坐針氈，甚至有人想到，今兒在這聽了不該聽的，王爺該不會讓他們永遠留在這密室吧？不知道現在讓自個兒聾瞎還來不來得及保住一條小命。

好在江緒沒打算讓密室中的幾人繼續待在裡頭偷聽壁角，也沒打算讓明檀因她自個兒突然興起的這齣，尷尬到又能用腳趾摳出一座大顯十三陵。

他闔上書卷起身，一手牽起明檀，一手提上食盒：「書房不通風，回屋一起用。」

明檀莫名，本想說開窗不就通風了，可被他溫涼的寬掌握住，那話咽了下去，只是乖巧點頭，任由他牽著往外走。

然就在兩人將要出門之際，密室裡頭某位患了風寒的將領實在是憋不住了，忽地「阿嚏」一聲！

門恰好打開，初冬的風往裡灌著，涼颼颼的。

明檀彷若石化，腦中一片空白，不知過了多久，她才後知後覺抬頭，看了江緒一眼。

江緒默了默，見瞞不住，只好言簡意賅解釋道：「博古架後有密室，妳來之前，我正在與人議事。」

明檀下意識便想問他為何不早說！可腦海中迅速回閃了遍方才之事，羞惱瘋狂上湧的同時，她無法再理直氣壯地質問出口，畢竟她方才壓根就沒給夫君早說的機會。

她甩開江緒的手，渾身上下被火燒了似的，捂住臉忙匆匆往啟安堂跑。

要死了要死了要死了！丟人現眼的第四座高峰就這麼猝不及防地出現了！當初她就不該想什麼那三座高峰定是不可逾越，這不就輕輕鬆鬆逾越了麼！怎會發生這種事，委實太離譜了！

不出所料，等江緒回到啟安堂時，面子薄又老出糗的某人已經將自個兒關進屋中，羞臊得鑽進被子死活不肯出來了。

江緒坐到床榻邊，醞釀會兒，臉不紅心不跳地扯謊安撫道：「妳這是做什麼，夫妻之間，關係親密是正常，他們沒多想，妳也不必如此介懷。」

明檀顯然半個字都不相信。

「我已警告他們，妳放心，他們不會對任何人說起今夜之事，王妃賢良淑德的好名聲，更不會因此事造成任何影響。」

這話是真的，可明檀只是在被子裡嗚了兩聲，並未給出更多反應。

也不知乾巴巴地安撫了多久，某人的小腦袋總算是從被子裡鑽出來了，可看著不是想通了，而是被悶壞了。

她小聲道：「夫君不用安慰我，讓我靜靜。」

說著，她便翻身朝向床榻裡側，身體蜷成一隻小蝦米。

江緒已無話可再安慰，靜默半晌，他熄燈上榻，揉了揉她的腦袋。

「睡吧。」

明檀悶悶地「嗯」了聲。

他從身後抱住她，見她並未抵觸，將人翻過來，攬進懷中。沉吟片刻，他試圖開口：「本王，我——」

「說了夫君不用再安慰我了，我沒事。」

「我不是安慰，我只是想問，布料為何會過時三個月，是發霉了麼。」

「……」

明檀一個咕嚕就從他懷中脫了出來，繼續對著床榻裡側，氣到自閉。

江緒未從她口中得到答案，認真思忖著這問題，並打算明日早起再尋小王妃身邊的丫頭問上一問。

冬至一過，一年便接近尾聲，朝中無大事，宮內在緊鑼密鼓地準備除夕宮宴。

御書房內，成康帝難得放下奏章，與江緒閒坐手談。

「當真不來？今年宮中焰火可是有新花樣，御膳房還來了幾位新廚子，嘴上虧不了你。」

「臣已看過最好的焰火。」

「什麼？」成康帝下意識抬頭。

「沒什麼。」江緒垂眸望著棋面，輕描淡寫道：「王妃已在府中準備多日，臣就不來了。」

成康帝想了想，沒再勉強，人家小夫妻成婚後還是頭回過年，想在府中獨過也正常。

「那到時朕讓內侍賜菜到你府中。」

江緒沒再推拒，畢竟賜菜並不只是字面意義的賜菜，更多的還是代表君臣之間的信任與親密。

下了兩局棋，內侍將皇后擬好的各府新年賞賜名冊呈給成康帝過目。

成康帝打開，隨意掃了一眼，見排在最前頭的便是定北王府，將冊子扔了過去：「你看看還缺什麼。」

八寶攢絲滿福海棠金簪一對、南海玉如意一對、緙絲撚金如意雲紋錦被一床……

江緒耐著性子看至末尾，忽問：「這錦春緞與流雲緞可是最新的衣料？」

成康帝：「……」

他不過是客氣一下讓他看看名冊，沒承想他還真看上了，看完了竟還發表了意見。

侯在一旁的內侍恭謹答道：「回王爺，錦春緞是蘇州那邊前幾日進貢的新料子，統共才進貢了二十匹，做春衣最是華麗。這流雲緞雖不是新料子，可卻是欽定的貢品，若不得賜，宮外即便得了也是不可穿用的。」

江緒頷首，闔上冊子，遞還回去。

成康帝忍不住問了句：「你問料子做什麼？」

「沒什麼，就是上回買了兩匹錦緞，王妃嫌過時了。」江緒不以為意道。

他從前只知衣裳有新有舊，卻不知京中女子穿衣還講究衣料新舊，他雖覺得離譜，但不至於讓自家王妃成日穿著過時衣料受這份委屈。

「……」

「你還會買錦緞？」

江緒用一種「怎麼不會」的眼神坦然回望。

成康帝一時啞口無言，驚嘆地望著他，連他告退離開，背影消失得乾乾淨淨都半晌沒能回神。

江啟之都會給自家王妃買錦緞了，現下就算有人忽然來稟榮州不攻而破他都能信了。

年尾的日子各家都過得風風火火，瑞雪兆豐年，成康七年的除夕終是在一場紛紛揚揚的大雪中如期而至。

「下雪了！」一大清早，明檀聽見屋外雪落的窸窣聲，便光著腳起身推開了窗。

她只著單薄寢衣，青絲鬆散披肩，興奮地踮著腳往外探出身子，伸手接雪，彷彿不覺得冷。

不多時，有人拿著厚厚鶴氅披到她肩上：「當心著涼。」

鶴氅不是她的，又厚又重，似是往她身上壓了床厚實被子。

明檀沒管，只將接到的雪花小心翼翼捧回來，伸到江緒面前：「夫君你看，真的下雪了，雪花是六角的！」

「妳是頭回見雪？」

「不是呀，今年的雪不是來得遲嘛，先前還與敏敏約好要堆雪獅的，可雪遲遲不下。」

這倒是。

今冬頭一場雪竟至除夕才下。

窗外銀裝素裹，屋頂似是蓋了床鵝毛錦被，樹枝被厚重的新雪壓彎了腰，風冰冰涼，夾著新雪的清冷往屋裡吹送，將屋內歡愛過後的靡靡氣息吹散了幾分。

昨夜折騰到三更，某人直喊若是明兒除夕起不來床，全都是他的罪過，他便忍著收斂了幾分，可現下看來某人也就是嘴上誇張，這一大早精神頭甚好，還有心情跑來窗邊賞雪。

江緒攏了攏她烏黑的長髮，將她攔腰抱回軟榻上坐著，沉聲道：「光腳在地上跑，容易著涼。」

「燒著地龍哪會著涼。」

明檀邊駁邊心虛地將腳丫縮回鶴氅。

江緒見了，沒說什麼。

明檀向他確認道：「夫君，今兒我們不用進宮吧？」

「不用。」

明檀總算是放心了，早聽豫郡王妃說，往年若在京城，陛下都會召親近的宗室入宮，一道用除夕宮宴，賞新春煙火，還要留宿宮中。

這可是她與夫君頭回過年，她才不想入宮見那一大群鬧騰得緊的宮妃。

不知想到什麼，她又道：「夫君，你待會兒去演武場嗎？」

「去。」

「那我們一道去吧。」

「妳去做什麼。」弓都拿不起來，他早已不指望她能紆尊去演武場鍛煉了。

「我想堆雪獅，夫君陪我一道好不好？」明檀眼睛亮晶晶地望著他。

幼稚。

江緒脫口便想拒絕，可明檀伸手拉了拉他的衣角，於是話至嘴邊，又變成了勉為其難的一聲「嗯」。

得了這聲應允，明檀歡喜得從軟榻上伸直了身子摟住江緒的脖頸，並往他臉頰上親了一口，撒嬌道：「夫君待阿檀最好了！」

鶴氅因她的動作滑至底端，江緒伸手摟住她，又一次將她打橫抱起，抱往床榻。

「本王瞧妳並未如昨夜所言，累得說不出話走不動道，精神好得很。」

他的聲音略略低啞，帶著熟悉的危險，可明檀反應過來時已躲閃不及。

「我——唔！唔唔！」

於是一大清早，屋外還撲簌落著雪，明檀被壓在榻上又胡來了番。

起身時，她髮髻凌亂，小臉紅撲撲的，進來伺候的丫頭眼觀鼻鼻觀心，半分不敢多看。

可不知是做賊心虛還是怎的，明檀總覺得她們面上帶著心照不宣的了然笑意，弄得她怪不自在的。

除夕除夕，爆竹聲響，除舊迎新。今兒府中，從上到下都穿得喜氣，婢女們身著鮮妍新襖，明檀也特地披了件火狐斗篷，只有江緒是個異類，仍是穿一身玄色的單薄錦衣。

明檀想讓他換，他卻推說還要去演武場，穿厚重了不方便，明檀一想也是：「那夫君先披件鶴氅，等到了演武場阿檀幫你拿。」

說著，她便拎起鶴氅，踮著腳往江緒身上披。

雪下一夜，屋頂樹枝皆是滿目素白，演武場上早有下人清掃出一片乾淨地方，供自家王爺練劍。

明檀坐在一旁，攏抱住他的氅衣，手中揣了個小小的暖手爐。

江緒也不知是故意還是怎麼，不好好在清掃出來的地方練，幾招幾式便落至雪地，他一身玄衣，劍光映雪，招招凜然凌厲。

就……還怪好看的。

明檀不知不覺看入了迷，滿心滿眼都想著：夫君可真英俊，夫君可真厲害！

她眼睛一眨也不眨地盯著江緒，利刃挑起雪花在半空亂舞，收劍之時，她仍意猶未盡。

待江緒負手朝她走來，她才後知後覺發現，他身後的雪地裡竟已挑劍堆起了隻小雪獅！

明檀瞪直了眼，忙起身上前，打量那隻蹲在雪地裡，已然勾勒出大致輪廓的雪獅。她發自內心地讚嘆道：「夫君，你太厲害了吧，光是用劍就差不多堆好了，好可愛！」她歡喜地伸手戳了戳。

江緒折了根枯樹枝遞給她：「剩下的妳來。」

明檀迫不及待點頭，湊近半蹲下身，用樹枝在雪獅身上描繪毛髮。只不過倏然離開暖爐捧著冰雪，手冷得緊，用一會兒左手，就不得不將其攏進衣袖換上右手。好在剩下不多，不一會兒，她就弄完了，起身打量會兒，還挺像模像樣，她滿意地笑眯了眼。

江緒瞥了她微紅的手一眼，將暖手爐重新塞回她的手中。

白敏敏與明檀也算得上是心有靈犀，起床時見外頭下雪，便找了府中孩童一道堆雪獅。

可與孩童一道自是不比與定北王殿下一道，小孩子什麼都不懂，幫不上忙就算了，還淨給她搗亂。

白敏敏忙活了一早上，差點被小屁孩氣暈不說，手還凍得通紅通紅的，半晌沒知覺。回屋泡了溫水，手心又癢又痛，婢女在一旁心疼數落，著急忙慌地給她上凍瘡膏。

幾日後各府拜年，白敏敏見著明檀，說起堆雪獅一事，誰想不等她訴苦，明檀就興沖沖說起自個兒與夫君堆的雪獅可愛又威武，還說堆雪獅可好玩了，改明兒下雪她倆再一道堆一次。

白敏敏猶疑地問道：「妳手不冷？」

「為什麼會冷？」

白敏敏就奇了怪了，細問之下才知，喔，她所謂的堆雪獅，就是夫君給她堆得七七八八了，自個兒拿樹枝在上面胡亂劃拉兩下，馬上抱住暖手爐，就算是兩人一道堆的了。

很好，有夫君了不起。不知怎的，她婚事坎坷近兩年，頭回有了股恨嫁的衝動。

後頭的事暫且不提，除夕當下，堆完雪獅，明檀拉著江緒一道，給府中的下人們分發了三個月月例的賞銀，還感激鼓舞了番，下人們心中皆是歡欣感慨。

其實從前王府未薄待他們，可府中慣常冷清肅穆，年節裡總是少了些人氣，如今有了王妃，這節是節年是年的，有了原本該有的模樣。

明檀並不知道，這是江緒成年開府之後，頭回在自己府中過年。

從前有時在邊地，有時在宮中。

在邊地還好，雖條件艱苦，但軍中伙夫會做上一頓豐盛好食，並著堆起的篝火，大家圍坐一團，喝酒吃肉，也算熱鬧。在宮中卻沒什麼意思，用頓飯有無數規矩，他一個人，連盛大的煙花落在眼裡，也是冷冷清清，無甚好看。

其實從定北王府朝南的方位，能看到禁宮中盛放的煙火，只不過今夜定北王府，似乎無人有意守觀這一瞬絢爛。

啟安堂內，明檀與下頭的婢女們笑鬧成一團，追著趕著放煙花爆竹。

庭院裡頭架著火，廚子將醃好的烤羊放在上頭來回翻面，油花兒偶爾在火中迸濺，外皮金黃油亮，滋滋冒著響。

旁邊挪了張桌椅出來，高湯煮出的鍋子泛著奶白色，嘟嘟往外冒著泡，旁邊有各色薄切的牛羊肉，水靈的鮮蔬，佐著廚子調出的各味蘸料，鮮美自不需提。

江緒坐在桌邊自斟自飲，目光始終追隨著那道披著火狐斗篷的嬌小身影。

婢女們原本怕他怕得不行，半點不敢放肆，可今夜殿下似乎格外好說話，一時忘了尊卑與王妃笑鬧，他也沒有要動怒追究的跡象。

不過有王爺在這，婢女們和明檀笑鬧自然知講究分寸，沒一會兒，明檀累了，坐下緩歇，她們便知趣地福禮退下。

明檀鬧得額上冒出細密汗珠，就著江緒斟好的果酒抿了口，滿足得笑瞇了眼。見四下無人，她確認屋中絕對沒有密室，藉著還未消散的興奮勁兒，起身挪坐到江緒身上。

「夫君，今日是我過得最開心的除夕了。」她半是撒嬌半是認真地看著他，「和夫君在一起過除夕，好像有種家的感覺，總之，我特別特別開心！」

江緒凝望著她，剛想回應什麼，明檀又想起件事：「噢對了，我有禮物要送給夫君。」

她一直貼身帶著，低頭翻找會兒，獻寶似的捧了出來。

是他從前收過的鴛鴦戲水紋樣香囊，只不過這回的香囊配色與之前有些不大一樣，底部綴有同心結流蘇。

他接過香囊打開，裡頭有一束打結的頭髮。這束頭髮有長有短，參差不齊。

明檀不好意思地解釋道：「我的頭髮養護得可好了，捨不得剪，夫君的頭髮我也不敢剪，所以這都是在床上和妝檯前撿的。」說著說著，她變得理直氣壯起來，「反正……總之，不是你的就是我的，我中有你，你中有我，便也算是『結髮為夫妻，恩愛兩不疑』了。」

江緒審量著，沒出聲。

明檀覺得自個兒有些不知羞，哪有結髮還捨不得剪髮的，夫君該不會是嫌棄了吧？她有些躊躇，正想問問現在剪上一束還來不來得及，江緒便將香囊攏緊，收入懷中：「王妃的禮物，本王很喜歡。」

說完他發現不對，還很自覺地改口道：「阿檀的禮物，我很喜歡。」

明檀舒了口氣：「夫君喜歡就好。」

「可是，我沒有準備禮物。」江緒想了想，「這樣，妳有何願望？若我能幫妳實現，便當是送妳的禮物了。」

明檀壓根沒想過還能騙上份回禮，一時得了許諾，竟有些不知該許什麼願好。

「唔……讓我想想。」她一臉為難。

「新年禮物，過了今晚就不作數了。」

哪有這樣的！

明檀控訴地看了他一眼，還是絞盡腦汁想了起來。

她邊想邊用了些吃食果酒，很快便近子時，江緒應暈乎的某人請求，抱著她上了屋頂。

定北王府乃親王規制，屋頂比旁處高上一些，今夜京中萬家燈火，一片明亮，子時夜空升起簇簇煙火，不僅有禁宮的，也有京中富貴人家的，夜空霎時被映照得宛若白日。

明檀靠在江緒懷裡看著頭頂不停綻放的煙花，不忘小聲喚起自家夫君的記憶：「好看是好看，可並不獨特。」

江緒「嗯」了聲。

在理縣的映雪湖上，他已經見過此生最好的煙火。

喧囂過後，夜空歸於沉寂，明檀半闔起眼倚在他懷中打盹，冷不丁說了聲：「下雪了。」

江緒抬眸，還真是下雪了。

起初只偶有冰涼落在身上，不一會兒，晶瑩雪花在夜色中紛紛揚揚飄落。

雪花飄落得越來越密集，江緒怕她著涼，抱著她下了屋頂。

見江緒要抱她進屋，明檀道：「今夜要守歲的。」

「明日有許多事要忙，不必守了，睡一會兒吧。」

說的也是，除夕鬆快，往後幾天事情可多。想到這兒，明檀也不堅持了，反正府中只有兩人，守不守的，兩人在一起便沒差。

上榻安置時，明檀趴在江緒身上不撒手。

迷迷糊糊入睡前，她終於想好自己的願望。

她附在江緒耳邊，略帶睏意地小聲絮叨道：「夫君，我的願望便是，新的一年裡，你能再多喜歡我一點，比之前多一點，好不好？這樣我每年許一次願，你就會越來越喜歡我了……」

江緒揉了揉她的腦袋。

這個願望，他好像並沒有把握能為她實現，因為現在，他好像已經，很喜歡她了。

# 第十三章　新歲

歲首之日，皇帝依例於金鑾殿行大朝會。

江緒平日慣不上朝，然大朝會不比尋常，不好缺席，是以五更天，他便起了身。

明檀也起了身，她替江緒穿好朝服，不忘在他褲管裡綁上護膝，絮絮叨叨：「我聽父親說起過元日的大朝會，禮節繁複得緊，跪來跪去的，夫君不常行大禮，還是綁上為好。」

江緒沒出聲，任由她動作。

幫江緒穿戴齊整後，明檀披上斗篷，一路將他送至啟安堂門口，天色灰濛濛的，還未大亮。

她踮起腳在他臉上親了一下，不等他反應，便將他往外推：「夫君快些去吧，晚了可不好。」

江緒望著她微微泛紅的臉頰，輕「嗯」了聲，隨即轉身往府外走。

雪地裡落下一串漸行漸遠的鞋印，在明檀看不見的地方，他幾不可察地彎了下唇角。

其實對明檀來說，元日的事還不算多，去祠堂上香供奉完未曾謀面的公公、婆婆，收了一堆相熟不相熟的拜帖，並遣人送了一堆相熟不相熟的拜帖，便沒其他事了。

初二才忙得緊，歸寧之日，她一早起床梳洗，拉著江緒一道祭了財神，出門時連早膳都沒來得及用，只讓素心匆忙包了些點心。

出了門，路上車馬喧闐，擁堵不堪，因車上備著禮，不好半道棄車騎馬，不遠的路程生生耗了近半個時辰。

兩人至靖安侯府時，同樣歸寧的沈畫夫婦已經到了，沈畫比前些時日又顯得圓潤了些，小腹顯懷。

歸寧聚在一起，男人談論朝政之事，她倆與裴氏也聊得甚歡。

只不過江緒今日還需入一趟宮，不能久留，稍坐了會兒，與明檀說好辦完事來接她，便在午膳前先行離開了。

不曾料，江緒走後沒多久，明楚與她夫君馮三郎，竟特地從禾州赴京歸寧。

這是明楚出嫁後第一次回到靖安侯府，她梳婦人髮髻，頭戴不菲簪釵，身上穿的朱紅新襖也是京中時興的款式，瞧著氣色很是不錯，看得出，馮家並未仗著上回明檀的諭令苛待於她。

不知是先前吃了教訓不敢造次，還是力圖在爹爹面前好好表現以期挽回些消磨殆盡的父女情分，明楚今日見著明檀與沈晝，顯得格外安分。

她不找事，明檀也就懶得同她計較，只當她不存在。沈晝亦是如此。

可明楚的安分總歸只是一時，用著用著午膳，她忽然望向沈晝，頗為親切地問道：「聽聞晝表姐有喜了？」

沈晝稍頓，不失禮貌地點了點頭。

明楚又問：「不知有了身孕可有什麼忌口？我這兩眼一蒙黑，還什麼都不大清楚呢。」

此言一出，桌上眾人皆靜了一瞬。

「妳這話什麼意思，妳也有喜了？」明亭遠擱筷問道。

明楚低頭笑道：「是，女兒已有一月身孕。」

馮三郎忙在一旁補充：「楚楚的身孕方及一月，小婿本想著路上顛簸，不宜出門，可楚楚嫁人後還未回過侯府，對岳丈大人思念得緊，且想著親自將有喜的好消息告訴二老，小婿拗不過，這才帶著楚楚進京拜年。」

明亭遠點點頭，看向明楚的眼神欣慰和緩了許多。

「原來三妹妹也有喜了。」沈晝柔婉一笑，聲音溫和地回道：「有孕之人忌口可多，我這腦子，也記不全，只不過婆母早早便吩咐了，忌口的東西平日全都不做。」

說到這，她好奇問道：「三妹妹，妳有孕一月了，沒請個大夫仔細列列忌口單子，交由家中廚房嗎？怎會兩眼一蒙黑的？」

明楚：「……」

她這般說，不過是為了不著痕跡引出有孕的話頭，膈應膈應懷不上的某人罷了，這沈畫，說話還是時時不忘下套！

明楚沒上套，可哪成想她夫君馮三郎生怕被岳家誤會自家苛待了她，忙解釋道：「自然是請了的，大夫列了足足三頁的忌口單子，這些日子府中上下沒再做過忌口的吃食。」

明楚在桌下掐了他一把，他才反應過來這解釋和她先前說的對不上，於是又磕磕絆絆找補道：「楚……楚楚和表姐一樣，是，是自個兒不大記得，出門便不知道什麼能吃，什麼不能吃了。」

沈畫聞言，看了明檀一眼。只不過明檀沒什麼反應，只是時不時給明亭遠和裴氏夾菜。

明楚不甘心看她這不當一回事的樣子，忍了許久，還是忍不住主動問道：「四妹妹近日如何，身子可有動靜？」

「不知三姐姐指的是哪種動靜？」明檀掀了掀眼皮。

「四妹妹可別裝聽不懂了，妳與王爺成婚時日不短，難道就沒半點有喜的動靜？繁衍子嗣可是大事，四妹妹要上些心才是，若自己不行，府中姨娘生了，自己抱來養也是一樣的，生恩不如養恩大嘛。」

明楚到底是沒憋住，幸災樂禍說了個痛快。

馮三郎察覺不對，攔都攔不住。

明檀輕笑，沒抬眼看她，只是四兩撥千斤地說起，先前去永春園時在戲臺邊發生的事——

「……那位淑儀娘娘仗著有身孕，指點起定北王府的家事，你們猜怎麼著？聖上一怒之下，禁了她的足，還降了她的位分。」

宮中有孕得寵的淑儀都因多嘴降了位分，遑論其他人？馮三郎聞言，冷汗涔涔，忙按住明楚不讓她再胡說。

明楚白了他一眼。

馮三郎心裡頭叫苦不迭，委實覺得自個兒這媳婦不知天高地厚了些，還以為是在閨中姐妹別苗頭呢，如今人家是高高在上的定北王妃，身分天壤之別，她到底是哪來的膽子隨意造次！

明楚也就是面上逞能，聽了明檀這明示「管好妳自己」的一番話後，心裡其實發虛得緊，再沒多吱半聲。

歸寧再無插曲，雖當著明楚的面，明檀沒表露出絲毫異樣，可回府途中，她還是不由得惆悵起來，連明楚都有身孕，為何她還沒有呢？

雖然她也沒有多想生兒育女，可這能不能有和想不想有是兩碼事，幾次三番被人提起，她心裡難免在意。

初二歸寧之後，便是親戚朋友之間的拜年了。

江緒萬事不管，全賴明檀這當家主母逢迎送往，當然，這逢迎送往的本都是她相熟之人。因江緒來府拜年的，僅章懷玉、陸停與舒景然三人。

他們三人是晌午一道來的，雖然熟得不得了，還是備了不少禮。

可巧，幾人落座沒一會兒，剛上來盞茶，便有人前來傳話說，昌國公府小姐與周家小姐來了。

章懷玉與陸停聞言，不由頓了一瞬。

這年節作客不講究什麼男女大防，明檀著人一併將她們請進來，不想，傳話時傳的兩人，進來的卻只有一人。

明檀還未發問，陸停就先問了聲：「周家小姐呢。」

「回陸殿帥，周家小姐家中有事，臨到府外，忽然又回去了。」下人答。

白敏敏覷了他一眼：「還不是在外頭聽說某人也來了，靜婉最是守禮，婚期將近，男女怎好在外相見，這還要問！」

章懷玉忽地搖開摺扇，挑了挑眉，意有所指道：「那這樣看來，白大小姐倒是未學到周家小姐半分，明知本世子在此，還巴巴兒進來。」

「你！」

白敏敏漲紅了臉，惱羞成怒。

不過很快，她深吸口氣，怒極反笑道：「章世子可真會給自個兒臉上貼金，誰是因你來的，我是聽說舒二公子在此——」說到這，她笑瞇瞇地看向舒景然，造作地福了個禮，語調拿腔拿調地溫柔了三個度，「舒二公子，好久不見。」

舒景然頭皮都麻了，乾笑兩聲，忙頷首回禮道：「白小姐多禮了。」

章懷玉不淡定了，瞪直眼看了會兒舒景然，又看向白敏敏，手中摺扇收起點了點：「妳怎麼這樣？」

「我怎樣？」白敏敏理直氣壯。

「妳是要許人家的姑娘了，竟還覬覦他人，不知羞！」

「誰說我要許人家了？章世子，飯可以胡吃，話可不能亂說，你喜歡胡言亂語便罷，可別損了我的清白。」

這兩人也是冤家，從前不識，見面不搭話，如今倒好，不管何處相見，話頭挑起便只能聽見兩人你來我往互不相讓。

明檀好不容易找著個話縫插上句話，問幾人想吃些什麼，她好早些著人去安排晚膳。

只不過今日幾人撞一塊，晚膳是註定沒法在這兒用了。

得知周靜婉來了又走，陸停早坐不住，沒過多久便尋了藉口先行離開。

章懷玉與白敏敏鬥嘴半晌，不知怎的氣氛忽然緩和下來，章懷玉說起正月裡哪家瓦肆的胡人表演格外精彩，白敏敏便和被勾了魂兒似的，忙催著他帶自個兒去看。

到最後，留下用晚膳的只舒景然一人。

晚膳後，江緒領舒景然一道去書房議事。

明檀沒去打擾，自年前起夫君頻頻入宮，頻頻與人議事，偶爾進書房還能看到榮州輿圖，她便隱隱有了預感，北地十三州最後未收的榮州，應是要提上日程了。

兩人秉燭議到深夜，明檀惦記著夫君晚膳用得不多，著人準備了宵夜送往書房所在的萬卷齋。

夜色深重，還未至萬卷齋，她便遠遠瞧見一道身影自側門悄然而出，往王府後門的方向去了。

明檀略略頓步，那身影絕不是暗衛，瞧著有些陌生，又有些眼熟，她好像在哪裡見過……可一時想不起來。

明檀沒多作糾結，繼續往書房走。方跨入院門，舒景然恰好推門而出。

見是明檀，他拱手行禮：「王妃。」

「舒二公子這便要走了嗎？我正要拿些點心來給你們填填肚子。」明檀有些意外，從素心手中接過食盒，緩步上前。

舒景然略帶遺憾地笑道：「多謝王妃美意，不過天色不早了，父親還在府中等著舒某，怕是無緣享用王妃準備的宵食了。」

這樣。

明檀了然，也沒強留。

吩咐人送舒景然出府後，明檀獨自進了書房，江緒還站在沙盤前，不知在擺弄什麼，她將食盒放在桌案上，掃了還未收拾的三支酒盞一眼。

「夫君，我著人備了宵食，你晚膳沒用多少，快用些吧。」

江緒「嗯」了聲，回身坐回桌案。

他也注意到那三支酒盞，但坐下用著宵食，他並未有提起的意思，明檀雖有些好奇方才在外頭瞥見的那抹身影，可見江緒沒打算提，她便沒有主動追問。

次日，江緒又要進宮。明檀得閒，心裡頭惦記著要問問封太醫，有沒有能早些懷上身孕的法子，是以一早便讓人去請。

不巧封太醫回老家過年，如今還在歸京路上。她想了想，又讓人去請了給沈畫安胎的仁心堂于大夫。

于大夫聽說定北王妃有請，納罕得緊，心裡頭七上八下的，邊收拾藥箱，邊緊張地給前來請人的婢女塞銀子打聽：「姑娘，妳可知王妃尋小人，所為何事？據小人所知，王妃一向是由宮中太醫請脈的啊。」

婢女笑著將銀子推了回去：「于大夫別擔心，國子監祭酒府上的二少夫人是我家王妃的表姐，您不是給二少夫人安胎嘛，二少夫人對您可是讚不絕口，所以咱們家王妃才想請您過府坐坐。」

原來是李家二少夫人推薦，于大夫提在嗓子眼的心總算是吞回了肚子裡。

明檀知道，能在京中混出名堂的大夫不會是什麼蠢人，在花廳與于大夫說了幾句，便開門見山直接問了。

于大夫行醫多年，找他問助孕法子的不是一個兩個，他不需細想，便可脫口而出。

明檀仔細聽著，不時點頭。她雖不懂醫術，但也覺著這于大夫是有那麼幾分真本事。待于大夫說完，明檀主動道：「那便勞煩于大夫為我把把脈吧，太醫回了老家省親，我好些日子沒診平安脈了。」

于大夫忙應了聲是，殷勤地從藥箱中取出脈枕與細布：「王妃，請。」

明檀將手搭了上去。

不一會兒，于大夫便收手溫和道：「王妃身子骨稍有些弱，平日多走動走動，飲食上也需多注意些，少食辛辣生冷之物。」

「太醫也是這般說的。」

「宮中太醫醫術精湛，有太醫為王妃調養，這身子骨弱些無甚大礙，王妃寬心，身孕遲早會有的。」

明檀點點頭，示意素心奉上診金。

雖料想他不敢往外亂說什麼，但穩妥起見，明檀還是想多暗示兩句，讓他切勿將今日過府問孕一事說與旁人。只不過她還沒來得及開口，下頭的小丫頭就送了補湯進來。

「先擱著吧，稍涼些便喝。」她吩咐道。

于大夫看了一眼，本沒大在意，可那補湯冒著熱氣，絲絲縷縷往鼻腔裡鑽。等等，他似乎……聞到了某種似有若無的藥材味道，極淡，也極名貴，尋常難見。

他只在師父那見過一回，本不敢確定，猶疑著又聞了聞，才問道：「王妃喝的這是？」

「太醫特地開的養生補湯。」明檀見他的神色，察覺到什麼，「怎麼？可是……有什麼不對嗎？」

于大夫心裡頭咯噔了下。

太醫開的，那四捨五入不就是定北王殿下默許的？

于大夫也是人精，腦子稍稍一轉忙緊張應道：「沒有沒有，沒有不對，小人只是隨口一問。」

他心裡頭叫苦不迭，現在十分後悔。早知如此，他便不該來定北王府！也不知定北王殿下知曉今日自己來過王府，還能不能讓他見到明兒早上的太陽。

想到這，他額上不住地往外冒汗，診金都忘了拿，咽了咽口水，便忙起身告退。

然退至門口，有人將他攔了下來。

明檀端坐上首，舀了舀那碗補湯，垂眸掃了他一眼：「這湯到底有什麼問題，說吧。」

「沒有，沒有問題。」

明檀靜靜地看了他一會兒，緩聲道：「于大夫，你是個聰明人。你若說了，王爺是有可能尋你麻煩。可你不說，我現在便要尋你麻煩。」

于大夫嚇得腿都軟了，不過到這份上，他也沒別的法子，只得顫顫巍巍上前，略嘗了口補湯，加以確認，賠著小心將裡頭的門道與明檀細細分說了番。

明檀聽完，靜了好一會兒，面上看不出什麼情緒。

于大夫小心翼翼地找補道：「這避子湯於王妃身子是無半分損傷的，裡頭幾味藥材的確有溫補之效，許是、許是太醫一時開岔了方子也說不定。」

明檀沒理他，輕掃一眼，示意婢女將人帶下去。

花廳內倏然變得空曠寂靜，明檀靜坐了會兒，忽又吩咐：「今日之事，不必告訴王爺，那幾個小丫頭，妳好生叮囑叮囑。」

「小姐——」

素心想勸些什麼，可明檀支額闔眼，不容拒絕地揮退道：「妳也先下去吧，我想一個靜一靜。」

「……是。」

其實請仁心堂大夫入府，原本就是打著給素心看風寒的名號。

江緒回府時，暗衛例行向他稟了府中之事，王妃給身邊丫頭請大夫的事也略提了提，只不過明檀待下一向寬厚，江緒聽了，沒多想。

就這麼不緊不慢過了兩日，素心眼瞧著自家小姐和沒事兒人似的，待王爺與尋常一般無二，委實是有些擔憂。

她家小姐可不是什麼能憋事的性子，平日有什麼，立時便要鬧出來，容不得等，可這回……事出反常必有妖。

第三日，太醫署那邊傳話來說，封太醫回了，晌午後，會來王府為王妃請平安脈。

明檀耐心等著，待封太醫來府，診完脈，她如前幾日問于大夫那般，開門見山問了問他助孕的法子。

封太醫稍頓，垂眸仔細應答了番。

明檀不動聲色觀察著他的神情，末了在他面前喝了碗補湯，可除了在她問詢助孕之法時稍有遲疑，封太醫面上看不出半分異樣。

今日江緒事多，夜裡回府，徑直去了書房。至亥時，明檀提著宵食去探他，他恰好忙完，在書房用了宵食，兩人就著清冷的月色緩步走回啟安堂，路上閒聊些有的沒的，一如尋常鬆緩閒適。

回屋之後，兩人共浴，情到濃時難得纏綿了番。

江緒發現今夜小王妃甚是熱情，在淨室裡來了兩回，回到床榻又主動纏著他要了兩回，換做平日，她早要哭鬧著喊疼喊累了。

風收雨歇之時，明檀累得手都抬不起來了，她喘著氣輕聲道：「夫君，幫我把枕頭放到腰下。」

「做什麼。」

「封太醫說，這樣有助於懷上身子。」明檀認真挪了挪位置，聲音雖小，卻一本正經。

江緒默了默：「上回不是說了，妳年紀小，再晚兩年生養無妨，不急。」

「可畫表姐還有我庶姐都有喜了，年節裡走訪拜年，有喜的可不在少數，就我沒有，若不是封太醫說我身子無礙，我都要以為是我懷不上了呢。」

江緒半晌無言。

明檀恍若未覺，細數著封太醫所說的助孕法子，大有要一一試來的意思。

江緒聽著，忽然打斷道：「不必試了，妳暫時還不會有孕。」

明檀頓聲，直直看他。

他揉了揉她的腦袋，將避子湯一事和盤托出。

明檀就那麼靜靜地聽他說著，心裡頭暗暗鬆了口氣。

她是對的，夫君並非故意不想讓她有孕。

這幾日她的心緒十分複雜，腦中閃過無數種紛繁推測，可最後她還是想要相信夫君，相信夫君並非不想與她生兒育女。是以她今日故作不知，從等太醫喝補藥到送宵食共沐浴，做戲做足了全套，就是想聽他親口說出避子湯一事。

好在，她等到了。

「先前沒和妳說，是覺得無甚必要，但沒想到，妳會有如此多的負擔。」說完，他將人攬入懷中，沉靜道：「再等一、兩年，妳想生幾個便生幾個，先等妳身體調養好。」

也先等本王收復榮州。他心裡默道。

其實明檀嫁入定北王府後調養近一年，如今生養已無大礙。可榮州一戰早晚就在這一、兩年，戰場從無常勝，他若不能全勝而歸，那便也無留有子嗣的必要。

他不希望他的孩子與自己一樣，還未曉事，便沒了父親，也不希望他的妻子如他母親一般，獨活於世，還有多餘的牽絆。

夜深人靜，江緒已闔上眼，呼吸綿長均勻。明檀終於有了睏意，入睡前，她乖巧地窩在他懷裡，極小聲地說了句：「夫君，謝謝你告訴我。」

江緒沒睜眼，只在她入睡後，將她往懷裡攏緊了些。

其實今日封太醫來向他回話時，他便聽出了端倪。再一查當日來府為素心看診的于大夫精通的是婦科，並不擅風寒雜病，他自是不難猜出她已知曉避子湯一事。

今夜種種做戲試探，她要的無非就是他的坦誠告知，既如此，遂她心願也無不可。

他的王妃，總歸要讓她心安才是。

正月十五，上元。

今年上元不同以往，有宮妃提議於金明池畔設宴，邀皇族宗親賞燈夜遊，成康帝覺得這主意很是不錯，早早兒便與章皇后商議了番，預備操辦。

江緒先前推了除夕宮宴，上元燈節，成康帝說什麼也不許他再推。

明檀本還想著與夫君去南御河街夜遊，這下可好，全泡湯了。

想到入宮少不得要應付那群沒個安生的妃嬪，她頭疼得緊。

這回金明池夜遊是由蘭、淑二妃並著近日復寵的柔嬪一道操辦的，畢竟年節裡頭事多，宮裡這些事章皇后一個人顧不過來。

蘭、淑二妃明檀已經很熟悉了，可這柔嬪，明檀數回進宮，卻全無印象。

筵席上，明檀小聲問了問江緒：「夫君，柔嬪娘娘什麼來頭？」

「本王又不是內侍，怎會知曉。」

「……」

也是，夫君正籌謀收復榮州一事，哪有功夫關注什麼後宮妃嬪復不復寵。

下首坐著的是豫郡王夫婦，豫郡王夫婦是京中有名的青梅竹馬、少年夫妻。明檀與豫郡王妃時常一道入宮，兩人常有話聊。

這會兒對面柔嬪正給皇上、皇后敬酒，豫郡王妃略略傾身，與明檀講小話道：「檀姐姐可知柔嬪是何來頭？」

明檀小幅搖頭。

豫郡王妃神祕兮兮道：「柔嬪從前是玉貴妃的人，玉貴妃幽禁冷宮後，她跟著失了寵。宮裡頭什麼境況，姐姐也知道的，無寵無家世的妃嬪，日子不會好過，是以這兩年，柔嬪連在人前露面的機會都沒有，皇上也早將她忘了。」

明檀遞出個問詢的眼神。

豫郡王妃還要再說，豫郡王卻拉了拉她衣角，示意她老實點。

她不滿地從他手中扯回衣角，繼續和明檀八卦道：「聽說她這回能夠復寵，多虧了淑妃娘娘提攜，淑妃娘娘不是有身孕了嘛，想找幫手也是人之常情。柔嬪位分不低，且從前在玉貴妃手下，早就被灌了藥，不能生養了……」

豫郡王妃拉著明檀嘰嘰咕咕沒個消停，豫郡王頭疼，卻拿她沒法兒，頗為慚愧地看了江緒一眼。

江緒倒沒覺得有什麼，端起侍女剛為明檀斟上的酒，一飲而盡。

今兒是家宴，來的都是皇室宗親，規矩比平日要鬆散些，用膳時，有不少尋常難見天顏的低位妃嬪使出渾身解數獻藝邀寵。

不得不承認，能入宮的女人還是有幾把刷子，獻舞獻曲很是有模有樣。

明檀認真欣賞了番，與江緒小聲說道：「方才這位美人的曲子彈得甚是好聽，雖然比我差那麼一點點，但曲調倒是有幾分新鮮。」

「……」

這句「比我差那麼一點點」，就很靈性。

江緒掃了她一眼，不置可否：「妳若想學新曲，我讓人尋些譜子給妳。」

「那倒不用了，我自己也會譜。」她順便強調了下自個兒的創作才情。

江緒無言。

皓月初升，舞樂正酣，眾人飲酒說笑，一片和樂。

章皇后在上首溫婉笑道：「今日這宴操辦得不錯，有勞淑妃、蘭妃還有柔嬪妹妹了。」

三人忙起身福禮。

淑妃淺笑著，謙虛道：「皇后娘娘主理六宮，最是辛勞，能為皇后娘娘分憂，是臣妾與兩位妹妹的福分。且臣妾懷著身子，行事不甚便宜，不過妄擔虛名罷了，正經操持的還是蘭妃妹妹與柔嬪妹妹。」

蘭妃一如既往，聲音淡淡：「臣妾並未做什麼——」

還沒等她說完，柔嬪笑盈盈地搶過話頭：「蘭妃姐姐過謙了，臣妾哪懂什麼，淑妃姐姐懷著身子不好打擾，平日拿主意都倚著蘭妃姐姐，這功勞，姐姐可不興推遲的。」

明檀沒大注意幾人在說什麼，只是不經意般打量會兒淑妃的肚子。

淑妃這身孕三月有餘了，冬日衣裳厚，還瞧不出顯懷跡象，不比下頭的佳貴人，小腹圓鼓鼓的，配上她三不五時的挑剔叫喚，還沒生，渾身上下就寫滿了「母憑子貴」四個大字。

明檀有些好奇，趁無人注意，又問了問豫郡王妃：「聽聞淑妃娘娘是潛邸時的老人？」

「嗯，正是，」豫郡王妃年紀小，知道的事卻多，拋給她一個話頭，她便能不停歇地說上一大通，「淑妃娘娘在潛邸是太子良媛，位分並不高，不過勝在伴駕已有十數載，雖無生養，但聖上還是讓她位列四妃，且還將難產早逝的王美人之女四公主交由她撫養，也算是十分榮寵了，如今有了身孕……想來離貴妃之位不過一步之遙罷。」

本朝太子除太子妃外，還能有兩位良娣、兩位良媛、四位選侍。淑妃在潛邸時只是良媛，位分的確不高。

然以潛邸老人身分熬個四妃，也算不上什麼榮寵，蘭妃照樣沒生養，四妃不也是說坐便坐了，說來說去，不過是簡在帝心罷了。

不過明檀更好奇的是，淑妃如今應已年近三十，是如何在伴駕十數載都無生養的情況下，突然有了身孕？

宴畢，月至中空。眾人隨成康帝、章皇后一道起身往外，沿著金明池提燈夜遊。

早先在殿內柔嬪便提議，今兒夜遊不如來點新鮮的，聖上與皇后分別領著宗室男女，繞金明池兩邊分遊，沿途十步一燈謎，聚首時便看哪邊猜出的燈謎多。

這提議有點意思，成康帝沒多想便應下了。

是以出了設宴的宮殿，男女便分道而行。

不得不說，這回夜遊，操辦之人費了不少心思，沿途十步一盞的花燈俱是巧奪天工，美得讓人移不開眼，金明池上河燈朵朵，如金蓮於粼粼波光上奪目綻放，每隔不遠，便有熱茶小食，累了還能坐下緩歇，燈謎出得心思奇巧，有猜字猜詩句的，有猜物件兒的，竟還有需要動手解機括的。

宮妃裡頭不乏詩才出眾者，猜字猜詩，縱是難些，停留半晌總有人解出，可那解機括的卻確得緊。

那盞機括燈做得十分精巧，並不如其他花燈裡頭點的燭火，裡頭放了顆夜明珠，燈面映出的光澤十分柔潤，而這燈的謎底便是要拿出裡頭那顆夜明珠。

幾位宮妃上前試了，都沒解開，年幼的小公主好奇，也湊近擺弄了會兒，可最後還是扁了扁嘴退下。

明檀與豫郡王妃走在一道，本不欲在這種場合出什麼風頭，然總有人忘不了她。

佳貴人挺著個大肚子無差別嘲諷了番先前嘗試的幾位宮妃，還不忘給蘭妃拉拉仇恨：「要說這才情啊，咱們宮裡頭還是得數蘭妃姐姐，可惜蘭妃姐姐是出題之人，不好解這機括，幾位妹妹進宮不久，以為在宮外念過幾本雜書便算是才智出眾，哪曉得在宮裡頭，還遠遠不夠看。妳們啊，還是得多向蘭妃姐姐學習。」

蘭妃一向懶得和她計較。那幾位宮妃裡頭有與她一樣是貴人位分的，可她挺著個大肚子，誰也不願和她爭嘴，所以無人駁她，只是捏著鼻子任她冷嘲熱諷。

本來佳貴人說上幾句，這盞燈謎便算過了，抓緊時間解下一盞才是正經，可柔嬪笑著接話道：「咱們宮裡無人能解，可各位王妃、郡主、縣主……都還沒上前看呢。」

她望向明檀，輕福一禮，聲音柔婉恭敬：「早先便聽皇上說起，定北王妃聰敏過人，極擅機括，連雲偃大師的機括都能解，這燈……王妃可要試上一試？」

明檀頓了頓。

回京時她給相熟的人家備了手信，宮中也備了一份，可想著宮中什麼都不缺，除些特產手信外，她將在理縣巧得的那隻籠中鳥機括也一併送了。

成康帝很是欣賞雲偃大師的作品，得了機括後，特地找江緒問了番，江緒沒隱瞞，直言這機括是王妃贏來的，所以柔嬪知曉此事，明檀不算意外。

明檀本欲推脫，可佳貴人適時輕笑了聲：「定北王妃？只聽說定北王妃愛吃荔枝，什麼時候擅解機括了？」

明檀：「……」

不提荔枝她還能忍上一忍，可當著她的面便敢如此放肆，這佳貴人的位分也真是降得不長記性。

明檀掃了她一眼，不輕不重地堵了句：「佳貴人禁足禁久了，消息自然是不甚靈通。」

聽到禁足，佳貴人的臉色不由一僵，還想再回些什麼，章皇后卻略略蹙眉：「佳貴人若是累了，可以先回去歇著。」

佳貴人閉嘴了。

耳邊得了清淨，明檀緩步上前，打量起機括燈。

機括燈有些分量，她拿在手中試著旋轉底部，仔細聽著裡頭的響動。

喀噠、喀噠……那聲音極有規律，每三下便空一下。

她轉了整整兩圈，終於確定裡頭應是有凹槽結構，每至凹槽處，便可以往上略推半寸，她摸出些門道來，不緊不慢地邊聽邊試。

閉嘴不足半刻的佳貴人只覺她在故弄玄虛，忍不住小聲道：「我瞧著王妃很是為難的樣子，時間浪費在這，還不如多解幾個燈謎，估摸著皇上他們也要來了，咱們這才解了多少呀，待會兒輸得可別太難看。」

無人搭話。

章皇后專注地看著明檀解機括，沒理她。

她一邊覺得待這兒沒人搭理很是沒趣，一邊又想等著看明檀笑話，自顧自碎碎念道：「也不知還要等上多久，臣妾肚子裡的龍胎可不能久站，既如此，臣妾還是去旁邊休……」

她話還沒說完，「喀噠」一聲，機括燈開了。

燈的側面自動往外突開了扇小門，碩大夜明珠由六爪盞托定在中央，光澤瑩潤，熠熠生輝。

明檀心底一鬆，不由彎了彎唇，伸手去取。

可手方碰到夜明珠，她忽然察覺不對——

這夜明珠，竟是燙的。

明檀剛拿出來，立時便想放回，可她還沒來得及動作，手腕竟突地一麻，那顆夜明珠就那麼滴溜溜滾落在地。

眾人輕聲驚呼，下意識低頭去尋，然人都圍聚在一塊兒，冬裝裙擺俱是厚重繁複，還沒見著夜明珠的影子，人群忽又一陣騷動，伴隨著一前一後兩道尖叫驚呼，婢女們的聲音滿是恐慌驚懼——

「娘娘！」

「貴人！」

明檀被推搡得差點沒站穩，幸好豫郡王妃從旁扶了一把。

待她站定，不遠處傳來兩道不約而同的慘叫，慘叫過後，又是一陣痛呼——

「好痛，我的孩子！」

明檀腦袋空白了一瞬，這是怎麼回事，一轉眼，淑妃和佳貴人竟雙雙倒在地上！

恰好這時，成康帝一行遊至前方不遠處。聽到聲音，很快趕了過來。

見摔倒在地的是兩位有孕宮妃，成康帝的面色霎時難看起來：「愣著幹什麼，還不快請太醫！」

「已經請了，來人，快將淑妃與佳貴人扶至如煙閣！」面對突如其來的意外，章皇后還算鎮定，行事有條不紊，只是聲音略顯緊張急促。

淑妃和佳貴人的貼身侍婢都忙上前，與內侍一道扶著自家娘娘去往最近的如煙閣。

佳貴人原本只是有些隱隱作痛，可一起身，她就痛得頭暈眼花了，面上血色盡失：「好……好疼！」

淑妃那邊更是慘烈，侍女嚇得斷續顫叫：「流……流血了！娘娘流血了！」

侍女手上一片紅，淑妃的衣擺浸出深色。

明檀的心往下墜著。

成康帝臉色鐵青，怒問：「這到底是怎麼回事！」

柔嬪慌忙跪下認錯：「都是嬪妾的錯，嬪妾非要請定北王妃來解這機括燈，王妃解是解開了，可許是太過高興，那夜明珠沒拿穩，滾落在地，佳妹妹踩著，腳下打滑便摔了下去，淑妃姐姐就站在佳妹妹旁邊，也被佳妹妹撞倒在地。」

皇后與蘭妃倒是想為明檀分辯，可方才局面太過混亂，她們並未看清發生了什麼，倒是幾位低位宮嬪佐證了柔嬪這一說辭。

成康帝聞言，望向明檀，目光銳利。

明檀下意識便要下跪，可江緒忽然站到她身前，伸手擋了擋，眸光不避不讓，靜靜地望著成康帝。

成康帝與他對視會兒，眼神複雜。

周遭很靜，氣氛因兩人的對視倏然冷凝成一片大氣都不敢出的死寂。

然最終還是成康帝先收回視線，他什麼都沒說，甩袖往如煙閣走。

很快，眾人跟著往如煙閣去了，燈下只剩明檀與江緒二人。

江緒握住她冰涼的手，半晌，她指頭動了動，輕聲道：「對不起夫君，阿檀好像連累你了。」

「與妳無關。」

「不，是我大意中計了。」

「無妨，我來處置。」他的聲音如沉金冷玉，低低的，卻讓人莫名心安。

明檀緊緊回握住他，這才從失神的狀態中緩緩回過神來。

她遲緩解釋道：「方才那顆夜明珠，拿在手上竟是燙的。我察覺不對，不敢扔開，只想著要放回去，可手腕不知道為什麼，忽然麻了下，等我反應過來，那夜明珠已經掉在地上了，之後的事情，我也不知道是怎麼發生的。」

明檀所言，江緒自是全然相信，他安撫道：「無需擔憂，有我在。」

他牽著明檀，走到方才淑妃摔倒的地方。

地上還有新鮮血跡，他半蹲下身：「手帕給我。」

明檀忙交出手帕。

他拿著手帕沾了沾地上血跡，仔細打量。

明檀也不傻，忽然緊張問道：「是人血嗎？」

「是。」

明檀還沒來得及失望，江緒又道：「這女人心思縝密，不會在這種事情上留下破綻。」

明檀怔了瞬：「夫君你的意思是，淑妃她……」他是有什麼證據嗎？竟這般直接地認定淑妃有問題。

江緒沒答，目光巡視一圈，在角落處找到了滾落的夜明珠。

夜明珠已經沒有先前那般燙了，可握在掌心，仍有溫熱觸感。

江緒打量會兒，沉聲道：「是月光粉。」

「月光粉？」明檀不解。

「北地一種礦石研磨調配出的粉末，呈銀色，微微泛光，密閉後再遇氣，會快速升溫。」

「所以夜明珠上塗了月光粉？」

江緒不置可否：「走。」

此刻如煙閣內，兩間屋子俱是一片手忙腳亂。

佳貴人叫得撕心裂肺，有早產跡象，章皇后守在她屋中，邊安撫她，邊吩咐人去找產婆，做好接生的種種準備。

淑妃屋子裡只有壓抑的啜泣聲，太醫與成康帝低聲回稟了番，而後大氣也不敢出地緩緩往外退。

淑妃倚在床頭發怔，眼淚無聲滾落。

成康帝坐在床邊握著她的手，一時頗覺沉痛。

淑妃的孩子沒了，且太醫說，淑妃體質本就不易有孕，此番懷上極為不易，這回沒了，以後應不會再有了。

外頭佳貴人的哭喊一聲接著一聲，撕心裂肺地不住喊著：「皇上！皇上！」

淑妃聽得難受，眼淚模糊了視線，可她仍是半支起身子，哽咽道：「臣妾在這裡，對佳妹妹不吉利，臣妾……還請陛下准許臣妾，先行回宮。」

成康帝不知該說什麼，只是緊握住她的手，拍了拍，又沉聲保證道：「今日之事，朕必定給妳一個交代。朕先讓人送妳回宮，佳貴人在這兒吵鬧，妳也沒法好生休養。」

淑妃含淚點了點頭。

可當轎輦到達如煙閣外，婢女正要將淑妃從床榻上扶起來之時，江緒與明檀進來了。

見江緒將人牢牢護在身後，成康帝心裡壓著濃濃不快，閣中氣氛愈發壓抑。

江緒沒管他情緒如何，開門見山道：「陛下，夜明珠上塗了月光粉。」

月光粉？

成康帝聞言皺眉。

明檀從江緒身後出來，行了禮，不慌不忙將方才拿夜明珠時所感受到的異樣和盤托出。

成康帝聽完，眉頭皺得越發深了：「照妳這麼說，是有人在夜明珠上做了手腳，又故意不讓妳拿穩夜明珠？」

「回陛下，正是。」

內侍將夜明珠呈上前，成康帝拿起來打量半晌，表面微微泛著銀光，的確是月光粉。這東西京中少見，保存亦有門道，江啟之不可能隨身帶著，就為了給他那小王妃開脫。

他抬頭，目光從蘭妃與柔嬪身上掃過，扔下夜明珠，不怒自威：「妳們操持猜燈謎，說說，這到底是怎麼回事！」

蘭妃與柔嬪齊齊跪下。

蘭妃還沒吭聲，柔嬪就先喊起冤來：「陛下，嬪妾不知，嬪妾根本沒聽過什麼月光粉，且這燈謎與宮燈都是蘭妃姐姐準備的，嬪妾冤枉！」

蘭妃不由看了她一眼：「柔嬪妹妹這是何意，這機括燈不是妳提議的麼。」

「嬪妾也是聽陛下說過一回機括之事才有此提議，可嬪妾僅是提議，餘下的難道不都是蘭妃姐姐在辦嗎？」

蘭妃還想再駁，然淑妃卻虛弱地不敢置信道：「蘭妃妹妹，妳、妳為何要這樣做？」

「不是我。」

「是與不是，姐姐嘴上也說不清楚，畢竟今夜的花燈與燈謎都是由姐姐預備的。」柔嬪跪在地上又道：「請陛下下旨澈查蘭蕪殿，想來若是蘭妃姐姐所為，殿中定能尋到蛛絲馬跡，若尋不到，也可還姐姐一個清白！」

聽到這，明檀不動聲色地勾了勾江緒的小指，兩人雖未對視，但已明白對方心中所想。

原來今夜這齣戲，在這等著。

一箭四雕，淑妃可真是好計策。

想來此刻蘭妃的蘭蕪殿內，已然有一瓶月光粉在角落等著。

不出所料，半刻後，內侍便來回稟，並呈上一瓶密閉封存的月光粉。

成康帝掃了一眼，看向蘭妃，聲音聽不出什麼情緒：「蘭妃，妳作何解釋？」

蘭妃還未開口，淑妃便忽地撲上前，豆大淚珠不要錢似的往下落：「蘭妃妹妹，妳為何如此害我？妳心悅定北王殿下，嫉恨定北王妃，就要借她之手除掉我的孩子嗎！」

此言一出，蘭妃倏然抬眸。

淑妃直直望向她，已陷入失去孩子後口不擇言的痛心狀態：「妳敢說妳不是心悅定北王殿下？」

四下死一般寂靜。

成康帝神色難辨。

明檀的心慢慢往下墜。

她錯了，淑妃這不是一箭四雕，而是想來個一箭五雕——

害佳貴人的胎、掩蓋自己未有身孕的真相、讓她擔上不慎害人落胎的過失、嫁禍於蘭妃；還有，離間聖上與夫君之間的信任。

且最為棘手的是，夫君能揭穿淑妃的真面目，卻無法左右蘭妃如何應對，偏偏最重要的，就是蘭妃的應對。

明明不過幾息，明檀卻覺得，好像過了很久很久。

好半晌，蘭妃終於有了動作。

她忽然放下自己的頭髮，鄭重地磕了三個頭，眼眶發紅。

「臣妾幼時為公主伴讀，曾與陛下一道讀書，那時陛下躲懶，坐在臣妾身後，先生教書時，陛下貪玩剪下一縷臣妾的頭髮，惹得臣妾大哭，那時陛下為哄臣妾，曾許諾及笄之時便登門下聘。」

「陛下許是幼時不懂事，並未將承諾當真，然臣妾一直當真。臣妾深知後宮多艱，可得知自己能夠入宮時，仍義無反顧，這些年在宮中，臣妾從來無意去爭搶什麼，也不敢多打擾陛下，只是靜靜在宮中等著陛下閒時來尋。」

「那些污蔑罪責，都推到臣妾身上不要緊，可若要疑臣妾對陛下存有二心，臣妾願落髮為尼，自請長伴青燈，從此不再過問宮中之事，以餘生以證此身分明！」

成康帝心頭一震：「蘭兒，妳這是幹什麼？快起來！」

蘭妃倔強跪著，似乎不還她一個清白她便要在這長跪不起。

蘭妃此舉，顯然在眾人意料之外，就連淑妃也不由怔了瞬。

蘭妃她……怎麼會？她骨子裡清高得很，不屑於邀寵獻媚，不屑於違心行事，可現下竟……

屋中柔嬪看不明白眼前形勢，往前跪了跪：「皇上，蘭蕪殿這東西都找出來了，您可不能聽信蘭妃娘娘一面之詞啊，蘭妃娘娘她——」

「妳給朕閉嘴！」成康帝咬牙切齒道。

柔嬪被嚇得一哆嗦，忙將話頭咽了回去，下意識望了淑妃一眼。

可淑妃沒望她。

蠢貨。

她都理所當然以為蘭妃是不屑於邀寵獻媚違心行事的清高之人，陛下又會怎樣以為？

這宮中寵愛從來都是簡在帝心，信任自然也是。

蘭妃今日做到這份上，別說只是在她宮中搜出瓶月光粉了，就算她承認是自個兒害的皇嗣，皇上也只會認為她是愛慘了自己，見不得其他女人有他的子嗣，略施小懲便可輕輕揭過。

今日這局，到底是不能盡數如願了。

成康帝適時下令道：「來人，先送淑妃回宮，淑妃小產，悲痛難當，不宜再留在此處。此處有朕在，自會將今日之事查個水落石出！」

蘭妃此番訴衷腸已讓聖上對她深信不疑，再想將此事推到她身上只會得不償失，左右最要緊的兩個目的已然達到，餘下的殘局她本備有兩手安排，不是還有柔嬪那蠢貨麼，讓她揹著便是。

思及此處，淑妃配合著做出悲痛難當傷心失魂之態，任由侍婢宮娥將她扶起。

可行至門口時，江緒卻忽然出聲：「淑妃娘娘留步。」

淑妃一頓，成康帝皺眉望他。

「封太醫馬上就到。」

「你叫封太醫來幹什麼？」成康帝問。

不待江緒應聲，封太醫恰巧揹著藥箱匆匆入內：「微臣給陛下請安。」

「起。」

封太醫恭謹起身，又朝江緒點了點頭，算是行禮。

江緒掃他一眼：「給淑妃把脈，看她是否小產。」

此言一出，淑妃臉色變了：「王爺，您這是何意！」

她心中驚詫不已，定北王怎會知曉此事？不可能，絕對不可能。

江緒看都懶得看她，淡聲吩咐：「把脈。」

淑妃慌了，錯愕半晌，她「噗通」一聲跪下，眼眶發紅，下一瞬便泣不成聲：「皇上，臣妾方才口不擇言，那是因失了我們的孩子才一時不察，王爺位高權重，深受聖寵，可何至於跋扈至此，當著您的面便要如此折辱於臣妾！臣妾今日痛失腹中胎兒，本就不想活了，若還要再受此折辱，臣妾寧願一頭撞死在這兒！」

成康帝：「……」

上元佳節一個個要死要活的，成何體統！這江啟之，淨會給他找事！

可淑妃到底不是蘭妃，成康帝心裡埋怨著，對她的信任遠不及江緒。

他深知，江啟之不可能無緣無故做出這般舉動，是以淑妃再如何哭鬧，他只是略沉了沉聲：「太醫都來了，把把脈再回去也不遲。」

淑妃瞪圓了眼，不住往後退。然成康帝已發話，自有內侍將她按回床上坐著，任封太醫為其把脈。

半晌，封太醫起身，謹慎道：「淑妃的確有小產之跡。」

明檀怔了怔。

可封太醫緊接著又說：「只不過淑妃娘娘的小產之跡是服用藥物所致的虛假跡象，實際並非小產。」他頓了頓，「微臣仔細查看淑妃娘娘脈象，淑妃娘娘應是……並未有過身孕。」

屋中除明檀與江緒，所有人驚了。

「你說什麼？淑妃並未有過身孕？」成康帝不敢置信問道。

封太醫頷首：「淑妃娘娘脈象全無有喜之狀，且今日此種脈象極易誤診為小產，微臣仔細診驗後可以確定，的確是服用藥物所致，皇上若不信，可以再請提點大人前來一診。」

封太醫的話都說到這份上了，淑妃面上血色盡失，全然不見先前的痛心悲憤，成康帝還有什麼不明白的。

江緒適時接過封太醫的話頭，沒什麼情緒地說道：「沈玉將靈州帳冊與行賄名冊送入宮中當日，勤政殿灑掃內侍雙祿與同屋內侍換班，偷偷去了趟棲雲宮。」

棲雲宮的主位便是淑妃。

成康帝聽到這，慢慢回過味了。

所以這一切，全是淑妃策劃？

在他動手處置之前先發制人，以多年相伴與腹中龍子為籌碼保全父兄。

只是假孕瞞得了一時，瞞不了一世，月份漸久，肚子卻不顯懷，再往後便要瞞不住了，所以她想藉定北王妃之手順理成章落了這胎，順便害下佳貴人腹中龍子，再全數推給蘭妃，另以定北王妃之罪責與蘭妃之愛慕讓他對江啟之心生嫌隙。

她許是料定了江啟之手握重權，即便他對江啟之心生嫌隙，也不會立時與之翻臉，所以無論如何都不會處置定北王妃。

既不能處置定北王妃，便只能對她這受害者加以補償，父兄得以繼續保全，她甚至還能因此得以晉升——

成康帝臉色鐵青，從齒縫裡擠出幾個字：「妳這毒婦！」

淑妃坐在床上，渾身泄力，眼淚一顆顆往下砸，她伸手用力抹去，面色是前所未有的平靜。

她是聰明人，從來不做無謂的掙扎，事已至此，再多狡辯都是無用，這位定北王殿下顯然是有備而來，太醫、內侍……那些原本可以瞞天過海的蛛絲馬跡想必此刻已全數被他握在手中。

她不知想到什麼，忽然輕笑一聲：「臣妾是毒婦，沒錯。」

她轉頭，目光從柔嬪、明檀、蘭妃身上一一停過，又略抬了抬，對上怒不可遏的成康帝。

「可這宮中，誰又從一開始就是毒婦？而今種種，還不都是拜陛下所賜！」

她仰著頭，眼淚從鼻上滑過，淚流著流著，她唇角往上翹了翹。

「蘭妃與您幼時相識，可臣妾亦是十六便入東宮。臣妾家世不顯，剛入東宮時，只是個小小良媛，什麼都不懂。」

「入宮給皇后娘娘請安鬧了笑話，回東宮後，臣妾羞愧得不敢出門，您親自來臣妾院中勸慰臣妾，說當初選了臣妾，便是看中臣妾天真淳善，皇上您可還記得？」

「那時我以為，您所說的看中，便是真的看中。可後來才發現，您可以看中臣妾天真淳善，也可以看中其他女人婀娜多姿、能歌善舞、溫柔小意、明媚大方……您看中的未免太多了！多到東宮裝不下，這後宮也裝不下！」

「臣妾一次次期盼，一次次希冀，可到最後，總是失望，後來臣妾才明白，您看中的這些裡頭，最沒用便是天真淳善！臣妾若是十年如一日的天真淳善，白骨怕是早已經成灰了，哪還能站在您面前告訴您，您的喜歡與心意到底有多廉價？」

她邊說，邊抬眼望他，唇角往上扯著冰冷諷刺的弧度。

成康帝怒極，面上抽動著，已說不出話。

然淑妃已無所畏懼，自顧自道：「有時候我真羨慕定北王妃和豫郡王妃，有那麼好的家世，還不用進宮蹉跎一生。這宮裡的花，不論如何名貴，如何嬌豔，要麼被人修剪，要麼無人欣賞，要麼零落成泥，總歸是不會有什麼好下場。」

隨著她的話音落下，屋子裡再次陷入死一般的寂靜。

「皇上！佳貴人難產，血崩了！」正在此時，外頭有人著急忙慌進來傳話。

成康帝一聽，回身便往佳貴人屋裡走，走至門口時，他頓了頓：「先將這毒婦給朕看好了！」

淑妃在後頭扯出抹了然又諷刺的笑，目光緩慢地移著，移至蘭妃身上時，沒頭沒尾地說了句：「本宮倒是低估妳了，沒想到忙活一場，到頭來卻為妳做了嫁衣裳。」

她才不是要害佳貴人的胎，七個月，胎都已經成型了，若此時佳貴人來個難產而亡，生下的皇子或是公主必要尋一位養母，試問這後宮之中，又有誰比她這痛失龍胎再也無法生養的高位嬪妃來得更為合適？

膝下再添一位皇嗣，貴妃之位近在咫尺。若是位皇子就更好了，佳貴人出身隴西杜家，為扶皇子，她不愁拉不攏杜家做她身後靠山，如此一來，她的父兄也有了更為強勁的助力。

這般好的算計籌謀，卻偏偏要織與了蘭妃，想想，也真是諷刺。

蘭妃起身，平靜地看了她一眼，什麼話都沒說。

亥初，佳貴人產下一位小皇子，自己卻因失血過多昏迷不醒。太醫稱佳貴人血崩之勢已然損身，即便是醒了也撐不了多少時日。

成康帝聞言，沉默良久，著即下旨晉佳貴人為佳嬪，連躍兩級。

淑妃被帶回棲雲宮嚴加看守聽候發落，柔嬪則是連句辯解的機會都沒落著，便被打發去了冷宮。

正月十五的圓月高懸，清冷明亮，顯江上正在燃放煙火，兩岸又是「一夜魚龍舞」的燈火盛景，而這深宮之中，卻冷寂得緊。

出了如煙閣，明檀站在臺階上，很輕地說了聲：「多謝。」

蘭妃站在她旁邊，聲音淡而飄渺：「不用，我只是……實話實說而已。」

她不能承認她心悅江啟之，更不能表露出半分異樣，從前不能，現在不能，以後不能，對誰都不能。

她犯不起一念之差的清高，那一念之差，會毀了自己，毀了家族，也可能會毀了江啟之。代價太沉重，她承受不起。

終究，她只是一介俗人罷了。

淑妃以為她贏了，可只有她知曉，在自己心悅之人面前對其他男人違心訴衷腸，到底是一件多麼難受的事。更可悲的是，她會如此這般，難受一生。

許是難受著難受著，從今往後也能慢慢習慣吧，總歸從未是彼此的良人。

宮門已經落鑰，今夜註定留宿宮中。

明檀與江緒緩步走往暫歇的華音樓，途中，她問及許多從前不知之事。譬如行賄名冊與淑妃有什麼關係，又譬如他是何時發現淑妃這孕懷得另有門道。

得知勤政殿的內侍是章皇后查出來的，明檀一陣愕然。

皇后？這裡頭竟還有皇后的手筆？如此說來，皇后早就知曉淑妃假孕一事了？可皇后從頭到尾未沾半分，就連今夜事發，她也是守在佳貴人的屋中……

想到這兒，明檀恍然——

這就是皇后的高明之處了，她是母儀天下為人表率的皇后，很多時候她什麼都不用做，只需要將自己從紛爭裡摘出來，避開皇上可能面臨的難堪時刻，便永遠是大顯人人稱頌，皇上也無比認同的賢德仁后。完美，無可挑剔。

只不過今夜聽了淑妃所言，她莫名有些感慨，又莫名有些好奇，從來無可挑剔的皇后娘娘，會否也曾有過少年意動的時刻？

可惜，她無從知曉，且就算是曾經有，如今應也不會再有了。

明檀看著清冷月色，忍不住小聲道：「這樣算來，皇上辜負了好多女子啊。」

「你情我願，何談辜負。」江緒並未如她有所觸動，還妄圖糾正她，「後宮本是朝堂家族之間的制衡交換，如若不願，皇上並不會逼她們入宮。世上之事，有得必有失，既要家族榮寵，又要帝心如一，話本都不敢如此作寫。進宮之日她們便該想到，一國之君，不可能終日耽於情愛。」

明檀默了默，道理她都懂，可她還是忍不住小聲駁道：「話本敢呢，我都看過好幾本。」

「……」

「妳看的話本自是與眾不同，什麼都敢，不是還敢寫一夜要七回水麼。」

「……」

明檀瞪直了眼，忽然炸毛！

這夜宮中眾人註定難眠，明檀也沒睡好。

次日一早，天濛濛亮，明檀便拉著江緒，在開宮門的第一時間回了定北王府。宮裡亂作一團，好不容易將自個兒摘出來，她是萬萬不願再往裡摻和了。

沒過幾日，宮中傳出消息，佳嬪薨了。

皇上下旨，佳嬪誕育皇嗣有功，特允以妃禮厚葬。

她生了皇子，走之前連升至嬪，以妃禮厚葬，杜家自然沒什麼不滿，甚至還想藉著這榮光，替她庶兄謀個禮部的職缺，聖上不喜這作態，然為補償杜家，還是允了。

明檀聽江緒這般說起，心中很不是滋味。

身世再好又如何，被送進宮，就註定只是用來交換利益的棋子，利益既已到手，人死人活，對家族來說似乎沒那麼重要了。

她雖不喜佳嬪，但佳嬪只是說話難聽了些，並未做過什麼傷天害理的事，一條鮮活生命驟然消逝，卻只換得利益三兩，不免讓人心有戚戚。

至於佳嬪生下來的小皇子，皇上似乎有意記到蘭妃名下。

這倒是件好事，蘭妃性子素來清冷，不大與人結交，養位小皇子，怎麼也能排遣幾分深宮寂寞，且小皇子有高位母妃，在宮中的日子會好過許多。

作為所有事情的始作俑者，淑妃自然沒什麼好下場。她先是被囚於棲雲宮，後又有貼身婢女主動尋至皇后宮中，交代她這些年對其他妃嬪皇嗣做過的陰損事兒。

別看淑妃平日不爭不搶，慣以溫婉賢淑模樣示人，這些年宮裡頭出的大事小事，竟多半都有她的手筆。

皇后一一查來呈稟，成康帝越聽，面色越是沉得滴水。他從來不知，素日良善的枕邊人，竟能狠毒至此！

他原本念著往昔情分，只打算將其貶為美人，打入冷宮，可如今看來，僅是這般也太便宜她了。

「這毒婦，萬死亦不足惜！」成康帝拍桌起身，「來人，傳旨，淑妃戕害妃嬪，謀害皇嗣，禍亂後宮，作惡多端！即日起褫奪封號，貶為庶人，賜白綾一條，以恕己身之罪！」

淑妃早就料到會有這結果，白綾賜到時，她極為平靜地摒退左右。

半刻後，屋中傳出凳子倒地聲，內侍再推門進去，她閉著眼，已沒了氣息。

淑妃被賜死，早先因她有孕一直無恙的父兄自然難逃其責，受賄名冊上一個個追究過去，尤以她父兄獲罪最重，免職抄家，流放邊疆，子孫三代不得歸京。

此間事畢，見識了帝王之怒，宮中總算消停了陣，宮妃們循規蹈矩安守本分，連偶遇邀寵等事都許久未生。

宮中消停，宮外也就安生，明檀樂得多日不必入宮，閒來無事，陪周靜婉一道繡了繡嫁妝。

出正月，周靜婉與陸停的婚事便要提上日程了。

按理說，成婚前男女是不該見的，可陸停慣不是講究人，正月裡頭就往周府拜年拜了三趟。

周靜婉無法，只得在府中假裝與他偶遇了回，省得他見不著人還得再來第四、第五趟，到時傳出去，可真是要笑死人了。

聽了周靜婉埋怨，白敏敏在一旁理著絲線，調侃道：「妳可別得了便宜還賣乖了，誰不曉得陸殿帥為了娶周大才女，京中書齋、書局翻了個遍，什麼古籍、古畫都買了回去，就連人家鎮店之寶都不放過。」

明檀不忘一唱一和揶揄：「何只京中的書齋、書局啊，就連宮中的藏書閣也被陸殿帥打劫了回，上回進宮，皇上還與我家夫君說……是這樣說的，咳咳！」

她停下針清了清嗓，學起成康帝的語氣：「這陸停可真不客氣，朕讓他去藏書閣隨便挑，他還真挑起來了，自個兒挑還不夠，還問內侍哪些比較珍稀！」

「真有此事？」

「這還有假。」

「不行了，笑死人了，陸殿帥怎的這般有趣！」白敏敏捂著肚子笑個的不停。

明檀掩唇，跟著她笑作一團。

其實她這模仿沒誇張，只不過她省了最為要緊的一句。

成康帝當時鬱悶完，猶疑地望了江緒一眼：「他該不會是和你學的吧？」

她當時在一旁聽了，臊得差點沒找條地縫鑽進去。

周靜婉本就面皮薄，這會兒被兩人說得臉頰通紅，臊得就差找條地縫鑽進去了。

她羞惱著，不知想到什麼，忽而輕聲慢語將話題轉移到白敏敏身上：「妳還有功夫說我，連條手帕都繡不好，以後要皇后娘娘如何看妳！」

「我又不是要嫁給皇后娘娘，況且皇后娘娘說，就是喜歡我開朗活潑，這不是很好嗎？」白敏敏大言不慚，「還有章懷玉，哪裡值得我繡手帕給他！」

周靜婉一直拿眼瞧她，聞言忽地一笑，語氣倏然變得揶揄：「瞧瞧，誰成天嚷著章世子不如舒二公子品貌過人，不想嫁給章世子來著？連皇后娘娘喜不喜歡、要不要給章世子繡手帕都考慮上了，可見某人真真是心口不一！」

白敏敏頓了瞬，這才反應過來自個兒被套話了。

她放下手中絲線，去撓周靜婉細嫩的脖頸：「好啊周靜婉，這還沒嫁人呢，怎的就會套話了？定是陸停那廝把妳帶壞了！」

周靜婉怕撓，卻知白敏敏也怕，忙伸手反擊。

明檀樂得在一旁看她倆互撓，時不時幫白敏敏一句，又附和周靜婉一句。挑事挑得正歡，兩人不知怎的反應過來，冷不丁一齊將矛頭對準她，翻起她當初成婚前幹過的糗事，還一起上手撓她，她自作孽，自是被撓得連聲告饒。

# 第十四章　秋獵

十五一過，很快就出了正月。

宮中之事雖已平息，然這上元宮亂見血，終歸不是什麼好兆頭。

方出正月，欽天監監正便向成康帝急稟星象，說近日觀星，南方星宿頻頻異動，先是有客星入東井，後又有隕星如雨[1]，傾落南方。

監正躬身提醒道：「陛下，常星二十八宿，乃人君之象，眾星，乃萬民之象，眾星隕墜，恐民失其所啊。」

南方。

成康帝皺眉思忖。

可還沒等他思忖出個所以然，禹州竟傳來消息，說是近日引川道人出沒於禹西地區，

1「隕星如雨」星象解釋出自《漢書．五行志》，「董仲舒、劉向以為，常星二十八宿者，人君之象也；眾星，萬民之類也。列宿不見，象諸侯微也；眾星隕墜，民失其所也。」

與人交談時，下一讖言曰：「海龍王出世，巫以玉事神[2]，禍也。」

引川道人與雲偃大師一樣，都是高宗時期的能人，高宗曾稱其「知慮絕人，遇事能前知[3]」。

他雲遊四方，隱世多年，自高宗崩後再未出過讖言，如今此讖，饒是成康帝不信鬼神，也不得不重視幾分。

當夜，成康帝急召江緒入宮。

江緒道：「引川道人並非故弄玄虛之宵小輩，高宗時曾預咨河決堤、崇縣蝗災，還有南夷入關。」

成康帝面色凝重地點了點頭：「所以朕才找你來。」

江緒走至御案前，與成康帝比肩而立，他提筆，在紙上行雲書成略顯繁複的「靈」字，而後兩人靜默，半晌無言。

巫以玉事神，這是指「靈」。

成康帝先前聽欽天監說起南方，還在想，是不是正值開港之際的桐港要出什麼事端，而今合上引川道人的讖言，才發覺要出事的，許是靈州。

2「巫以玉事神」出自《說文解字》。
3「知慮絕人，遇事能前知。」出自《宋史．邵雍傳》。

「海龍王出世，你覺得該作何解？」成康帝又問。

江緒聲音沉靜：「海龍王出世，無非是靈州要反，海寇之亂，亦或是，海溢。」

依目前情形來看，除非宿家失心瘋，嫌日子過得太舒坦，否則不可能妄動。

海寇之亂……高宗時有，然至前朝，靈州港已繁盛非常，海貿漸趨成熟，海寇極為少見，縱然有，也不過作亂三兩回便被剿滅，成不了什麼氣候。

所以若是海溢——

成康帝沉默半晌，忽道：「朕倒寧願是宿家要反，或是海寇侵襲。」

海溢之難，綿延千里，尤其是靈州此等重地，死傷將以數百萬計，百姓流離失所，諸災頻起，亂象必生。

「壽康宮如何說？」江緒問。

成康帝靜了片刻才答：「朕讓欽天監監正去過壽康宮，也著人送了引川道人的預讖過去，壽康宮那邊只有四個字，無稽之談。」

靈州從無海溢前例，如今若說靈州可能海溢，宿太后定不會信。即便是有引川道人之言，她多半只會疑心成康帝尋了此人出山，意圖以預讖之言逼迫她交出靈州港。

退一萬步說，即便信了，宿太后也不會做什麼。

若是即將海溢，靈州必將閉港，如今靈州海貿一日進出之體量，閉上一日，損失不可估量。且還要讓靈州百姓往外撤出……靈州可不是什麼小地方，闔州之眾外撤，從何撤起，撤往何處？宿家又要如何？

這裡頭顧慮太多，牽一髮而動全身，她只能選擇不信，也只能祈禱，這只是成康帝意圖奪回靈州一場局。

其實這結果可以想見，可江緒聽了，還是不由沉默了瞬。

海溢之災不同於其他，防無可防，靈州堤壩建得如何堅實，也只是用來抵擋尋常可見的海潮倒灌，海溢一來，全數潰堤，從古至今無人可抵。

為今之計，只有將百姓儘快撤出，才能儘量避免難以估量的慘重傷亡。

只不過靈州如今盡數由宿家掌控，宿家不動，此事就難行進，可江山社稷，從無易事，便是難，為君者也不得一往無前。

次日早朝，欽天監監正在成康帝授意下再提星象一事，左相得了成康帝授意，在朝堂上提起引川先生的讖言。

「引川之讖直指靈州，海龍王出世，極有海溢之嫌，再合星象……臣以為，應立即關停靈州港，安排靈州百姓撤離事宜，以免海溢突來，屍橫遍野。」

宿家一系的官員出列駁道：「方士危言聳聽，豈可盡信？靈州港關停，無異於斷我大顯海貿之路，萬萬不可！」

「引川又豈是尋常方士，劉大人是在說高宗識人不清嗎？」左相逼問。

兩人正要爭起來，另有人出列稟道：「引川先生自是世外高人，然此讖也未必指示靈州，南方沿海城鎮名中帶『靈』的一共有八處，靈州此前從未有過海溢前例，反而是汝州靈惠縣曾出海溢。再者，『海龍王出世』是否預示海溢猶未可知，微臣以為此事還需從長計議，畢竟靈州港極為緊要，貿然停港撤民，若無事發生，靈州百姓必會怨聲載道。」

「此言有理。」

「向大人所言極是。」

宿家一派紛紛應和。

「極是什麼極是，海溢還會等諸位大人從長計議麼。」江緒忽出聲道。

他平日從不上朝，可為讖言一事，今日難得站在朝堂之上。

無他，縱觀大顯朝堂，眾人皆懼的殺神唯定北王殿下爾，事關重大，群臣相爭，若無人主話，何時能議出結果，是以成康帝昨夜特地囑他今日必須上朝。

果不其然，江緒此言一出，駭於定北王之威，半晌無人相駁。

「百官入朝，將士殺敵，皆為國為民。如今民或有難，自應及時提防不計代價。陛下既有此意，哪怕此讖為虛，百年後史書工筆，也只會由陛下擔此罪責，言陛下愚聽方士讒言，淨撤一州百姓，又與各位大人何干？」

成康帝：「……」

放心，若真有那麼一天，史官也不會放過你這力主撤民的定北王殿下。

江緒冷淡往下掃了圈：「反是諸位大人今日阻撓停港撤民，不日若海溢來襲，伏屍千里，會否又要言，天之禍，乃為君者不正不端，不仁不勤，迫陛下下罪己詔，承此禍責？」

往下鴉雀無聲。

沒錯，宿家一派還真這麼想。

歷來天地有異，都是為君者德行有失，不配其位，若靈州海溢無可逆轉，只需稍加煽動，民憤便會聚集於成康帝這一國之君身上，他好生揹著這口鍋，盤踞靈州的宿家也就能乾乾淨淨摘出來了。

至於宿家與宿太后，就想得更深遠些。

靈州若真海溢，於他們而言是危機，也是轉機，帝不配位，招致禍端，換德行兼備之君自是順理成章。

這也是昨夜江緒與成康帝所顧慮過的，靈州倘失，宿家無所倚，亦無所懼，極有可能背水一戰。

如今不怕宿家的背水一戰，只是若真到這般田地，民怨四起，民不聊生，推責於君主，成康帝便是避無可避。

是以江緒才在朝堂之上挑明此事——今日君要救民，百官不允，他日百官可願承受史書之上千夫所指遺臭萬年？

朝堂寂靜，無人應聲。

良久，成康帝沉聲出言道：「傳令，靈州即日閉港，沿海十三城百姓盡數回撤靈西地區，禹州、甘州十日不閉城，納靈州百姓避災，不得有誤！」

成康帝的聖旨是下下去了，可靈州這地界，執不執行，如何執行，全在宿家。他們若不想閉港回撤，便能尋出萬般事端相拖，所以今日朝堂上議著，昨夜定北軍早已八百里加急傳信，著說書先生在靈州境內大肆宣揚引川先生神通，並引出「海龍王出世」的預讖。

宿家正竭力遏止這些說書先生危言聳聽，四下又流傳起數首海溢預言的童謠，再加之靈州數地確實異象頻出，空中飛禽，林間走獸，多呈躁動不安之態。一時間海溢之論在靈州境內街知巷聞，鬧得人心惶惶。

靈州富庶安逸，自有人不信傳言風雨不動，可膽小怕事的也多，尤其是沒什麼身家的，來去避災不過換個地待著，損失不大，是以宿家在靈州一力彈壓，卻抵不住百姓蠢蠢欲動的離城念想。

兩日後，申初時分，靈州泉城忽而地動山搖！地面龜裂出縱橫溝壑，伴隨著如悶雷般的轟隆作響，無數房屋坍塌倒敗。

「地龍翻身了！地龍翻身了！」

「快跑啊！」

「別躲在下面，往城外跑！」

前後不足一刻，往昔繁盛的泉城變得面無全非，驚懼哭喊不絕於耳。

然這只是噩夢開端，是夜，靈州港海溢，狂風忽作，疾風暴雨，海浪捲起足有兩丈之高，凶猛浪潮瞬息衝垮靈州港堅實護堤，以不可阻擋的奔湧之勢席捲吞噬。

靈州沿海十三城，一夜之間，損毀泰半，百姓死傷不可計數。

但這不算是最壞的結果，海溢之前，已有數十萬百姓撤至靈西地區或是遠避至禹州，逃過一劫。

「靈州海溢？」

明檀聽到消息時，整個人懵了。這幾日她全副心思都在周靜婉的婚事上頭，見自家夫君日日早出晚歸，只當是為榮州之事力圖籌謀，卻不知竟是靈州海溢了！

靈州此等繁華富庶之重地，數百年來無事平安，如今竟因地動海溢成為大片廢墟，她委實有些不敢相信。

別說她不敢信了，京中百姓議論紛紛，俱是覺得不可思議，海溢本就是稀罕事，史書記載也多是偏遠小地，靈州港海溢，擱從前，簡直是想都不敢想。

如此重災，雖於災前就已下令停港撤民，然帶來的損失仍是不可估量，後患亦是無窮。

靈州停港，海貿暫閉，靈州百姓流離失所，流民四竄，偶有暴動起，生出不少事端。因靈州境內死傷無數，屍體難得到及時處理，開春天氣回暖，剛被災難侵襲的靈州又傳起一場時疫，這場時疫隨著四竄的流民擴散開來，甚至傳入了上京。

多事之秋，江緒連榮州之事都只得暫擱，成日腳不沾地，接連數月少見人影。

明檀不敢在這種時候給他添麻煩，只能將定北王府管得如鐵桶一般，絕不讓定北王府有沾染時疫的可能。

除不敢添麻煩外，她也時時想著略盡綿力，時疫及上京，她便細細翻閱起王府帳簿，與福叔商量著，以不知名身分捐出了大筆金銀，還和白敏敏、周靜婉等人一道，在城外支起多家藥棚，請大夫坐診，供給大量藥材，為京中感染時疫者提供救助。

若說這場海溢帶來什麼微末好處，那大約便是，成康帝不費兵卒，便從宿家手中拿回了靈州。

只是如今的靈州千瘡百孔，百廢待興，有過海溢之例，此地絕不能再開海貿，只能將從前的靈州港，慢慢轉移至如今正在興建的全州桐港。當初擇了桐港另行開港也是萬幸，否則大顯海貿，還不知何時才能得以起復。

這場遠在千里之外的海溢之災所帶來的後患，從成康七年出正月一直綿延至成康七年的深秋。

時疫絕，靈州穩步重建，朝廷傾全力興建桐港，力圖在最短時間內將其打造為替代靈州的第二港口。

昔日藏於崎嶇旮旯中的小鎮，漸漸露出欣欣向榮的嶄新面貌。

這大半年，成康帝因靈州之事忙得近乎喘不過氣，期間還在江緒布局下，無形消弭了宿家的垂死反撲。

宿家也是走投無路了，天曉得好端端的怎會真生出什麼海溢之事！世代盤踞扎根的靈州頃刻毀於一旦，且還不是毀在成康帝手中，想想甚為憋屈。

沒了靈州，沒了海貿，宿家便是一盤不足為懼的散沙，成康帝想要對付，簡直易如反掌。

宿家很有自知之明，自知已經走到絕境，等成康帝解決完海溢後患，就會拿他們來祭靈州百姓亡魂。所以不等這縮脖子一刀，想來一招先發制人，裡應外合，來場出其不意的宮變。

為此他們暗中聯繫上被成康帝打發回雲城已貶為平郡王的平王等人，打算在宮變弒君後，推生母不顯，還是孩童的二皇子上位。

屆時尊宿太后為太皇太后，以二皇子年幼為由，著太皇太后垂簾聽政，再以宿太后所出的康親王為輔政大臣，如此便可將皇權牢牢握在手中。

他們挺敢想，宮變之計籌謀得挺細緻，仔細想來，並不是完全沒有成功的可能，畢竟朝政正亂，成康帝手邊有永遠也處理不完的政務，宮中的確是疏於防備。

可敗就敗在，他們遇上的對手是大顯戰神，定北王殿下。

定北王坐鎮上京，讓他們整場背水一戰的緊張籌謀，最後變成一場剛剛開始就已經結束的笑話。

無他，早在靈州停擺之前，江緒就對他們有所防範，且此處又不是他們逍遙自在的靈州，一舉一動皆在津雲衛眼皮子底下，江緒豈會容他們在上京城裡如此放肆。

倒是他們還白給陸停送了個護駕大功，陸停也不客氣，事後便用這功勞為新娶的夫人謀了個誥命。

這大半年忙於收拾靈州的爛攤子，成康帝什麼事都沒辦過，盛夏酷暑也是在宮中生生熬著，未如往年移駕永春園避暑。

深秋之際，終於能緩歇口氣。

成康帝興之所至，要於京郊皇林，來場秋獵。

秋獵年年都有，然出閣前明檀非皇家女子，又身無誥命，不得參加，去歲與江緒一道南下，回轉時又將將錯過了這一盛事，所以今次秋獵，明檀是極想去瞧瞧熱鬧的。

「也好，這些時日妳悶在府中，也該出去透透氣了。妳從前不是做過騎射服麼，剛好可以穿上。」書房內，江緒邊看西北發回的密報，邊隨口與明檀說了句。

明檀在心裡頭翻了個天大的白眼，放下墨錠，強調道：「騎射服已經是去年初夏做的了！」

「那便做新的。」

「用夫君送的過時一年多的雪緞嗎？」

江緒無言，半晌，他默道：「王妃不是要節儉？」

「這次不一樣！」

「如何不一樣？」江緒將密報重新封好，抬頭看她，頗有幾分洗耳恭聽的意思。

明檀挪著小碎步，蹭到他懷裡坐下，摟住他的脖頸，看著他眼睛道：「這次南律的五皇子與六公主不是要來麼。」

「來便來，與妳何干？」江緒的目光不避不讓。

明檀與他對視會兒，見他毫無心虛之意，目光自上而下流連，停在他的胸口，伸出根食指，在他胸口一下下戳著，語帶威脅慢條斯理道：「你說與我何干？」

江緒在這種事上，反應總是不夠敏銳。

好半晌，他在明檀一口一個「南律六公主」中，終於遲緩地明白了什麼——

「無稽之談。」

「既有此傳言，總歸不會是空穴來風。」明檀又環得緊了些，不依不饒。

江緒默了默，一時無從相駁。

這傳言原是從南北商販口中傳至京師的，說是那永樂公主翟念慈去南律和親後，南律顧著大顯，對她也算禮遇有加，可後來不知怎的，她竟與南律王后所出，集萬千寵愛於一身的六公主在一場宴會上發生爭執。

而這爭執，竟是為大顯的定北王殿下——

傳言說，定北王殿下舞象之年曾隨使團出使南律，那時南律六公主才十來歲，其父還未上位，在宴上，她對定北王殿下一見傾心。

待南律新王登基，欲與大顯結親以固兩邦之好，南律六公主便去她父王跟前撒嬌賣嗔，想讓父王去求這門婚事，只不過她不知，她心心念念的定北王殿下已迎娶王妃。

得知此事，六公主狠鬧了一場，蠻不講理地讓她父王修國書，要大顯皇帝命令定北王休妻，南律王險些被她氣暈過去。

且不說大顯皇帝命不命令得動定北王，人家王妃家世煊赫，其父在大顯手握重兵，大顯皇帝豈會發了昏幹這等蠢事？這國書修過去是嫌南律日子過得忒舒坦了些是麼？

好不容易按下這話頭安生了幾日，六公主竟又說，只要能嫁給定北王殿下，做妾也無不可。

她也許是無不可，可南律王還要臉！

她乃王后所出，是南律最為尊貴的公主，上趕著給大顯王爺做妾算怎麼回事？為防這愛女再生出什麼奇思妙想，南律王火急火燎遣派使臣向大顯求娶公主，總算是絕了她這一念頭。

只不過南律六公主心有不甘，竟將此事怪在前去和親的永樂公主身上，覺得若非永樂公主先一步嫁到了南律，她就能如願當上定北王側妃了，是以在南律宮中，她時常尋永樂公主麻煩。

可永樂公主也不是什麼好性兒，忍了幾回，某回宴會飲了酒，便與她當眾爭執起來，還讓她認清自個兒，少在那成天白日做夢！

其實這傳言去歲便有，個中細節原委傳得有鼻子有眼，明檀覺得很有幾分可信。然南律距京千里萬里，她也管不上那麼遠，且夫君受歡迎，她面上有光，姑娘家小小的虛榮心嘛。只不過這遠在南律是一回事，而今隨使團進京朝貢，還要參加秋獵，就是另一回事了。

江緒見自家小王妃擺明了不想放過他，默了半晌，還是問了聲：「妳待如何？」

明檀等的就是他這句。

「那人家想和夫君做一樣的騎射服嘛，那種一眼望去，就知道我是夫君王妃的騎射服。」

「妳與本王一道，誰不知妳是本王王妃。」

「我不管，我就要做，夫君不做就是不愛我。」明檀纏著他，小聲撒嬌。

江緒：「……」

大庭廣眾之下穿一樣的騎射服，且以她做衣裳的眼光，必然是華麗非常，他覺得委實不必。

然夜色沉沉，小王妃以色相誘，此局仍是以定北王敗北終了。

數日後，京郊皇林秋獵。

作為近半年來京中舉辦的第一場盛會，自是百官齊聚，熱鬧非常。江緒與明檀到獵場時，大多數人已經到了，見一雙璧人著一黑一白兩套繡樣一致的騎射服入場，眾人目光不由落在兩人身上。

明檀在這種大場合素來是行走的禮儀範本，端莊嫺靜，光彩照人，一行一進既不刻板，也不輕佻，大顯貴女風姿在她身上得到最為標準的詮釋。

直到向成康帝與章皇后行過禮請過安，在座位上坐定，明檀才不經意般，略往南律使臣的方向掃了一眼。

很好，雖然她這一掃並沒有精準認出哪位是南律六公主，但她已經感受到南律使臣方向極為熱烈的目光。

如她所想，南律六公主正怔怔盯著她。

其實上京城裡那些有關南律的傳言，多半是真的，這六公主，的確在數年前江緒出使南律時，對他一見傾心。

這回南律朝貢，她也是鬧著磨著，拿此回到大顯見了定北王殿下她就乖乖回去與欽定的駙馬成親為條件，才讓南律王鬆了口，允她與使臣一道出發。

她與皇兄來大顯已有四五日了，可她被皇兄拘著，不能四下亂跑，接風宮宴定北王殿下也未參加，是以到今日，她才終於見到心心念念的定北王殿下。

數年不見，定北王殿下還是如從前一般，長身玉立，英朗不凡，可似乎脫了從前她最迷戀的少年之氣。

他不再是數年前出使南律時那位冷若冰霜、眉眼間充滿戾氣的少年戰神了，如今他成熟許多，身上多了份深不可測的沉靜，身側還多了位令人移不開眼的王妃。

他的王妃可真好看，就像是從畫裡走出來的人兒似的，就連笑出的淺弧都是那麼賞心悅目，她在南律，從未見過如此精緻的姑娘……

不，不對，這是她的情敵！

不過就是長得有些好看罷了！她也不差！

想到這，六公主忙偷偷調整下坐姿，背脊悄然挺直。

不多時，人到齊了，成康帝照例憶了番靈州遭難以來朝廷上下的種種艱辛，又說了番如今撥雲見日的開場鼓舞之詞，順帶提了嘴今次入京進貢的友邦南律，隨即宣布，秋獵開始。

江緒穿著騎射服，是來正經圍獵的，然明檀穿著騎射服，是來秀恩愛的，根本就沒打算上馬。目送江緒入了密林，她便去找周靜婉與白敏敏了。

周靜婉如今是殿前副都指揮使陸停的夫人，雖因靈州之難，本要十里紅妝大肆操辦的婚儀不得不低調從簡，然陸殿帥愛妻重妻，救駕之功被他拿來換了夫人的一品誥命，京中女眷無不豔羨。

白敏敏與章懷玉的婚事也定下來了，這婚，章皇后本是要讓成康帝賜的，顯得尊貴體面，可因著靈州之難，皇親國戚不宜高調嫁娶，故只有平國公府與昌國公府自行議了親。

章皇后就這麼一個胞弟，賜婚省了，這婚事可不能再簡，於是成婚之期便定在今年冬，算算日子，也不過一兩月了。

白敏敏如今既非皇親也非誥命，本是不得參加，此番是章皇后特允，她才得以來湊這秋獵的熱鬧。

「章懷玉說要射隻狐狸，剝狐狸皮給我做條毛毯，我瞧他那騎射水準，能射隻兔子給我做圍脖就不錯了，也不曉得他對自個兒為何這般沒數！」白敏敏沒好氣道。

「妳呀！」周靜婉點了點她的額，「章世子哪像妳說的那般不堪了。」

白敏敏捧臉嘆了口氣：「反正定北王殿下和陸殿帥身手好，總是能射一大堆獵物，到時候分點給我就行了。」

明檀沒從她嘴裡聽過兩句章懷玉的好話，不由為其抱不平道：「妳太小瞧妳未來夫君了，章世子雖瞧著玩世不恭——」

白敏敏：「實際也玩世不恭。」

明檀被哽了哽。

周靜婉又接上話頭：「章世子身手似乎不錯，去年的馬球賽，雖輸給了豫郡王，但也是得了二甲的。」

「二甲有什麼用，有一甲珠玉在前，誰還能記得二甲呢。」她打比方，「就說前年的科舉吧，眾人皆知狀元郎是蘇敬蘇大人，可還記得榜眼是誰？」

明檀不假思索道：「榜眼是劉敏知劉大人啊。」

白敏敏：「……」

「這不是眾人還都記得探花郎是舒二公子嗎？有人不記得嗎？妳不是那般追捧舒二公子嗎？」

白敏敏一時竟啞口無言。

三人正說著話，方被提及的豫郡王家的豫郡王妃湊過來了。

豫郡王妃生性開朗活潑，雖不會舞刀弄劍，但略通騎射，見三人都穿了騎射服，便來邀她們一道去林中捕獵。

三人這會兒倒是一致，嘴上說著「不了不了」，腦袋還搖得和撥浪鼓似的。

然豫郡王妃十分熱情：「我也不怎麼會，咱們就在這附近林子轉轉，讓人牽著騎小馬駒，看能不能獵到一兩隻兔子山雞，無事的。」

這圍獵的確圈了一小塊地方，供女眷玩樂，裡頭兔子一隻賽一隻肥，都無需守株待兔，那兔就自個兒趴株上讓她們獵了。

左右無事，豫郡王妃一人又不好獨去，三人便應下了。

南律六公主自幼習武，擅騎射，當她英姿颯爽地從林中捕了十來隻獵物準備先回轉擱置時，就見到前頭淺林，幾個姑娘家讓侍衛牽著小馬駒笑鬧著。

她勒馬瞧了半晌，也是服氣，一個稍微看起來像模像樣點的，那箭都是往樹樁上射，另有一個箭剛射出就軟綿綿掉地上了，剩下兩個更厲害，弓都拿不起來。

而那位美貌精緻的定北王妃，就是那兩個弓都拿不起來的姑娘之一。

六公主實在是看不下去了，忽而背脊挺直，提弓，瞄準，一箭破風，直直將散步的兔子釘死在地上，而後挺著小胸脯，優哉遊哉地騎著馬往前，揚著下巴，自傲中帶著幾分不屑道：「妳們大顯的姑娘騎射都這麼差勁嗎？要不要我教教妳們？」

幾人用一種敬而遠之的目光看著她。

「小兔子那般可愛，六公主未免太凶殘了些。」

「就是。」

「都見血了！」

「太可憐了，我們好生安葬牠吧。」

本還等著幾人豔羨敬佩求教的六公主：「……」

六公主懷疑人生的這會兒，明檀幾人正指揮侍衛刨坑，將她釘死在地上的那隻倒楣兔子抱進去，煞有其事地重新埋上土，還商量著為這兔子立塊小木碑。

六公主勒著韁繩，一時懵得連聲「這是我的獵物」都忘了說。

半晌，遠處傳來男人們捕獲獵物的喝彩聲，六公主這才回神——哦，這真的是在捕獵，她沒搞錯。

她望著眼前幾人，將目光定在明檀身上，忍不住道：「妳們大顯的女子未免太矯情了些，捕獵就正經捕獵，這般矯揉造作做給誰看！」

幾人默默在心裡答道：當然是做給妳看啊。

明檀整理了下衣擺，用乾淨帕子擦了擦手，慢條斯理對上六公主的視線，矜持道：「上天有好生之德，雖只是隻野兔，可也是一條鮮活生命。六公主當牠是獵物，但我等也可以當牠是條生命，我等不管六公主狩獵大展英姿，六公主又何必管我等埋骨立碑呢。久聞南律善學我朝文禮，有句古話叫做『己所不欲，勿施於人』，不知六公主可曾學過？」

六公主：「……」

她在繞些什麼？雖然聽起來好像有點道理，但總感覺好像哪不大對……不過聲音還怪好聽的。

不對不對，六公主閉了閉眼，讓自個兒清醒了下，又道：「妳、妳胡說八道什麼，就妳這弓都提不起來的樣子，還好意思教訓我，也不知道定北王殿下怎會娶妳這種中看不中用的繡花枕頭！」

明檀聞言，彎了彎唇角，示意人扶著自個兒重新上了小馬駒，還故作矯情地整了整衣袖：「這可巧了，我家夫君就喜歡我這般好看的繡花枕頭，正所謂『秀色可餐』嘛，光是看著我，夫君都能多用好幾碗飯呢。」

「反倒是如六公主這般英姿颯爽的女子——」她自上而下打量了會兒眼前的六公主，遺憾道：「成婚前後，我都打發走好幾撥了，自家夫君太受歡迎，真是一種甜蜜的煩惱。」

六公主脹紅了臉。

這繡花枕頭方才瞧著還矜矜持持，這會兒說話怎的這般不害臊！不是說大顯女子都極為端莊自矜嗎？

可偏偏瞧她身後那幾位小姐妹，都深以為然地點著頭，六公主再次陷入自我懷疑。

半晌，她無甚底氣地牽著韁繩，往一旁側了側：「算、算了，妳們人多，我吵不過妳們！」

她騎著馬，忙往清算獵物的營地趕，瞧那小身影，頗有幾分落荒而逃的意思。

明檀輕嘆了口氣，興致缺缺道：「這六公主，脾氣是有一點，但也沒想像中那般胡攪蠻纏嘛。」

不遠處停馬的江緒陸停幾人默了默，不約而同心想：明明是妳們比較胡攪蠻纏。

秋獵通常持續三日，第一日的圍獵一直到日暮時分才算結束，在林外營地，以成康帝與章皇后的皇帳為中心，四下早已搭建起多處規格不一的營帳。

其實京郊皇林外不足十里就有行宮，然行宮落腳終是少了幾分秋獮野趣，且欽天監觀測星象，近幾日天氣晴好，加之殿前司與皇城司守衛一路隨行，不遠處的京畿大營還有上萬精兵拱衛，故才有此興之所至的劃地為營。

秋獮第一日所得獵物最多的是武狀元，其次是殿前副都指揮使陸停、平國公世子章懷玉。

至於江緒連三甲都未能進，純粹是因他懶得多獵，此番入密林，他只想獵上兩隻火狐，給明檀做身斗篷，除夕時她穿那件火狐斗篷，甚是明豔動人，可後來下人烘烤時離炭火近了些，烤焦了一小塊地方，她不肯再穿。

火狐難尋，一整日回轉，才得一隻，且不慎傷了皮毛，他給了章懷玉，隨他拿去給人做圍脖。

入夜，秋星於夜幕閃爍，營地燃起簇簇篝火，各色獵物被架在火上，火光映照下滋滋流油，還冒著油泡兒，肉香並著佐料味道四散開來，噴香撲鼻。

雖是野獵，可皇林本就有專人看守飼餵，要送入皇親國戚口中，自是乾淨無虞。

明檀乖巧地坐在江緒身側，任由他為自己烤著山雞，這回添了佐料，比之夜宿桐港破廟那回，烤雞的賣相更是好看，香味更是濃郁，明檀不動聲色咽了好幾回口水，時不時扯著他衣擺悄聲問上句：「夫君，好了嗎好了嗎？」

「再等等。」江緒神色自若地翻轉著鐵扡，「蔥花拿來。」

明檀忙用雙手端起裝有蔥花的瓷碗，虔誠供奉。

又翻轉著烤了會兒，撒上蔥花，江緒終於將烤雞從鐵扡上剔下來裝盤，遞給她：「好了。」

明檀早早就和江緒說了今兒要吃他做的烤雞，是以從出門到現在都未用膳，只潦草吃了兩塊點心並小半碟葡萄果腹，這會兒早已餓得饑腸轆轆。

她坐在一旁，忙不迭就要伸手去拿，可剛一碰，手又被烤雞燙得立馬抽了回來，不由輕嘶了聲。

「妳急什麼。」

江緒握住她的手看了一眼，還好，沒燙出什麼事。

「浸浸冷水。」

明檀「噢」了聲，聽話地將一雙玉手置入盛放冷水的面盆中。半晌，江緒拿了塊細棉布幫她擦乾淨手，又問：「還痛麼。」

明檀搖頭。

烤雞已經稍涼了些，江緒扯下雞腿給她：「慢慢吃。」

明檀壓著欣喜接過，閉上眼細聞了聞，斯文地咬上一口——

嗚嗚嗚太好吃了！

烤雞表皮略脆，肉質嫩滑，還十分多汁入味，這熟悉的味道，她滿足得直想往夫君懷裡鑽！太幸福了！

明檀不吝讚美地誇道：

「夫君你也太棒了吧！隨便烤烤都這麼好吃！」

「夫君沒當廚子可真是廚界的損失！」

「不過夫君做什麼都是這般信手拈來，當廚子委實太可惜了些！」

江緒聽她小嘴叭叭不停誇著，始終沒出聲。然在明檀看不到的地方，他面上閃過了一抹幾不可察的笑意。

六公主在不遠處看到這幕，瞬間感覺手邊的祕製烤羊腿都不香了。

那還是鐵面戰神定北王殿下嗎？這些年他身上到底發生了什麼？那個繡花枕頭家世到底是如何顯赫？他竟然紆尊降貴給那個繡花枕頭烤雞！那可是用來握千鈞之弓提萬鈞之劍指點江山上陣殺敵的手！烤什麼雞！

雖然她再次見到定北王殿下，並不如以前那般心心念念思之如狂，可見他如此對那個繡花枕頭，仍是意難平……那烤雞看起來很好吃的樣子，繡花枕頭吃得那麼香，肯定很好吃，不知道拿她的祕製烤羊腿，繡花枕頭願不願意和她換，應是願意的吧，她用這麼大的羊腿換一隻雞腿，怎麼看都是她吃虧了，實在不行，換隻雞翅也是好的……

「皇妹！坐下！」五皇子見自個兒小皇妹突地起身，似乎要往那位大顯定北王的方向走，忙伸手，緊張拉住。

六公主掙開他的手：「皇兄你幹什麼，我只是去換烤雞而已！」

「烤雞？皇兄給妳烤便是。」

六公主一臉嫌棄：「那還不如我自己來。」

說著，她舉起烤羊腿，頭也不回地走往定北王營帳。

「定北王殿下，我能用羊腿換你一隻烤雞嗎？」她站到翻動鐵扡的江緒面前，有些緊張地問了句。

江緒抬眸，掃了她一眼，復而垂眸，淡聲應道：「本王是為王妃而烤，交換與否，全憑王妃。」

雖然料到是這麼個答案，但真聽起來更心堵了呢。

六公主不死心地轉向明檀：「王妃，我能和妳換嗎？妳這個，看起來很好吃。」

說完她補充道：「當然，我的也不差，這是我自己烤的，是我們南律才會做的祕製烤羊腿，和你們這邊的不一樣，很好吃的。」

「既然很好吃，六公主為何要與我換？」明檀故作不懂地問。

「我、我在南律常吃，吃膩了。」六公主妥協道：「那不然就腿換腿，我用羊腿換妳的雞腿，如何？我的羊腿這麼大，妳總是不吃虧的。」

她本就只想著能換隻雞腿，可這不是先把要求往上提一些，降下來對方就更好接受嘛。

然明檀仍不應聲，似乎在認真思考這筆買賣合不合算。

六公主本就不多的底氣又泄了點，一張包子臉鼓了鼓，聲音塌了幾分：「雞翅也行。」

明檀餘光瞥見她垮下來的白白嫩嫩包子臉，莫名覺得，戳起來手感應是不錯。

她正要應聲，皇帳那邊派人傳話來說，聖上有請定北王殿下。江緒起身，掃了這位沒什麼威脅性的六公主一眼，又與明檀交代了聲，隨內侍一道去了皇帳。

江緒離開，這六公主明顯鬆弛了不少，討價還價的口齒更伶俐了些。

明檀被她不依不饒的精神打動了，沉吟片刻，點頭道：「好吧，我跟妳換，我也不占妳便宜，給妳一隻烤雞。」

六公主瞪直了眼：「真的？」

明檀往旁邊挪了挪地：「六公主若不嫌棄，可以坐在這裡吃。」

江緒還為這烤雞調配了蘸料，配合蘸料用，味道更是鮮美。

六公主一邊心想著這繡花枕頭還挺厚道，一邊不客氣地一屁股坐了下去。

這六公主倒是很有自知之明，坐下後便從一旁拿了銀針，不住地往羊腿上扎著，上下左右都扎了一遍她才將羊腿遞出去，一臉坦誠道：「妳放心，無毒的，妳要是擔心，我也可以先嚐一口。」

明檀倒不擔心她下毒，南律使團在這，她但凡沒瘋，都做不出此等蠢事。

且瞧著，她對自家夫君也沒那般如癡如狂，方才夫君還在，她只盯著烤雞，也沒往旁邊多瞥一眼，夫君走後她別說失落了，似乎還鬆了口氣，整個人自在了些。

見這位六公主如此反應，明檀自是有些好奇，有關於這位南律王掌上明珠的傳聞到底多少是真，又多少是假。

六公主是個不設防的性子，明檀不過些微示好，她便好似全然忘記眼前這位是她的情敵，不等人不動聲色套話，就一股腦兒將人想聽不想聽的全都交代了。

原來那些傳聞裡頭，有關於她愛慕江緒的部分不假，可有關於她和翟念慈的部分，可真真是傳得忒離譜了些！

「……我見都不想見她，誰想找她茬啊，明明是她到南律後，聽聞我愛慕定北王殿下，有事沒事便尋我說殿下與王妃，也就是妳！」六公主沒好氣地瞪了明檀一眼，「不停說你們倆有多恩愛！我都和她說了我不想聽，可也不知道是哪得罪她了，她自個兒愛慕不得，非要拉著我同她一道不舒坦，真是煩死了！」

「哦對了，有一回她到母后宮中請安，我倆恰好遇上了，她又說！我忍不住，就同她吵了起來，剛巧我父王過來，聽到我與她爭吵，狠狠將我訓斥了通，不僅如此，父王還說母后教女無方，可氣死我了！」

「那平日，妳父王更偏心於她？」

「怎麼可能，我可是父王最寵愛的小公主！」她驕傲地挺了挺小胸脯，「父王不過是顧著她的面子，才當面說我幾句，回頭就送來了好多好東西給我呢，還送了我最喜歡的小弓。」

說著，她想起什麼，繃緊包子臉，正經道：「不過父王待她也是不錯的，因為父王很重視大顯，妳可不要誤會，我們南律王宮可沒人給她小鞋穿。」

明檀聞言，緩緩點頭：「那真是太遺憾了。」

「……妳說什麼？」

「沒什麼，我是說，她既已前往南律和親，成為妳父王的妃子，言行舉止便要合乎南律王宮的規矩。妳是公主，凡事倒也不必太過忍讓。」

明檀邊說，邊看著她白嫩嫩的包子臉在眼前晃蕩，忍不住，忽地伸出魔爪，往她臉上戳了戳。

「妳幹什麼？」六公主莫名。

「妳臉上沾了東西。」

明檀臉不紅心不跳，擺出副好心幫她拿掉髒東西的正經模樣，內心卻在瘋狂感嘆：這六公主的小包子臉也太好戳了，原來臉上肉肉的，手感這麼好，好想再戳一次該如何是好！

六公主毫無所覺，還傻不愣登接著明檀先前的話頭絮叨道：「我才不忍她，所以母后的千秋宮宴上我才和她吵起來嘛。妳放心，有我在，她鬧不出什麼事的。再說了，你們大顯那位太后娘娘不是稱病不出了嗎？聽說那是她最大的靠山，她許是得到這消息，近些時日安生了不少。」

這倒也是。

她是宿太后的外孫女，宿家出事，翟家又怎可能逃得過清算呢。

如今宿太后自囚壽康宮稱病不出，想來這輩子也不會再出。其父貶職，其母溫惠長公主雖未在明面上受到牽連，可京裡達官顯貴對其態度也明顯大不如前。

如此境況，翟念慈在南律又如何還能囂張。

六公主是個話癆，話匣子一打開就停不下來，與她絮叨了好些翟念慈說過的話。

這裡頭自是不乏對明檀的抹黑，可不待明檀解釋，她就將那些壞話全都歸咎於翟念慈在胡編亂造。

明檀也沒想到，她不過是交換隻烤雞，這六公主就特別自覺地將自個兒與她劃入了同一陣營，頗有幾分與她同仇敵愾的意思。

另一邊，江緒方入皇帳，成康帝便從御案前起身，交給他一封密信：「你看看。」

信上洋洋灑灑數百字，最為要緊的一件事便是：郭炳茂互信北訶，疑變。

江緒一目十行看完，面上沒什麼情緒。

成康帝沉聲道：「北訶新首領繼位後，一直對陽西路虎視眈眈，若非內亂，自顧不暇，早就趁著靈州大亂生事了，想來如今也是看我朝大亂方平，餘力不足，才想著與羌虞聯手。」

江緒將信擱在御案上：「一個想拿下陽西路三州，一個要保榮州，倒也不足為奇。」

「早先明亭遠在陽西路沒生出什麼亂子，如今換上郭炳茂倒好，這郭炳茂可是明亭遠的得力部下，明亭遠一力舉薦他繼任帥司——」

江緒忽打斷道：「此事應與靖安侯無關。」

「何以見得？」成康帝立即反問。

成康帝對明亭遠始終心存顧忌。

明亭遠任滿歸京後，順理成章調入樞密院任樞密副使。樞密院乃本朝最高軍政機關，他升任樞密副使後，掌樞密院十二房下的北面房與河西房。

陽西路隸屬河西房管轄，他本身在陽西路經營多年，帥司之位雖易，可統調兵將之權仍握在他手，且繼任帥司還是他從前的得力部下，手中權勢不可謂不甚。

然因江緒從中插手，成康帝錯過了藉修剪世家機會剪除他的最好時機，這兩年在京，他也安分守己，加之他人在上京，即便掌西北邊地之權，也多了層不得脫身的掣肘，是以成康帝沒再打算隨便動他。

只不過今夜這封密信——

「從前靖安侯不願捲入朝堂紛爭，而今入樞密院兩載，從未有逾矩之意，以他今時今日的地位，本無通敵叛國之必要，如若有，那也只可能是為了幫扶於我，圖謀大計。」江緒忽道。

成康帝一怔，忽而反應過來：「你胡說什麼，朕不是那個意思，朕從未疑心於你！」

江緒神情極淡：「陛下既未疑心於臣，也不必疑心於靖安侯，靖安侯雖一力舉薦郭炳茂，然郭炳茂掌陽西路兩年，手中卻並無要緊軍權，難免心生其他念頭。郭炳茂與北訶，因何互通，下一步又有何圖謀，還有待切實查證。」

這話說得不無道理。

成康帝稍忖片刻，終是緩慢地點了點頭：「那這件事便交由你辦，若他真有二心——」

他提筆，在紙上寫下「將計就計」四個大字。

江緒正有此意，略略頷首應下。

沉默良久，成康帝嘆了口氣，拍了拍他的肩：「看來你對王妃，是上心了。成婚後，你變了不少。」

江緒向來不大喜歡與他聊私事，亦並未應他這話，只淡聲道：「若無他事，臣告退。」

望著江緒欲撩簾出帳的背影，成康帝忽然叫住他：「阿緒！」

江緒停步。

「朕，永遠信你。」

江緒腳步稍頓一瞬，還是頭也不回地離了皇帳。

不遠處前來送烤鹿肉的新晉宮嬪躲在暗處悄悄聽到這句，心下不由好奇。

待江緒走後，宮嬪入皇帳伺候成康帝吃鹿肉、飲鹿血酒。

見成康帝略有醉意，她小心拿捏著力度，邊為成康帝揉捏肩頸，邊狀似不經意地隨口說道：「對了，嬪妾方才在外頭遇著了定北王殿下。」

成康帝閉眼無聲。

她又故作好奇，小心翼翼問道：「嬪妾素聞陛下對定北王殿下信任有加，可定北王殿下手握重兵，岳父靖安侯亦是樞密院副使，陛下難道就如此放心嗎？便是親兄弟也沒有這般好的。」

說完，她手下力道輕柔了幾分，忙補了句：「嬪妾心直口快，斗膽一問，若是說錯了，陛下勿怪。」

這位新晉宮嬪頗有幾分像從前的佳貴人，很是敢說，卻又比佳貴人會察言觀色，審時度勢，成康帝喜歡這性子，近些時日常召她伴駕。

這會兒成康帝仍閉著眼，靜默許久，才緩緩應了聲：「妳不懂，也不必懂。」他沒為她解惑，但也沒有怪她干政的意思。

其實不只這位新晉宮嬪心中疑惑，朝中上下對此不解的大有人在，甚至許多人認為，成康帝對江緒種種信任縱容，都是不得已而為之的捧殺。

如今大顯還離不得這位戰神，只能任由他功高震主，假以時日大顯不再需要他，亦或他生二心，那他的死期也就不遠了。

可成康帝知道，不會有那麼一日，大顯永遠需要定北王，他亦永遠不會有不臣之心。

——曾經皇位擺在他面前，他卻選擇拱手相讓。

一夜風止樹靜，次日清早，江緒一行陪侍成康帝，朝密林深處的圍區行進。

明檀今兒沒力氣折騰，連騎射服都沒換，送江緒出帳，又鑽回被窩，一覺睡到六公主在帳外嘰嘰咕咕，非要綠萼入帳將她喚醒。

綠萼倒是乖覺，說什麼也不願入帳打擾，可帳外的拉扯來來回回，她早被兩人吵醒了。

她睜著眼，無神地望了會兒帳頂，半支起身子倚著錦枕，朝外頭道：「讓六公主進來吧。」

外頭終於安靜了。

六公主被綠萼領著入帳，瞧見倚在榻邊還沒怎麼睡醒的明檀，終於知道不好意思了：「我是不是打擾妳休息了？」

「知道就好。」明檀睏懨懨地掃了她一眼。

六公主揉揉鼻子，不好意思了那麼一瞬，隨即理直氣壯地坐到她榻邊，搖著她的胳膊催道：「反正妳都醒了，不如快些起床。」

明檀被搖得有些暈，喊了停，又無奈道：「行了，起，這便起。」

綠萼聞言，略一福身，悄然退下。

不多時，她領了四個小丫頭入帳伺候梳洗。

六公主讓了讓地，本以為至多一刻便能與明檀一道出帳，可哪曉得一刻過去了，兩刻又過去了……一個時辰過去了，她都無聊到回自個兒帳中換了雙不磨腳的舊靴，明檀還在梳妝！

六公主迷惑了，為何手要泡羊奶？羊奶裡為何還要加花瓣？泡完往手上敷的又是什麼膏？為何敷了一會兒又要用清水洗淨？清洗完抹的又是什麼？

「六公主有所不知，王妃每日晨起與入睡前都是要用新鮮羊奶養護玉手的，這羊奶必須是擠出不足兩個時辰的鮮羊奶，濾篩後浸手，再厚厚敷上一層玉容膏，洗淨後再抹上晨間露珠所製的蜜露，每日如此悉心養護，雙手才能細膩嫩滑，不生細紋。」

綠萼邊為明檀梳髮，邊向六公主娓娓道來。

六公主聽得目瞪口呆，偏綠萼梳好繁複髮髻，放下角梳，略一側身朝她福禮道：「如今出門在外，許多東西也帶得不齊全，讓六公主見笑了。」

「……」

見是見了，可笑不出來呢。

「妳、妳們大顯女子都是如此……」

明檀百無聊賴地掩唇打了個呵欠：「倒也不是，昨日妳瞧見的女子中有一位是我表姐，她晨起梳洗倒是極快的。」

六公主稍稍有被安慰到些，不然她可真不知道到底自己過得像公主，還是大顯女子過得更像公主了。

她這一愣神，也忘了她這一早來找明檀是為了教她騎射，顯擺顯擺自個兒精湛的技藝，待到明檀梳洗畢，她才發現：「妳為何沒換騎射服？」

「為何要換？我昨日太累了，今日可不想再入密林。」

「……」

不是，就她昨日和小姐妹在林子邊上埋兔子，怎麼就累了？往外走兩步便能瞧見駐蹕大營，又是哪門子的密林！

明檀示意綠萼幫她捏了捏脖頸，懶洋洋道：「且明日有騎射比試，還要坐上觀摩大半日呢，今日我得留在營地好好休息休息，養精蓄銳。對了，我邀了人玩雙陸，六公主可要一起？」

「那我還是先去獵上些獵物吧，」六公主扁了扁嘴，「我皇兄騎射可差了，回頭我倆獵物少得可憐，豈不是損我南律國威！」

明檀用一種「沒想到妳是這樣的六公主」的欽佩目光看了她好一會兒，直把她看得不好意思，扔下句「妳看什麼看」，噔噔噔往外跑開了。

從明檀的營帳出來，六公主沒多耽擱，翻身上馬，隻身入了密林。

她的騎射功夫是不錯的，可今日再往深處行進，身邊不得不多加侍衛隨行。

她很煩侍衛在後頭跟著，甩著馬鞭，喊了聲：「駕！」將侍衛甩開大截。

縱馬飛馳於密林之間，忽然，她瞧見有道白色身影極快地跳躍而過。

咦，是白狐？

她往前追上——

還真是隻白狐。

躍至一棵粗壯樹下，白狐緩搖著尾巴，倚著樹根休憩。

不知怎的，她忽然想到，拿這白狐皮毛給繡花枕頭做斗篷，定然很好看。

想到這，她勒馬提弓，全神貫注地瞄準著遠處毫無所覺的小白狐，可她身下的馬似乎被林中什麼野蟲咬了，忽地抬起馬蹄，躁動地抖了抖。

這一抖，鬆開韁繩的六公主在馬上坐不穩，搖搖欲墜，箭在弦上，亦不得不發。

「咻——！」

一箭破風而出，卻是偏離了方向，也不知射到哪去了。

「鏘！」

前方傳來箭矢被打落的聲響。

六公主沒來得及看，只顧著勒韁繩，然眼前一陣模糊變幻的白光夾雜樹影，於混亂間有人摟住她的腰，將她帶離身下愈顯狂躁之態的烈馬，不過幾息，又穩穩落在另一匹馬上。

她的心跳隨著突如其來的變故變得極快，驚魂未定腦袋空白之餘，只瞧見眼前有一堵寬而筆挺的背脊。

身後侍衛很快追了上來，這匹馬往前行進小段距離，也停了下來。

坐在她身前的人俐落翻身下馬，垂首拱手，致歉道：「姑娘，事急從權，多有唐突，還請見諒。」

「六公主！」侍衛在後頭喊著。

原來是南律的六公主，那人略頓，補了句：「見過六公主。」

六公主這會兒已經回神了，然心跳並未漸趨平緩。

她定定瞧著馬下這男子。

男子功夫極好，相貌極端正，身上少年氣盛。

她好奇問道：「你是誰？」

「在下沈玉。」

跟來的侍衛走至近前，發現來人是沈玉，忙單膝跪地行禮道：「見過沈小將軍。」

六公主愈發好奇：「你是大顯的將軍？」

沈玉時刻記著從前檀表妹所說的守禮，方才摟人腰已是渾身上下極不自在，這會兒更是連抬頭看人都不敢，只略略頷首，算作應答。

六公主還想問些什麼，可沈玉半刻都不願多留，在她開口之前拱了拱手：「密林捕獵，六公主還是讓侍衛跟著為好，若無事，末將先走一步。」

六公主頓了頓，望著他火急火燎漸行漸遠的背影，忽地反應過來：「喂！你別走！本公主還有事呢！」

沈玉走得更快了。

「你的馬！」

沈玉已然不見了人影。

六公主有些氣，看著身下這匹馬，自言自語道：「大顯的人怎麼都這麼奇奇怪怪，走就走，倒也不至於連馬都不要了吧，呆子！」

她輕輕拍了拍馬腦袋，半晌偏頭想道：「不過這呆子不比定北王殿下差，也不知定親沒有……挺適合做駙馬呢，至少比父王看上的那個駙馬要好上不少。」

「沈玉？」明檀頓了頓，「他應是，尚未婚配，妳問他是想……」明檀出了張葉子，猶疑地瞧了六公主一眼。

六公主本想直接同她說，可瞧見與她一道玩葉子戲的白敏敏、周靜婉還有豫郡王妃，又將話頭咽了回去，還自以為未曾暴露般，雲淡風輕地說了聲「無事」，雙手背在身後，腳尖一踮一踮，輕快走開了。

明檀原本在同白敏敏玩雙陸，豫郡王妃過來後，躍躍欲試，可雙陸只能兩人玩，明檀便拉上在一旁做女紅的周靜婉，換著玩起葉子牌。

她們邊玩邊閒聊，豫郡王妃正問起，那位南律六公主怎的一早去了她的營帳，明檀方答一半，六公主便駕著馬，從密林深處折返至駐蹕大營了。

這會兒見她離開，白敏敏望著她的背影，看好戲般問道：「這六公主，難不成是看上了沈小將軍？」

明檀未答，沉思著，倒是周靜婉與白敏敏交換了心照不宣的眼神。

豫郡王妃不大識得沈玉，出完牌，想了半晌才問：「沈小將軍可是那位李家二少夫人的胞兄？」

「正是，算來也是阿檀遠親，囫圇稱聲表兄妹的，從前他們兄妹二人便是在靖安侯府寄居。」白敏敏道。

豫郡王妃緩點著頭：「那就能對上號了，聽聞這沈小將軍驍勇善戰，頗得定北王殿下信重？」

明檀不置可否。

她嫁入定北王府後，幾乎再未見過沈玉，想起從前他對自個兒的心思……這麼久，也該淡了吧？若仍存有什麼心思，想來夫君也不會一直留他在身邊。

如此想來，沈玉與六公主，倒是般配。

晌午，六公主再入密林並獵到白狐回轉，殷勤地提溜著白狐往明檀面前邀功，說要將這白狐皮送予她做斗篷，順便進一步向她打探沈玉的消息。

拿人手短，明檀只好與她說了說自個兒對沈玉的瞭解。

「他是妳表哥？」六公主驚了。

「嗯，算是，從來都是這般稱呼的，其實已然出了三服，親戚關係稍有些遠。」

六公主恍若未聞，用自個兒容量有限的腦袋盤算了會兒：「那他若做我駙馬，我便是妳表嫂了？」

明檀：「……」

還沒影的事，她竟已經想到了給自個兒抬輩分。

六公主又問：「那他既未成婚，也未定親，可有喜歡的姑娘？他這年紀，在你們大顯不是早該議親了嗎？」

這問題——

明檀哽了哽。

「喜歡的姑娘……應是沒有。」她斟酌半晌，著重落在「姑娘」二字上。

六公主聽出弦外之音，瞪直眼睛問道：「難不成是有喜歡的男子？」

「不，不是那個意思。」明檀忙解釋，「我的意思是，他喜歡的……已經不是姑娘了，可能……已經成婚？」

明檀其實不想瞞她，許多誤會都是瞞著瞞著生出來的，有什麼事，不若早說清楚，何況她與沈玉本就無事。

只不過讓她自個兒大言不慚地說什麼沈玉曾心悅於她，委實是有些難以啟齒，是以她只能這般暗示再暗示。

六公主鬆了口氣：「既已成婚，那就不要緊了。」

她隨手拿起顆葡萄，還未送進嘴裡，忽地反應過來：「他喜歡的，該不會是妳吧？」她狐疑抬眼，看向略顯心虛的明檀。

明檀張了張口：「其實是……很久之前……想來如今已然──」

六公主放下葡萄，繃緊包子臉：「妳！」

「我於表哥是絕對無意的。」明檀趕緊保證。

「妳不過就是長得好看些，為何如此招人喜歡！」

「……容貌一事，並非我能左右。」

明檀一臉無辜。

六公主忍不住瞪她。

可氣悶了好一會兒，也不知怎麼回事，她自個兒就想通了：「那我曾心悅定北王殿下，他曾心悅於妳，也算是扯平了。」

雖這般碎碎念著，可起身往外走了段，她又記仇地轉回來，將那隻白狐抱走了。

明檀本還真情實感盤算會兒做件什麼新樣式的白狐斗篷，如今也不必盤算了，這小公主委實太過現實。

傍晚時分，江緒一行捕獵回營，今日收穫頗豐，成康帝龍顏大悅，將自個兒獵到一眾獵物分賞給諸位大臣。

江緒如願獵到兩隻火狐。

得了新的火狐皮，明檀笑眼彎彎，總算將方才六公主拖走白狐的鬱悶事拋諸腦後。

「對了夫君，今日沈家表哥來圍場了？」明檀忽問。

江緒「嗯」了聲：「昨日他在外辦差，今日才來。」說著，他不著痕跡地掃了她一眼。

明檀以為江緒不知沈玉對自個兒的心思，還欲多幫六公主打探些沈玉的近況：「那他如今都在辦什麼差呀，先前彷彿聽畫表姐說過，表哥升遷了？」

江緒耐著性子應了幾聲。

可他每每應完，她便有新的問題。

江緒終是忍不住，沉聲問：「妳一直打探沈玉做什麼。」

明檀頓了頓，若無其事般緩聲圓道：「他……是我表哥，許久不知他的消息，我關心關心他，有何不對嗎？」

她並未將六公主有意於沈玉的事說出來，畢竟是姑娘家，渾說愛慕於名聲無益。

江緒冷淡：「表了三千里，算什麼表哥。」

明檀：「……」

江緒起身，又道：「本王方想起，妳母親素有膝蓋疼的老毛病，那火狐皮還是送給妳母親吧。妳先休息，本王出去一趟。」

看來平日不讓沈玉進王府還不夠，今日驟然相見，便生出如此多的念頭。

明檀不知他在想什麼，簡直是滿頭霧水。送予母親自然沒什麼不好，可不是說好了給她做斗篷嗎？夫君為何突然變臉？

一日之間痛失三塊上好狐皮，明檀的心情陡然滄桑了些。

而江緒出了帳，徑直去尋了沈玉，打算再替人安排些出京的差事。

沈玉對出京辦差沒什麼異議，正應下來，又聽自家王爺冷淡敲打道：「王妃既已是王妃，以後還是不見為好，不該有的念頭，就不要有。」

「……您說什麼？屬下不懂。」

江緒靜靜望著他。

他的目光迷茫且坦誠，是真沒聽懂。

「你今日未見王妃？」

沈玉搖頭：「王妃怎麼了嗎？」

江緒稍頓，遞給他一個「管好你自己」的眼神，一言未發，負手離開了。

次日是騎射比試。

此種比試多是留給年輕人嶄露頭角，江緒除了開場開箭，此後並未上場。沈玉倒是因著昨夜那番回答，並未被勒令連夜離京辦差，凡是能上場，一展定北軍風姿。

在備射區，六公主穿著騎射服，手握長弓，直直竄至正在試弦的沈玉面前：「沈小將軍！」

沈玉一怔：「六公主。」

她彎唇，眼睛笑成了月牙：「你還記得我。」

「……」

昨日才見，他又並非癡傻小兒。

「對了沈小將軍，昨日你的馬未騎走，我讓人栓在我營帳附近了，還親自餵了草呢。」

「啊……多謝六公主。」他倒是忘了。

「那等比試結束，我親自把牠還給你。」

聽到「親自」，沈玉敬而遠之：「不必勞煩六公主了，其實六公主若是喜歡，留下也無不可。」

「真的嗎？」六公主一臉驚喜，「送給我了？」

沈玉正要點頭，她又道：「那這算不算是定情信物？」

這、這怎麼就、怎麼就定情信物了？

沈玉驚呆，好半晌才回過神，吞咽著應道：「六、六公主慎言！讓人聽見了，這、這……有損公主您的清白！」

六公主疑惑：「怎麼就損我清白了？」

沈玉不知該從何開始解釋。

六公主又嘀咕道：「你們大顯真是奇怪，我不過說聲定情信物就有損清白，那你們大顯女子的清白也太難守了。」

沈玉：「……」

實不相瞞，他亦如此覺得。

六公主本想問他，如今是否還心悅明檀，可直接問豈非有損繡花枕頭的清白？

她皺眉煩惱，想了想，委婉了些許：「沈小將軍，聽聞你尚未婚配，那你如今可有喜歡的女子？」她還強調道：「這女子是包括成婚的與未成婚的。」

沈玉有點懵，這公主怎麼，怎麼……他從未遇過如此直接的女子，舌頭打結，驚得不知說什麼才好。

「難不成你們大顯男子也有清白，我這般問又損了你的清白？」六公主陷入深深的迷惑中，忽然，她想起什麼，「如此說來，昨日在林中你還抱了我，這應是更嚴重吧，那你豈不是該娶我？」

怕什麼來什麼，沈玉最怕這位六公主提及昨日救人時不慎摟抱一事，先前這位六公主似乎不覺得有什麼，一直未提，如今竟是反應過來了。

他脹紅了臉，張了張口，卻什麼都沒憋出來。

六公主自以為善解人意：「我沒有逼你的意思，你若不願答，那待會上場，我與你一道比試，我贏了你再告訴我可好？」

沈玉臉紅脖子粗，吞吐道：「與、與女子比試，勝之不武。」

「沈小將軍可不要瞧不起女子，」六公主驕傲地揚了揚小包子臉，「我的騎射可好了，我就要同你比！」

沈玉本想再推，可六公主儼然是不達目的誓不甘休，他只好改口道：「既如此，那、那末將讓妳三箭。」

六公主沒再同他多辯，拉弓試了試弦，背手輕快道：「成交！」

不多時，比試開始。

明檀與江緒坐在一塊，擺足了端莊嫺靜的王妃姿態。她其實覺得騎射比試甚是無聊，人長得不夠英俊，便是百發百中也沒什麼意思。

靜坐半晌，見到六公主與沈玉一道上場，明檀總算打起些精神。

不知兩人說了什麼，沈玉做出「請」的姿態，六公主隨即握著她的弓箭上前，挺直小腰板，瞄準靶心，開始射箭。

之前只聽這小公主自個兒胡吹，林中射兔也是兔子被釘死了她才發覺有人，是以並未見過小公主射箭到底是如何風姿，今日一見，小公主自吹自擂得倒也不算過分。

她那張小包子臉緊繃，嚴肅緊張，集中精神拉弓，從背後箭袋不停取箭，十箭連發，竟是箭箭直中靶心。

反是隨後上場的沈玉，雖也箭箭命中靶心，可他只射了七箭便停下了。

明檀湊近江緒，小聲問道：「夫君，你覺不覺得這南律六公主與沈家表哥站在一起，還挺相配？」

江緒罕見地點了點頭。

昨夜從沈玉營帳離開，他尋了暗衛細查，才知是他想得太多，小王妃問及沈玉，應是為了這位南律六公主。

很快，眼前這場比試結束，明檀瞧著六公主那張小包子臉笑容燦爛，驕傲地挺著小胸脯，心情大好地抿了一小口果酒。

今日騎射比試過後，便要拔營回城了，南律使團來京數日，早已定下後日返程。可回城途中，六公主突然惆悵地鑽上明檀的馬車。

明檀見她心情驟然低落，小心翼翼問道：「怎麼了？」

「比試之前我與沈小將軍說好，如若我贏了，他便要回答，如今可有喜歡的女子。」她托腮，滿面愁容，「我方才問了，他說沒有。」

明檀鬆了口氣：「那不是很好嗎？」

「我又問他可願做我駙馬，他說他乃大顯將士，至死也應保家衛國，豈可為他國駙馬。我說他誤會了，我沒有要他離開大顯的意思，我嫁過來不就好了嘛！他又說，昨日方識，如何談婚論嫁，嫁娶需得互相瞭解才能決斷，可我後日就要回南律了，哪有時間與他互相瞭解。」

說到這，六公主整張小包子臉垮了下來。

「妳說他是不是討厭我才多番推拒，你們大顯嫁娶都如此麻煩的嗎？我雖能稟於你們大顯皇帝強行爭取，可他若是不願，我這樣做豈非更討他嫌？」

以前求南律王修國書讓人休妻的事都幹過，如今竟會想到沈玉不願，明檀意外之餘也頗覺欣慰，看來小公主是長大了呢。

她想了想，斟酌道：「想來沈家表哥並非故意推拒，你們委實相識得太短了些，婚嫁之事，他需慎重，妳更應慎重。」

「真的嗎？」六公主可憐巴巴地看著她。

明檀點點頭，招了招手，示意她靠過來些。

她猶疑湊近。

明檀輕聲道：「方才你們比試時，我問過夫君，夫君說沈小將軍的騎射之術，定北軍中無人能出其右，他若是想，方才便能在命中靶心的同時，將妳的箭射下來。」

六公主呆怔片刻，遲緩道：「那他是故意讓著我？」

「不然呢？所以，他並非討厭妳。」

六公主忙握住她的手：「那他既非討厭我，我們要如何互相瞭解呢，只有兩日了，而且、而且我父王已在南律為我相看好了駙馬。」說到最後，她有些心虛，聲音越來越小，不過她想到什麼，忙補充道：「可沈小將軍若向父王求親，父王定會重新考量的，妳也知道，父王極為重視南律與大顯的邦交。」

如此……明檀點了點頭，念頭一轉，就有了法子。

只不過她冷不丁想起被小公主抱回去的白狐，到了嘴邊的主意，忽然咽了下去。

她故意咳了兩聲，緩道：「這法子，自然是有的，就看公主是不是誠心想知道了。」

六公主有點懵：「我很誠心的。」

明檀也不看她，慢條斯理地撫平衣上褶皺，雲淡風輕地碎碎念道：「眼看就要入冬了，今年冬衣還沒做呢，去歲便沒做新衣裳，唉，堂堂王妃，委實也過得太節儉了些。」

六公主總算是反應過來了：「白、白狐皮送妳！」

明檀抬眼，好整以暇地看著她：「昨日妳誠心送，便是如此價碼，可妳收了回去，今日就不是這個價碼了。」

「那、那妳想要什麼，我都給妳。」

明檀故作沉思，半晌才道：「走之前，來王府給我烤一隻羊腿。」

「好！」

明檀滿意了，這才笑咪咪地示意她將耳朵靠過來，附在她耳邊輕聲說了幾句。

六公主聽了，稍稍琢磨了下，包子臉立馬燦爛起來：「兩隻羊腿，本公主烤兩隻！」

兩日後，南律使團預備返程。成康帝備了十數車禮，並慰問國書一封，算是聊表大顯友邦心意。

明檀一早起床梳妝，乘著王府馬車，特地趕至城門相送。

見是明檀，六公主忙從馬上下來，握住她的雙手，展笑道：「我還以為妳不來了呢。」

「怎麼會，說好要來送妳，自然會來。」

綠萼適時奉上錦盒，明檀接過錦盒，送了過去。

「送給我的？」六公主接了，好奇打量會兒，「我現在能看嗎？」

明檀點了點頭：「當然可以。」

六公主迫不及待打開，裡頭躺著極為精緻的香囊，她目不轉睛感嘆道：「好漂亮！這是妳繡的嗎？」

那日下馬車前，六公主隨口問了問明檀，定北王殿下腰間那香囊是何處所得，繡得太好看了。明檀便將這事記在心上，回府便給這位小公主也繡了。

六公主愛不釋手，仔細翻看會兒，指著裡側暗繡的「淳」字驚喜道：「妳還繡了我的閨名。」

明檀彎唇頷首。

「不過這是什麼？這是包子嗎？」六公主看著香囊上的繡樣，有些迷惑，這怎麼看怎麼像包子，可為何要在香囊上繡包子呢。

明檀忍不住捏了把她的臉蛋：「就是包子！」

「好了，反正此事若成，妳遲早要再來上京，我便不多送了，快上馬，妳皇兄都等急了。」明檀催促道。

六公主本有些不捨，可這麼一說，好像也是，她點點頭，看了騎在馬上背脊挺拔如小松的沈玉一眼，歡喜地與明檀抱了下，小小聲附在明檀耳邊說了聲：「妳就等著我來作妳的小表嫂吧！」

明檀：「……」

這六公主年紀不大，怎麼一心惦著替自己提輩分呢。

沈玉莫名打了個噴嚏，下意識回頭看了正在與檀表妹嘀嘀咕咕的六公主一眼，心中總有種不好的預感。

無端被派了個護送使臣與回禮至南律的差事，他有些莫名，南律使團來了一大幫人，回程亦是一路暢通，有什麼好護送的，總覺得聖上派的差事，來得有些奇怪。

出城沒多久，六公主故意放緩行進速度，待到與沈玉並行，她笑咪咪道：「沈小將軍，回程路遠，如今我們有的是時間好好瞭解了！」

「……」

沈玉終於反應過來了！

# 第十五章　生變

送走六公主後，明檀好幾日懶在家中休歇，未再出門。

如今靈州事畢，收復榮州一事又重新提上日程，這幾日，江緒總在萬卷齋會客，明檀沒去打擾。將要入冬，便是又近一年年尾，她亦有許多事需要忙活。

倒是裴氏，竟難得登了回定北王府的門。

她是王妃之母，來王府本也尋常，可她想著自個兒不是明檀生母，到底不好將王府當自家後花園似的，來去隨意，平日若有什麼，多是明檀回靖安侯府。

「母親，今兒怎麼有空過來？」明檀扶了裴氏落座花廳主位，又吩咐素心上了裴氏喜食的茶和點心。

裴氏撥了撥茶蓋，溫和笑道：「無事，今兒去昌國公府看了會兒福春班的新戲，順路過來看看妳。」

昌國公府與定北王府，這路順得都能回兩趟靖安侯府了。明檀會意，示意裴氏不識的王府丫頭們暫且退下。

待得左右摒退，明檀才問：「母親，到底是有何事？」

裴氏沒多繞彎子，想了想便斟酌問道：「近日……王爺可有與妳說過什麼朝政之事？」

「未曾。」

裴氏沉吟片刻，又道：「倒也沒什麼，只不過這幾日我瞧著妳父親心事重重，我問他，他也不說。」

裴氏嘆了口氣：「我與妳父親，妳也是知道的，從前便罷了，只是如今……」她有些難為情，半晌，在明檀耳邊小聲說了句什麼。

明檀一聽，驚得瞪直了眼。

「真的？可請大夫瞧過了？」

裴氏點點頭：「請了兩位大夫來瞧，都說是……」裴氏委實有些說不出口，一把年紀了，怎麼診治也是沒這緣分，她早已經看淡，可這當口，竟有了喜訊，說來也怪不好意思的。

明檀仍處在驚愕之中，好半天沒能回神。

裴氏輕輕撫了撫小腹，唇角不由彎出溫柔笑意：「近些時日有些嗜辣，都說酸兒辣女，我可盼著是個小姑娘，和妳小時候一樣最好不過了，玉雪可愛，乖巧活潑，招人得緊。」

明檀下意識看了她的小腹一眼，飲了口茶壓神，總算是有了些真實感。

她緩聲道：「弟弟妹妹都好，總歸是個有福氣的。當然，若是弟弟就更好了，女兒家嫁了人，總是難以在父母跟前盡孝周全。」

裴氏聞言，笑意更深了些：「妳說得對，總歸是個有福氣的，將來啊，有哥哥、姐姐可以倚仗，若真是個混小子，便讓他跟著大哥兒好生學學本事。」

明檀笑著點頭，輕啜了口茶。

她哪裡不知，裴氏心裡頭是盼著生兒子的，只是礙著府中已有兄長，怕自個兒的盼望引了她誤會，傷了母女情分，才這般說罷了。

其實她倒還真盼著裴氏生個兒子，兄長的本事與性情她瞭解，心善，仁義，卻也守成，固執。要像父親那般，年輕時能開疆拓土，如今能掌權一方，那是不必多想了。靖安侯府百年屹立，名將滿門，如今的鮮花著錦若要再往後延續，還得源源不斷地再出將帥之才。也是為長遠計，望族名門才都盼著多添丁口。

她委婉將自個兒的想法與裴氏分說了番。

裴氏心思敏感又極重聲名，總想著不是她生身母親，不願讓人以為她這繼母是在巴結王府，是以她成婚後，倒不如從前在閨中那般與她親近了。

她一直想與裴氏好生說說，可總尋不著合適的時機開口，現下話頭趕到這兒，她便握住裴氏的手，順勢道：「阿檀嫁人後，母親倒是愈發謹慎了。世人常說，生恩不如養恩大，阿檀亦是如此認為。您就是阿檀的母親，走動親近最是正常，又哪輪得著旁人置喙呢？」

裴氏回握住她的手，嘴唇囁嚅，眸光閃動，心中一時感慨萬千。

明檀又道：「這母女自是越做越親，哪有越做越生分的，母親可不許因著怕旁人閒話，就故意不來王府看阿檀。」

「我這不是怕妳忙……」

「我能有什麼好忙的，再說了，再忙，陪母親說會兒話的功夫總是能抽出來的。」

明檀截過她的話頭。

裴氏彎唇，輕輕拍了拍她的手：「以後得空常來便是，妳若無事，也常回侯府。」

「那是自然。對了，您方才說爹爹近日心事重重又不肯與您分說，大約是從何時開始的？」明檀想起什麼，又問。

裴氏想了想，正色道：「也就是近幾日，秋獮回鑾之後。主要也是因著，平日妳爹有事，都會主動與我商量一番，可這回便是我問，他也只推說無事，所以才想著來尋妳打聽打聽。」

「那回頭，我問問夫君。」

「別。」裴氏忙攔，「若是政事，女子多問無益，勿要因這等事與夫君生了嫌隙。」

明檀本想說夫君早已許她問事，然裴氏又道：「也是我孕中多思才無端心慌，若有什麼大事，殿下定會主動說與妳聽的，未與妳說，想來用不著操心。」

這倒也是。明檀點點頭，沒再多想。

雖沒再多想，可明檀還是打算問問江緒，問問又不妨事，奈何江緒近些時日忙得難見人影，她亦事多。

沈畫平安給李府添了位嫡長孫，闔府上下喜氣洋洋，李祭酒素日謙遜低調，也難得允了在府上大肆操辦一回百日宴。

明檀前腳參加完沈畫孩子的百日宴，後腳又忙著給白敏敏添妝——

這年底喜事一樁接著一樁，最為熱鬧的還得數平國公府與昌國公府這樁婚。

兩府俱是顯貴高門，新人郎才女貌兩情相悅，端的是金玉良緣人人稱羨。

成婚當日，迎親隊伍浩浩蕩蕩，紅妝十里遙遙曳地，皇后更是難得出了回宮，專程為這對新人主婚。

白敏敏與章懷玉也算得上不是冤家不聚頭了。

別人家成婚，新娘子都盼著新郎早早過關迎親，少不得還要交代親朋好友少與他為難鬧騰。

可到白敏敏這兒，卻是自個兒上陣出謀劃策，一會兒說這詩謎太簡單了些，一會兒又覺得喜鞋藏的地方不夠隱蔽，還不忘叮囑家中小輩，在外頭攔新郎官時記得多要些利是封紅，定要他好生出回血才算解氣。

瞧她那鬥智鬥勇的勁兒，很有幾分不想嫁出去的意思了。

章懷玉也是個不安生的，好不容易抱了新娘子出門，竟在旁人不注意處偷掀蓋頭看了一眼，還忍不住嘲諷道：「臉上塗這麼厚，塗城牆嗎？該不會是毀了容，想賴著成了這樁婚吧？」

「你才毀容！放我下來！」

「不放。」

「你放不放！」

眼瞧著兩人出個門都恨不得打上一回，喜婆丫頭們趕緊上前，推著新郎將人抱進喜轎。

新娘出嫁，三朝回門，回門宴時，明檀見白敏敏面色紅潤，光彩照人，在宴後與她打趣了會兒私房話，白敏敏怎麼說也是個新嫁娘，說起閨房之事總有幾分羞惱，是以時時不忘轉移話題。

「對了，今兒妳家殿下怎麼沒來？大婚之日他也只露了個面，還不是同妳一道來的。」

「他最近忙得很，成日在外頭，回府也常是徑直去了書房，妳與章世子大婚當日，他清早才從青州趕回來，可不就只來得及露個面麼。」

白敏敏點頭，見四下無人，倒難得說起正事：「北邊是不是要起戰事了？我瞧父親近些時日也忙得很，府中忙著給我備嫁那會兒，外院也是日日門客不絕。」

明檀不置可否，只是聽到「門客」二字時，有極細微的思緒在她腦海中一閃而過，她一時未抓住，甚至不知那種一瞬閃過的微妙感覺到底因何而來。

日子過得不緊不慢，很快又近一年冬至。

明檀倒是在某個夜裡問了問江緒她爹爹是否有什麼事，江緒稍頓，簡短應了聲「放心」，她也就沒再追問。轉而問起北地是不是要起戰事，江緒默了片刻，沉聲答道：

「北地山雨欲來，最遲年後便要起戰。」

「最遲年後？」

明檀愕然。她早料到戰事或起，卻沒料到竟已近在眼前。

「那，那夫君要……」

「除夕應是，無法與妳一道過了。」

這消息來得太突然，明檀有些懵，不知該應些什麼，

因著安置，早剪了燈，今夜又濃雲蔽月，屋內只餘一片似無邊際的昏暗，沉默在昏暗中緩緩蔓延。

江緒以為她是不想讓自己上戰場，半晌，出聲解釋道：「本王是大顯的定北王，上陣殺敵，保家衛國，是本王的職責所在。且大顯十三州只餘滎州一州散落在外，收復滎州，重建千里之防，可保百年之內我朝不再受北地蠻族侵擾，此役之後，邊地數年都應不會再起戰亂。」

「阿檀知道，就、就是有些突然，我還沒做好準備……」

江緒將她抱入懷中，下頜抵住她的腦袋。

良久，明檀又問：「那此仗可凶險？可有萬全把握？」

「戰場瞬息萬變，從無定數。」

明知如此，還是想問。

明檀抿了抿唇，不作聲了。

冬至祭禮，江緒照例隨行聖駕，拜祭太廟。

出行當日，明檀特特早起相送，這時節，清晨可冷，江緒將她冰涼的小手裹入斗篷之中，不知緣何，忽然交代了句：「這段時日，本王不在，不論發生什麼，都等本王回來再說。」

明檀以為是尋常交代，正要點頭，可江緒緩聲道：「相信本王。」

她怔了一瞬，覺得這話聽來奇怪，猶疑問道：「夫君……是有什麼事嗎？」

江緒沒答，只是揉了揉她腦袋。

此行拜祭，三日回鑾，可江緒並未隨行歸來，回府傳信的暗衛說，王爺出門辦差了，還要遲上幾日才能回京。

不是直接去北地了便好。明檀稍稍安心。

可她這心還沒安上三日，靖安侯府就出大事了——

殿前司禁軍毫無預兆包圍靖安侯府，殿前副都指揮使陸停親自帶兵搜查，於書房暗室內搜出與北訶互通信件數封，疑通敵叛國！

靖安侯明亭遠當即被押入大理寺獄，府中上下亦盡數收押，方升遷桐港還未上任的靖安侯世子明珩亦被扣在龐山，待此間調查明晰，便要押解回京。

靖安侯互通北訶，疑通敵叛國。這不可謂不是平地驚雷！

明檀在定北王府聽到這消息時，差點沒站住，腦中空白許久，待反應過來，她的第一個念頭便是——不可能。

爹爹怎麼可能通敵叛國，瘋了不成？這其中定是出了什麼錯，信件說不準是他人栽贓陷害！

明檀立時便想出門去尋陸停，上門羈押之人是陸停，他一定知道什麼。

可她剛想出門，便被外頭的兵將攔住了。雖說禍不及外嫁女，可明檀嫁的是定北王府，定北王亦是執掌軍權之人，通敵叛國此等大罪，難保岳婿之間有什麼勾連，是以定北王府雖未拘人，但也被兵將圍了起來。

明檀心慌意亂。

直覺告訴她，夫君出門時所交代的「相信」便是指今日之事，想來，夫君早已知道爹爹將被羈押。

可如今定北王府也被包圍，她很難不去多想，夫君是否在籌謀之時，忘了自己可能也在他人的籌謀之中。

若是如此，那他的「相信」便是無用，因為如今，他很有可能自身難保。

當然，這只是最壞的結果。

明檀不得出門，只能回轉至啟安堂，強迫自己冷靜下來好生思考。

她手抖著飲盡一碗茶，才堪堪想起北地將起的戰事。

對，北地戰事，收復滎州……那便不可能是牽連到夫君的最壞結果！

大顯如今離不得夫君，即算聖上想要除他，也不會選在如此當口，滎州失地收復，等於北地十三州盡數還朝，百年之後史書工筆，就是聖上當政時最值得一提的一筆豐功偉績，聖上又怎會為了除一權臣就放棄流芳百世之名？

明檀稍稍緩了口氣，可下一瞬，撥弄茶蓋的手忽地一頓。

既不會牽連到夫君，那夫君便是籌謀此事的一環了，明知此事仍不歸京，他是故意為之嗎？

晌午，橋方街，殿前副都指揮使陸停府邸。

周靜婉正站在書房桌案前寫字，平日午休之前她總要習上五張大字，然今日怎麼也靜不下心，下筆無神，甚至連墨洇透了一遝上好宣紙都不自知。

貼身婢女匆匆而入，周靜婉忙抬頭問：「如何？」

「小姐，姑爺說殿前司事多，請您今夜早些歇息，他得晚些時候才能回了。」

聞言，周靜婉停了一瞬，忽地重重擱筆，一言不發地往書房外走。

「小姐，您去哪兒？」見周靜婉出了院門，婢女忙跟上問。

「他既不肯回，躲著我，那我便去殿前司尋他。」周靜婉的聲音輕柔卻堅定。

「小姐……」婢女不由拉了她一把，面露難色，吞吐道：「小姐還是別去了，姑、姑爺……姑爺讓您這兩日好生待在家中，不要出門。」

「這話什麼意思？」周靜婉背脊一僵。

婢女硬著頭皮答道：「奴婢，奴婢剛從殿前司回，姑爺順便撥了些殿前司守衛守在府外，不許咱們再出門了……」

「他禁我足？」周靜婉的問話中滿是不敢置信。

婢女不知該如何作答，緊張垂頭，大氣都不敢出。

深夜，萬籟俱寂，陸停歸府。

屋裡沒點燈，陸停不由鬆了口氣，放緩步子，推門而入。

可正當他左腳踏入內室之時，軟榻上忽然「嚓」地一下，燃起了火摺子。

隨即，燈被點燃。

周靜婉端坐在軟榻上，靜靜看著他。

他頓了半晌，不甚自然地喊了聲：「阿婉。」

周靜婉不應聲。

他也就站在那，不知該退還是該進：「怎麼還沒歇？」

見他不打算主動交代，周靜婉也不跟他兜圈子，開門見山問道：「是你去抓明伯父？」

「……」

果然，該來的，無論如何也躲不掉。

陸停沉默半晌，上前坐至軟榻另一邊：「阿婉，我統領殿前司，一切皆是奉命行事。」

「你既是奉命行事，為何躲著不見我？這到底是怎麼回事？為何會這般突然？你是不是早就知道什麼？」周靜婉甚少問得這般急切。

陸停張了張嘴，卻是什麼都沒能答。

周靜婉紅了眼眶，忽地起身。

陸停也跟著起身。

「別過來，你出去！」

「我不過來睡哪。」

「我管你睡哪！」

陸停想解釋什麼，可終歸沒說出口，只是沉默著退出了正屋。

今夜夜空不甚晴朗，月亮藏進了雲層，陸停負手立在屋前，靜靜想著，阿婉素日秀氣文靜，這好像是兩人認識以來，她第一回這麼大聲說話，也是第一回對他發這麼大火。

看來王妃在她心目中的分量，比他想像中還要重。

另一邊，平國公府，白敏敏也是不停煩著章懷玉追問原委，可章懷玉不理朝政，白敏敏怎麼問，他都是三不知。

見白敏敏悶著氣，他還敢叫屈：「我雖與陸停交好，可朝政之事也不好隨意過問吧？平國公府乃是外戚，過問通敵叛國之事多不合適，妳與我置氣可不管用，靖安侯若未做此事，大理寺定然會還他一個清白。」

清白清白清白！信都搜出來怎麼還人清白！他是野豕嗎！白敏敏根本就不想再同他說話。

她倒是回了趟昌國公府問過她爹，可她爹也是什麼都不知道，只一個勁說著明亭遠不可能幹這種事。

白敬元背著手在屋裡走來走去，比她還要著急，不知怎的一拍腦門，竟想入宮面聖，門客周先生忙把他勸下來了。

通敵叛國乃是大罪，若真定下來，昌國公府作為靖安侯先頭夫人的母家，怎麼想著將自個兒從九族中摘出來才是正理，哪有上趕著送命的。

再說了，他入宮面聖也不抵用，靖安侯是否叛國還有待查證，並非三言兩語就可定罪脫罪，且人家還有定北王那般本事的女婿，定北王還未歸京，一切還未有定數，現下著急也是無用。

這周先生說的甚是有理，白敏敏聽了，也說不出什麼反駁之言。

定北王府如今被嚴加看守，裡頭的人出不來，外頭的人進不去，為今之計，只有等定北王反應了。

一連三日，江緒在外都沒傳回半點消息，大理寺獄也未有任何進展。

唯一令人欣慰的是，聽聞陸停與大理寺獄打了聲招呼，給懷有身孕的靖安侯夫人裴氏單獨辟了一間牢房。

這三日明檀困在府中，也不是什麼都沒做，王府雖被兵將圍守，可總不至於飯食都不讓用，每日還是照例有人上門送新鮮菜蔬，入夜也有人往府外運送恭桶，明檀便藉著這不得不出入的當口，與白敏敏通了幾回信，也得了些外頭的消息。

這信當然是不易傳的，萬一被發現，便是給眼下境況雪上加霜。好在明檀素喜翻閱雜書，從前與白敏敏試驗過古書上的法子：「礬水寫字令乾，以五棓子煎湯澆之，則成黑字。[4]」

她倆來往的紙上什麼都沒有，得用些特殊法子，字跡才能顯現。

只是這信通到第四日，明檀用五棓子湯浸濕紙張，耐著性子等待字跡顯現，卻見到了不甚熟悉的筆跡，上書：「定北王已祕密歸京，藏身別玉樓，最遲三日，將點兵北征。」

這信，不是白敏敏寫的。

明檀腦中轟地一聲，紛雜念頭倏然閃過，不是白敏敏寫的，那會是誰？上面所書是真是假？寫信之人又有何目的？這人是怎麼將信掉包，又是如何發現她與白敏敏的通信之法的？

明檀驚疑不定，下一瞬間她摸了摸紙張，忽然發現，不對。

這寫信的紙張是纖雲紙，紙張中等，比不得平日白敏敏所用的薄霧紙來得金貴。

可這纖雲紙原料產自靈州，靈州遭難後，原料難以供應，若要因此提價，在此之上又

---

4「礬水寫字令乾，以五棓子煎湯澆之，則成黑字。」出自《夜航船》，卷十九，物理部。

有更多可選的好紙，是以高攀不上，低就不來，今年京中紙坊已不再生產此種紙張。

若沒記錯，因著定北王府常年給下人供發纖雲紙，京中停產前的最後一批纖雲紙全都入了王府。

想到這，明檀沉靜吩咐：「素心、綠萼，速速去查，今日府中有可能接觸到這封信的所有人。」

「是。」

素心與綠萼畢竟是歷練多年的大丫頭，排查個府中下人自是不在話下，不多時，人查出來了，雜役處的王婆子被帶到啟安堂花廳。

這王婆子頭髮灰白，長了張老實本分的臉，看著是個做慣了粗活的普通僕婦。她入府已經十數年了，像個隱形人似的，一直安安靜靜地在雜役處幹活兒，哪缺了人便替哪兒補上，總歸沒幹過什麼要緊活計，也不會來事，是以入府多年都只是三等。

今日素心、綠萼去查人，見她神色不對，躲躲閃閃，拿了逼問幾句便馬腳畢露，如今提溜到明檀面前，更是沒三兩句全招了。

原來她是宿太后多年前就安插在王府的釘子，從前從未暴露，是因她從前從未行事，她過慣了本分日子，驀地讓她辦事，她委實緊張得很，是以見人來查，便慌得不行。現下招完，她跪在地上，仍是不停磕頭求饒，一副只求活命的膽小怯懦模樣。

明檀神色不明地淡掃了她一眼，不疾不徐撥弄著茶蓋，半晌，她極平靜地說了聲：「繞這麼大彎子暴露自己，不打算活命了是麼？太后調理人，倒很有一手本事，隱忍、犧牲、忠誠，妳很不錯。」

此言一出，跪在地上的王婆子不再磕頭，她靜了一瞬，忽然抬頭看向明檀，面上不復先前怯懦模樣：「王妃好眼力。」

素心與綠萼聞言一驚，忙護在明檀面前。

明檀卻揮了揮手，示意她們退開。

問話不宜讓雲旖知曉，她便未讓雲旖在花廳守著，為防此人習武，人帶過來時都是手腳緊縛的，還強灌了碗軟筋散，廳中也燃有令人使不出力的薰香，她與素心、綠萼都事先服用過解藥。

此人來者不善，若非如此周全準備，明檀也不敢貿然見她。

「隱忍蟄伏十數載都未暴露，又豈會是賣主活命的泛泛之輩，甘做三等雜役，無非是王府每每升等便要追查一遍祖宗十八代，妳容不得半分閃失罷了。」明檀審視著她，「還有那手字，寫得甚是不錯。」

常說字如其人，端看那手字便知，她不可能是個十多年未行事就只想繼續過本分日子的普通僕婦。

「說吧，宿太后讓妳傳什麼話。」明檀徑直問道。

「老奴要傳的話，盡數寫在信上了。」王婆子跪得端正，答得平靜。

「我為何信妳？再說了，王爺歸京又如何？太后莫不是以為王爺躲著我，不救我父親，我便會怨上王爺。」

「通敵叛國是大罪，若只是不救，也算不得什麼，可若是陷害呢？」王婆子抬眼看她。

明檀一頓，隨即掩了過去，仍是一副若無其事的淡然模樣。

王婆子又道：「王妃以為王爺為何娶您？喜歡麼？亦或是皇命不得不從？又或者，是王妃以為的報恩？」

聽到「報恩」，明檀驀地抬眼。

王婆子笑了：「王妃真是天真，定北王殿下是什麼人？您並非刻意為之的恩情頂多算是湊巧，真值得權傾朝野的定北王殿下以王妃之位相聘嗎？還不是因為……您有個功高震主還不懂乖乖上繳兵權的爹。不過禍不及外嫁女，想來王妃的這份恩情，能保靖安侯府不被株連九族就是了。」

「繼續。」

「太后如今也沒幾日好活了，都說人之將死，其言也善，太后不過是見不得王妃被人利用，蒙在鼓中，待臨了了，滅族抄家，還要體諒仇人罷了。」王婆子頓了頓，「當然，王妃若覺得太后是挑撥你們夫妻感情也無不可，畢竟太后與聖上、定北王殿下，本就是畢生宿敵，自然見不得他們好，能有拿來挑撥的由頭自要挑撥一番，可總歸，這由頭是真的。」

明檀未應聲。

王婆子又道：「想必此刻府外已然有詔，許是這樣下的，『經查，靖安侯通敵北訶，洩露軍情，著即抄家問斬。北訶虎視陽西路，邊境作亂，命定北王為北征帥首，三日後，率兵出征北訶』，王妃若不信，盡可派人去查。」

明檀一言未發，半晌，她吩咐道：「帶下去，嚴加看守。」

綠萼福了福身，示意守在外頭的粗壯僕婦將人帶了下去。

明檀靜坐半晌，緊攥著手，又吩咐素心：「不論用什麼方法，我要知道，外頭是否已有對爹爹調查處置的詔令。」

嫁入王府已經多時，她雖未刻意經營，然想探聽府外消息，不至於斷了一條路，就毫無法子。

一個時辰後，素心回了。

她面色慘白，見著明檀，什麼都沒說，「噗通」一聲跪在地上。

「如今王府被兵將圍守，妳是如何與壽康宮通信的？我要知道，如何離開王府。」

柴房內，明檀居高臨下，靜靜看著被五花大綁扔在地上的王婆子。

王婆子不在乎柴房髒灰，半倚在牆邊，抬眼瞧她：「老奴能與壽康宮通信，不等於老奴有法子出去。」

「沒有便算了。」

明檀不欲與她多言，轉身便要離開。

可這王婆子在身後喊住她：「王妃！」

明檀略略停步。

「聽聞王府中有一密道通往府外，但老奴並不知這密道在何處，即算是知道了，憑老奴也無法靠近，不過王妃許是可以。」

明檀聞言，頭也不回地往外走了。

府中有密道……明檀第一時間便想起江緒的書房。

那日無意得知書房中藏有密室，可因太過尷尬，她只顧著快些逃離，倒忘了細想，當日守衛似是並不知，夫君正在與人祕密議事，如若知曉，應不會讓她往裡送宵食的，起碼也應先通傳一聲才是。

守衛既不知曉，議事之人又怎會憑空出現在密室之中呢？

她想到什麼，徑直走往書房。

深冬的夜，一片漆黑，一連幾日都是濃雲蔽月，明檀從書房密道走出王府時，外頭寒浸浸的，風冰涼，似乎能吹透厚實的斗篷。

她坐上灰篷馬車，一路趕往別玉樓。

經過府衙，她撩簾望外，忽地喊了聲：「停車。」

下了馬車，她走到府衙外的布告欄前，一字一字緩慢讀著那封詔令。

先前素心來稟，她總覺著不甚真切，可如今看到詔令上的數道玉印，卻又覺得那玉印的紅格外刺眼。更刺眼的是，這道詔令的內容，與王婆子所言相差無幾。

只有一點，定北王並非三日後率兵出征北訶，而是明日。

若非他明日就走，她許是還能沉住氣，在府中等他回來，可如今她等不了了，她必須今夜就見到江啟之，聽他當面給一個解釋。

那是她的爹爹，是她的兄長，是她的族人，她還做不到拿一句虛無縹緲的相信，安然坐在府中，去賭明家滿門的性命。

北地戰事將起，京中駭浪驚濤，別玉樓卻仍是醉生夢死溫柔鄉，管弦絲竹，歌舞昇平，遠遠望去，燈火璀璨輝煌。

時間倉促，明檀來不及做萬全準備，只在馬車中換了裝，扮做小廝模樣，在樓外與白家表哥碰上面，便隨他一道入了別玉樓。

上回來這樓中，她還是個未出嫁的小姑娘，七夕乞巧，外頭熱鬧，裡頭空寂，她在水盈的閨房中，緊張又好奇地打開了避火圖冊。

如今裡頭滿堂華彩，目光所及之處俱是京城第一樓的絕色名姝，她還瞧見水盈正繞著彩帶自半空翩翩而下，不知又編排了什麼新舞，圍觀捧場者眾。

別玉樓熱鬧如昨，可那些曾藏於空曠樓中的不安羞窘，好像，都是很久以前的事了。

「表哥，你在這，我上去。」明檀低聲道。

「那可不行，我陪妳一起！這可是花樓，怎麼能讓妳姑娘家一個人上去。」

「無事，我有分寸。」

「那也不行，我……」白家表哥正說著話，眸光無意一瞥，忽然瞥見樓上轉角處一抹熟悉身影，他半瞇起眼，喃喃疑惑道：「周先生怎麼也在這兒，他不是不近女色麼。」

「周先生？」明檀順著他的目光望去，沒找著人影。

「周先生是我爹最信重的門客，我爹那脾氣妳也知道，和個炮仗似的，一點就著，也就周先生本事大，能勸得住他。」

明檀眸光忽地一頓，凝定住暗處某道極難注意的身影，半晌，她的手不自覺攥緊又攥緊，掐進肉裡頭了，彷彿不知疼。

周先生。

原來是他。

那回在王府匆匆一瞥的身影有些眼熟，可怎麼也想不起在哪見過，如今她想起來了，原來舒景然來府那日，書房的第三個人，是他。

這位舅舅身邊最得信重的得意門客，原來是江啟之的人。

許多被遺忘的細枝末節，在這一刻倏然湧上腦海——

明檀想起許久之前，她與白敏敏一道躲在舅舅書房中翻找話本，無意撞見舅舅怒氣衝衝闖進書房，因令國公府的醃臢事怒不可遏。當時便是這位周先生在一旁好言相勸，勸他稍安勿躁，一切等她爹爹回京再說，省得他人背後議論舅家越俎代庖。

可如今想來，令國公府瞞得密不透風的醃臢事，舅舅到底是從何得知？這其中有沒有周先生，或者說是他這位定北王殿下的手筆？

再到後來，退婚之事無可轉圜，她讓舅舅幫忙打聽的令國公府家宅密辛，到底是舅舅打聽到的，還是他定北王殿下透過周先生想讓她知道的？且她明明只知其中一二，為何令國公府的各色傳言會鬧得滿城風雨一發不可收拾？

還有，那年上元夜的落水，他到底是報恩相救，還是不想令國公府與靖安侯府這樁婚成，才勉強一救？

如果，如果宿太后所言是真，他的籌謀，是在她與令國公府退婚之前就開始了，是嗎？

她的退婚與賜婚，在很久以前，就已成定局，是嗎？

不知為何，明檀不敢再深想下去，甚至有一瞬間，她恍惚猶疑，有些不敢踏上腳下的臺階。好像一踏上去，她便會知曉，所謂情愛喜歡，是真切存在，抑或只是她一廂情願走進了……明明編織得不甚精妙，她卻甘之如飴的幻局。

其實若這般想，她曾問過，他也曾答過的。

「那夫君娶我，是想要報恩嗎？夫君對我好，也是因為想要報恩嗎？」

「不全是。」

她仰頭望瞭望別玉樓頂的花燈，那裡頭光華流轉，璀璨奪目，晃得眼生疼。

「……此地兵將無需多留，天險之勢，以拖盡兵馬糧草為上策，左右二軍盡數備攻羌

虞，收復榮州，才是此仗主要目的。」

「那殿下一行，明日出發取道青州？」

「明日點兵離京後，你們兵分三路先行出發，本王還有些事需要處理。」

「王爺要回趟王府？」這幾日靖安侯府之事甚囂塵上，內裡蹊蹺得很，王爺一直沒表態，昨日回京，也未回王府，有好事者便忍不住問了。

江緒不置可否。忽然，他眸光一頓，掃了屋外一眼。

議事將領也察覺到有人上樓，屋中一時變得很靜。

明檀一路躲藏上至別玉樓頂樓，早先知曉別玉樓乃王府產業時，她問過江緒，知道他若來這，多半會在頂樓。

只是頂樓守衛森嚴，她好不容易上來了，還沒走兩步，便被守衛發現，以劍鞘交叉相攔，呵斥：「妳是何人？此地不得隨意進出，速速離開！」

明檀默了默，忽然摘下頭上的帽子，滿頭青絲傾瀉，她抬眼，平靜道：「我是定北王妃，來見王爺，怎麼，不可以嗎？」

守衛明顯怔了一怔，見到明檀手中的王妃玉牌，忙躬身告罪：「屬下未能識出王妃，還請恕罪，王妃稍等，屬下這便為您通傳！」

屋中俱是習武之人，外頭話音自是聽得分明。幾位曾躲在王府密室聽過私房話的武將不由望向江緒，王妃都跑到別玉樓來了……

「稟王爺，王妃求見。」守衛在門外通傳。

江緒沉默片刻，回身應：「進。」

不多時，明檀隨著守衛進了屋。

她就停在門口，穿著小廝的青布衣衫，頭上沒戴半根珠釵，面上未施粉黛。

江緒望向她，不知為何忽然想到，若平日見著這麼些人，卻僅做如此打扮，她定要羞惱得找條地縫鑽進去。

他略略抬手，屋中將領會意，都往外退。那位周先生綴在最後，與明檀擦身而過時，腳步稍頓，明檀掃了他一眼，面上沒什麼情緒。

很快，屋中便只餘江緒與明檀二人，明檀這才緩步上前，可她走至離江緒丈遠之地，就停下了。

「妳從密道來的？」江緒先開口問。

明檀定定望著他，沒答。

然江緒心中已有答案，也無需她答：「那密道不安全，裡頭塌陷過，以後別走了。」

「所以是因塌陷，那晚周先生才不得不走王府後門離開麼。」

她在府中就撞見過？

江緒抿唇，不置可否。

周先生的確是他安插在昌國公身邊的人，可朝中大員身邊，多少都有那麼一兩個人，或是歸屬成康帝與他，又或是歸屬於宿太后，朝堂常事，並不鮮見。

「這裡不是說話的地方，我先讓暗衛送妳回府，明日我會回府……」

「這兒怎麼就不是說話的地方了？在這兒說話燙嘴？有什麼話不能現在就說非要等到明日！」明檀忽地紅了眼眶，激烈地打斷了他，「江啟之，你看著我，你還想說讓我相信你是嗎？」

她抹了把毫無預兆掉下的眼淚，邊點頭邊繼續道：「我願意信你的，可我爹爹如今已經被定罪為通敵叛國了！通敵叛國是何等大罪？你有什麼事不能和我說，非要我等？那是我的爹爹，我的族人，我連你到底是因何娶我都弄不明白，你要我怎麼等得下去信得下去！」

江緒想上前，可明檀卻下意識往後退了一步。

也不知江緒在想什麼，凝望半晌，他忽然負手背對明檀，吩咐道：「來人，送王妃回府，沒有本王命令，定北王府上下誰也不許進出，一切等本王明日回府再議。」

話音方落，兩道暗衛身影閃出，攔在明檀面前。

明檀怔怔。

他從前只是不喜歡主動說，可如今她來問，他也不說了。他究竟有沒有那麼一刻，是在認真將她當妻子對待？

「王妃，請。」

明檀彷若未聞，固執地凝視著他的背影，可他始終未有回頭之意。

過了很久，她才動作遲緩地往後退。

退了幾步，她正要轉身，寂靜屋中數扇雕窗忽地齊齊洞開——

明檀抬眸，就見窗扉上釘著數支羽箭！

沒了窗子遮掩，羽箭破風，從暗夜深處直直射向江緒。也不知江緒是否早有準備，他抽出擱在八仙桌上的劍，劍身反射出耀目白光，幾聲鏗鏘交刃，那幾支羽箭盡數散落在地，他回頭，沉聲吩咐：「保護王妃離開！」

暗衛正要應是，明檀目光一頓，忽然上前撲向江緒：「小心！」

江緒早已察覺來箭，只是未料明檀會突然撲過來，好在他反應極快，略略側身的同時伸手將她推開，在冷箭擦身而過之際，俐落挑劍，將其打落在地。

可沒想到，因這箭略遲一瞬，有另一支來自西面雕窗的羽箭，瞄準的不是他，是明檀。

他眸光驀地一緊：「阿檀！」

他移身易影，上前接住悶哼一聲搖搖欲墜的明檀。

因他一推，這箭射偏了些，只射到明檀的肩頭，可箭矢淬毒，泛著幽幽冷光，將明檀肩頭洇出的血染了層烏黑。

江緒眸光沉沉，迅速點住周圍幾處穴道：「叫封太醫上來。」

一位暗衛略頓，應了聲「是」，迅速從箭雨中抽離。

那箭射入肩頭的一瞬，明檀的五感彷彿消失了，直到落入江緒懷中，略動，她才感到那迅速蔓延至四肢百骸的劇烈疼痛，只一息，她額上便冒出了豆大汗珠，唇色倏然蒼白。

可她忍著疼，眼眶發紅，顫聲堅持道：「這一箭，定是要射你，射、射偏了。我怎麼說也是……也是為你擋的這箭，不管如何，你放過靖安侯府，好不好？」

她知道以他的本事，躲箭不算太難，可她若不賴上份恩情，又如何挾恩求情呢。不管利用還是喜歡，總歸她與他之間，少不了恩情的牽扯。

江緒沒答這話，平日斂下的殺伐之氣驟然四溢，他單手摟住明檀，另一隻手執劍，劍光翻覆間，一支支淬毒羽箭被打落，最後一支，他反手握住劍柄，當空平劃而出，那箭「嚓」一聲，斷成兩截，墜落在地，隨即他手中那柄冷劍直直插在地上，劍身顫晃。

潛伏的津雲衛於暗夜中全數出動，在兩撥箭雨後，包圍這一批宿太后最為得意，又輕易不出的精箭手。

信號放出。

屋中暗衛緩緩將劍收回劍鞘，拱手請示江緒。

江緒眼都沒抬，只吐出一個字：「殺。」

暗衛略頓，先前聖上與主上商議時，似乎有將這一批精箭手收為己用的意思，他倒也沒多嘴，領了命，潛入沉沉黑夜。

「這毒可解，微臣先前正好得了一株雪草，只是王妃這箭需得立時拔了，不然恐失血過多，又恐傷口感染。」封太醫聲音壓得很低，還略微發顫，「不過微臣氣力不夠，怕是一次拔不出來，只能給王妃徒增疼痛。」

江緒聞言，沒再多問，轉身坐回床邊。

「替妳拔箭，忍一忍。」他直接道。

聽聞拔箭，明檀拼命搖頭，額上汗珠不停滾落：「不要，我怕！」

「箭不拔，妳會因失血過多而死。」

聽到「死」字，明檀害怕地瑟縮了下，可抗拒之意仍舊明顯，拔箭那得多疼啊，她想都不敢想，可是不拔也很疼，她現在只要略動一下，就感覺自己快要死掉了。

明檀從未想過自己會有今日，眼淚吧嗒吧嗒掉著，眼睛鼻子通紅。

半晌，她鬆了口，勉強撐著口氣，虛弱道：「那、那我讓你拔箭，你答應我，放過靖安侯府，好不好？」

「放過靖安侯府？」江緒垂眸看她，「不可能。」

明檀這心理準備本就做得不甚牢靠，身子抖得和篩糠似的，忽聞此言，她淚眼朦朧抬頭與他對視。

說實話她再如何作想，也沒想過她已這般田地，這樣求他，他都能不動半分惻隱之心，所以她在他心裡本就沒有半點地位是麼，所以——

「啊——！」

明檀還處在江緒過於決絕的不敢置信之中，肩頭忽地傳來一陣無以復加的劇痛，她不由驚叫出聲。

在痛到失去知覺暈死過去的前一瞬間，她眼前朦朧瞥見被拔出來的帶血的箭頭，還有江緒略微鬆動的面容。

明檀也不知自己睡了多久，她似乎跌入一個極為冗長的夢境。

夢裡有幼時爹爹給她推鞦韆，那鞦韆推得極高，彷彿能飛出侯府高牆，望見上京城裡夏日搖曳的柳絮，秋日金黃的銀杏，還有冬日紛飛的大雪。

一轉眼，又到了她的笄禮，明珠熠熠，高朋滿座，她穿了身明豔繁複的錦裙，錦裙上豆蔻枝頭的金雀纖毫畢現，笄簪上南珠的光澤也清晰瑩潤。

還未待她走向笄者，畫面恍惚一轉，又至那日新婚。

喜紅璀璨滿目，夫君執喜秤，挑開她的大紅蓋頭，她與夫君交杯，而後她垂首，惴惴不安地替夫君解起腰間玉帶。

忽然，一支冷箭從窗外射進來，她就那麼呆怔看著，夫君卻忽地往她身前一擋——

「夫君！」

明檀倏然睜眼。

她眼前空白一瞬，待眸光回攏，才發現眼前是淺粉色的帳頂。

原來是夢，幸好，幸好只是場夢。

她心跳極快，背脊生出層薄汗。

緩了好一會兒，她想起身，可肩頭傳來的疼痛拉扯讓她面色「唰」一下煞白，她重新躺了下去，再也不敢亂動。

「小姐，您醒了！」綠萼恰巧進來換水，聽見動靜上前，她不敢置信地捂著嘴，眼眶發紅，「小姐，您終於醒了！奴婢快要擔心死了！」

「無事……」明檀張口，喉嚨卻乾澀得很，說出的話好像沒聲，身上軟綿綿的，使不上勁。

見她秀眉緊蹙，艱難吞咽，綠萼欣喜之餘，不忘上前給她餵水潤嗓子。

「來，小姐，慢點喝。」

沿著杯壁小啜了幾口，明檀總算是活了過來，嗓子也有聲兒了：「我還在……別玉樓？」

這帷帳，這房間，都與她昏死之前所見的一般無二。

綠萼忙點了點頭：「封太醫說，您醒之前不宜妄動，您身上剛清了毒，虛弱得緊，再加上馬車顛簸，來回挪動容易致使傷口開裂，所以殿下直接封了別玉樓，讓您在此養傷。您放心，裡裡外外伺候的都是咱們王府的丫頭，斷不會讓那些不三不四的女人接近分毫，外人也不會知您在這樓裡頭的。」

她以為明檀是嫌花樓髒晦，特地解釋了番。

然明檀只注意到：「我中毒了？」

「是呀，那箭矢上淬了毒，幸好封太醫醫術高明，再加上殿下及時封住您周圍穴道，這毒才不至於四下擴散。」綠萼想想都覺得後怕，「不過封太醫說了，此番中箭中毒，小姐元氣大傷，待傷好後，至少得調養個一年半載才能完全康復，還有這右手，以後萬不可再久做女紅了，好在撿回條命，若是再往下射些，以後可讓奴婢怎麼活！」

明檀想說些什麼，可見屋外昏沉天色，她忽然問：「我昏睡多久了？」

「您都昏睡整整五日了，奴婢險些以為您醒不過來了呢。」說到這，綠萼的眼淚更是收不住。

五日？

明檀懵了。

「那夫……王爺，已經出征了？」

「大軍已經出發五日，可您遲遲不醒，殿下為了照顧您，便留了下來，只不過今夜也必須出發了，聽說再晚便趕不上大軍……」綠萼一拍腦袋，「糟了，殿下方才來看過您，見您沒醒，去換戎裝了，這會兒該不會已經走了吧！」

她急急忙忙起身：「奴婢這便去給殿下通傳，殿下這幾日一直守著您，您一直沒醒，若能在走之前知道您已轉醒，殿下在戰場上定會心安許多的。對了，還得將這信兒給老爺、夫人傳去……」

明檀還怔在某人即刻就要離京的消息中沒能回神，遲緩片刻，才想起叫住綠萼：「妳方才說什麼？老爺、夫人？」

「您瞧奴婢這腦子，一高興都忘了告訴您，老爺洗刷冤屈了！」

綠萼後知後覺反應過來，滿臉欣喜道：「通敵叛國一事，原是太后陷害，那些信件亦是偽造，通敵叛國的可不是老爺，而是宿黨餘孽與老爺從前的部下！」

「說起來，老爺那部下可真不是個東西！老爺一力舉薦他接任陽西路帥司，他竟通敵叛國，背叛大顯，還妄圖栽贓老爺！好在天理昭昭，報應不爽，大理寺已然查清真相還老爺清白了！」

明檀聞言，指骨微屈，腦袋空白了一瞬。

爹爹洗刷冤屈了？

所以，抓捕爹爹到底是一時的權宜之計，還是他終究心軟，放過了靖安侯府？

明檀出神的這會兒，綠萼已出門通傳。

江緒帶上一隊精兵正要出城，忽聞綠萼前來通稟，他沉默片刻，抬手示意眾人停下：

「半個時辰後準時出發。」

說著，他俐落翻身下馬，穿著一身戎裝，徑直去見明檀。

內室珠簾晃動。

明檀放空許久的思緒被這晃動聲拉扯回來，她抬眼，對上江緒由遠及近的視線。

他是慣常的沉默，走至床榻邊，撩開下擺落坐。

「感覺如何？」他嗓音略啞。

明檀沒應聲，忍著疼，翻身轉向裡側。

可江緒將她翻了過來：「朝裡會壓傷口。」

明檀沒駁他，就是不出聲，也不看他。

他定定地凝望會兒明檀，撥開她清瘦小臉上散落的髮絲，聲音不高不低：「半個時辰後，我便要出城，此去少則半載，長則一年，有些話，不管妳相不相信，我還是應與妳解釋。」

「妳父親之事，乃將計就計之策。妳父親早已知曉，並全力配合，所謂通敵信件，亦是妳父親親手所造。茲事體大，稍不注意便會打草驚蛇，所以只能瞞下，回京之後沒有立時回府，也是要釣宿太后的精箭手上鉤，我並未有算計靖安侯府之意。」

半晌，他又補了句：「至少，如今沒有。」

秋獵皇帳相談，他接下澈查郭炳茂與北訶互通的差事，還未回鑾，便派遣津雲衛祕密前往北訶，陽西路有定北軍駐軍，兩廂合作，很快便查清互通原委。

郭炳茂手中雖無調兵用兵之權，可怎麼說也是執掌陽西路的一路帥司，意欲向他行賄的官紳多如過江之鯽。

他這些年一路升遷，手中權柄越來越大，欲望自然也越來越多，再加上宿家安插進他後院的美妾煽風點火，他這原本在靖安侯手下老實忠誠的猛將，心思慢慢活絡起來。

只不過他雖貪賄，卻並無叛國之意。奈何天意弄人，北訶手中握有他在陽西路收受賄銀之證，以此相脅，還給出大批金銀許諾。

通敵叛國是何等大罪！

郭炳茂自是萬不敢犯！

前後皆為絕路，可收受賄賂至少不用累及家人性命，思索再三，郭炳茂決心自陳己過上達天聽。

可他請罪摺子都寫好了，北訶那邊竟又傳來消息，說是知他手中並無實權，也無需他多做什麼，幫北訶與靖安侯搭上線即可。

郭炳茂動搖了。

搭線而已，且也只需靖安侯在關鍵時刻動動手腳，成敗與否，大都牽扯不到靖安侯身上，更牽扯不到他自己身上。

查清此事來龍去脈，成康帝即召明亭遠進宮。

依成康帝的意思，北訶既有此意，不如將計就計，拿喬幾個回合，再與其假意互通，探其虛實套取情報，拿到關鍵資訊，就立即以通敵叛國之罪將其下獄。

如此一來，便有了堂堂正正的理由，先發制人出征北訶，一路攻向羌虞，收復榮州。

此事籌謀已久，陽西路那邊，定北軍三路駐軍已由自南律直赴西北的沈玉接管，上京出詔之際，沈玉也拿下郭炳茂，全權控制陽西路，並向北訶攻進，打北訶一個措手不及。

待到江緒所率大軍出征，無可回轉，這罪名就可盡數轉嫁至宿太后身上。

宿太后作惡多端，眼看著是不行了，總不至於從前種種只有宿家人代她受過，她還能風風光光以太后規制葬入皇陵。

可一國太后，輕易不可動，先前宿家妄圖發動宮變，滿門遭難，唯宿太后沒留下半點把柄，稱病避居壽康宮，全身而退，如今也只有罪無可赦的通敵叛國，才能讓她得到應有的懲罰了。

江緒說完，明檀靜了好一會兒，忽問：「如今沒有算計靖安侯府之意，所以從前有的，對嗎？」

其實有些事很明顯，從前賜婚，是皇上與太后搶著要賜，陛下不放心爹爹手中兵權過甚，一時打壓不下，又不想爹爹被太后拉攏，所以才先截下這樁婚。

只是她從前未想，截下這樁婚，陛下想要的也許不是拉攏，而是讓其徹底消失。

江緒沒出聲，權當默認。

明檀平靜道：「你如今未有，然陛下仍有。通敵一事，爹爹根本沒有不配合的權利。他若乖乖配合，就還有如今日一般的轉圜，若不配合，這罪名生扣在爹爹頭上，也並無不可，這將計就計半真半假，也是在暗示我爹爹，君主永遠不可能對一個無法全然信任又手握重兵的臣子放下戒心，識相的，事畢之後上繳兵權才是正理，我說的對嗎？」

「不是妳想的這般。」

「那是哪般？」

此話，江緒無從解釋，成康帝雖未挑明，但心中大約，就是這般作想。

他忌憚靖安侯，無法全然信任靖安侯，即便知其並無反心，也要奪其兵權才能澈底心安。

今次種種，雖是將計就計，可讓靖安侯身陷囹圄感受萬般滋味，難說沒有暗示他，為君者對掌兵之將有多忌諱的意思。

半個時辰在兩人交互的沉默中拉扯殆盡，窗外升起將領發出的信號。

江緒起身，凝視著明檀，沉聲道：「不管從前如何，妳又如何作想，我心悅於妳，所以只要妳一日是定北王妃，我便會不計代價，保靖安侯府一日滿門榮耀。」

# 第十六章　出征

入夜淅瀝下起小雨，簷角雨水滴滴答答，明檀側臥榻上，靜靜聽那雨聲。

白敏敏與周靜婉冒雨前來時，素心晾溫了粥，正打算送進屋中。

白敏敏順手接了：「我來吧。」

素心點點頭，朝她倆略一福身，又看了她倆身後之人一眼。

章世子、陸殿帥、舒二公子，來得還挺齊全。

素心本想著，男子進屋可不合規矩，然轉念又想，在這花樓逗留數日就已是最不合規矩的事了，且還有靜婉小姐在，所以沒多說什麼。

白敏敏小心翼翼端著粥，領了眾人進屋，她小快步走至榻邊坐下，放下手中粥碗，眼淚汪汪地看向明檀：「阿檀，妳受罪了！」

明檀眼睫輕顫，虛弱道：「我沒事，這個時辰你們怎麼過來了？」

「這些時日本就夜不能寐，聽說妳醒了，我哪還能坐得住！」她緊握住明檀的手，「還疼不疼？肯定很疼吧，我讓章懷玉著人去尋西域奇藥了，定能將疤痕祛得半點都瞧不著，妳放心！」

明檀極淺地彎了下唇：「還是妳最瞭解我。」

「那當然——」白敏敏一張嘴就停不下來，周靜婉輕輕拉了拉她，目光定在錦枕一大片洇開的深色上。

「阿檀，妳肩上有傷，不應枕這般高的枕頭，換一個吧。」

周靜婉聲音輕柔，動作極小心，她扶住明檀，示意白敏敏換枕。

白敏敏不明所以地照做完，才發現原本那錦枕是濕的。她怔了怔，心疼之意愈甚。

倒是明檀看起來頗為平靜，主動讓白敏敏餵她喝粥，白敏敏點頭，忙不迭端起粥碗，一勺勺舀起，細緻吹了吹，才送入明檀口中。

屋中很靜，舒景然他們入了屋，也不好上前，就那麼遠遠站著。

等白敏敏餵完粥，姐妹三人敘完話，周靜婉才極淡地遞了句話，也不看人：「不是有話要說麼，長話短說吧，阿檀還需要休息。」

陸停聞言，率先開口。畢竟阿婉已冷他多日，今夜若非帶她來看王妃，估摸著她還能繼續冷下去。

可惜他不大會說話，說也說不到點子上：「……大理寺獄怎麼說也是天牢，即便是殿下交代過，條件也就是天牢的條件，侯爺肯定吃了些苦頭，但王妃放心，侯爺性命無虞。」

舒景然聽了有些想要扶額，不得不接過話頭解釋道：「陸停的意思是，侯爺無礙，未受皮肉之苦，只不過天牢潮濕，飯菜簡單，這幾日委屈侯爺了。」

陸停抿唇頷首。

見明檀毫無反應，舒景然又繼續道：「其實啟之不想瞞妳，可京中亦有北訶與羌虞的探子，若是打草驚蛇，那侯爺先前所探知的情報便全然作廢了，畢竟就連定北王府都有宿太后埋藏多年的釘子，不是嗎？」他頓了頓，「而且此事，除卻陛下、啟之，還有侯爺與陸停，其他人都不知曉，王妃應知，君命不可違。」

這話難道會有用？章懷玉不由望了他一眼。

然舒二不急不緩地遞進道：「下詔那日，大功半成，啟之本是要立時回府讓妳心安的，可他半路突遭宿黨餘孽伏擊。」

明檀指尖微動。

「宿太后自囚壽康宮，圖的是百年之後皇陵安寢與香火供奉，可她窺見，陛下與啟之並不想給她這個機會，所以乾脆拉人陪葬，拉一個是一個，一邊伏擊啟之，一邊又不惜啟用王府掩藏多年的暗樁，離間妳與啟之的夫妻感情。」

「那夜別玉樓，啟之本就在等宿太后的精弓手，妳突然出現，他無法預料對方何時動手，想將妳送回王府，也是怕妳在此地逗留會生意外，可惜，這意外最後還是生了。」

這些事明檀多多少少明白，沒給出更多的反應。

章懷玉心底打鼓，第一萬次懷疑舒景然到底行不行。

「當然，我知道王妃最在乎的，並不是這些。」舒景然忽道：「不知王妃可還記得南下靈州時，靈雨河上那場大火？王妃昏睡了一天一夜，他便不眠不休守了一夜，我讓他去休息，換婢女輪守，他說不用。生平頭一回，有女子為了救他，闖入火海，他問我，這是不是因為妳心悅於他？我反問，若是心悅他待如何？他答——若是心悅，不可辜負。」

明檀不由捏住錦被。

「雖然迎娶王妃非他本意，可賜婚旨意下達之時他曾言，既娶了妳，便會保妳一生無虞。其實他從未想過要對付侯爺，相反，他一直很欣賞侯爺，」他稍頓，意有所指道：「若非啟之，靖安侯府與令國公府，說不準如今已成患難親家。」

章懷玉不由側目，為了江啟之，他這是連陛下都內涵上了啊……這話層層遞進得，真不愧是探花郎。

話至此處，舒景然停了片刻，隨即緩聲道：「許多事，到底是真心，還是假意，王妃心中定有判斷。今次之事，雖形勢所迫，非他所願，可王妃昏迷不醒時，他說他錯了——『讓我的妻子受傷，是我最大的過錯』。」

白敏敏與周靜婉都不由觸動。

定北王殿下那樣的人，竟能說出這樣的話……若不是相信舒二公子人品，白敏敏真有些懷疑是他自個兒在胡亂現編。

「該說的話舒某都說完了，啟之生性如此，不喜多動唇舌，其實他這性子比從前已經好了許多，從前他行事，從不屑於同仁解釋，有時過個一年半載，旁人才恍然大悟。」

「今夜冒昧前來，也不過是因舒某知曉，啟之在乎王妃。此去西北，凶險多艱，若能得王妃一句諒解，想來他上陣殺敵亦會更顧惜己身，如此，舒某還能見他留著條命回來。」

他遠遠行了一禮：「舒某叨擾，還請王妃見諒。」

陸停本想附和兩句，可舒景然不著痕跡地看了他一眼，他張了張嘴，繼續保持緘默。

相比之下，章懷玉就識趣多了，舒景然這話點到即止，再往下賣慘就少了點意思，是以他根本就不打算多說，只對白敏敏拋了個「先走」的眼神。

白敏敏會意，與周靜婉對視一眼，輕聲道：「阿檀，時辰也不早了，妳好生休息，明兒我再與靜婉一道來看妳。」

幾人輕手輕腳往外退，輕輕帶上了門。

出了別玉樓，陸停走在周靜婉身側，低聲問她今日表現可還滿意。

周靜婉不看他，只看向不遠處的馬車，輕聲細語道：「話都是舒二公子說的，即算是阿檀寬了心，也與你無干。」

陸停還想再說些什麼，後頭忽然傳來綠萼的呼喊：「敏敏小姐、靜婉小姐，留步！」

綠萼提裙追了上來，滿臉焦急：「小姐！王妃！小姐她……」

「慢慢說，阿檀怎麼了？」周靜婉問。

綠萼汗都急出來了：「小姐不知怎的，奴婢方才進去，非要奴婢去尋人備馬，說是要出城！」

白敏敏瞪大眼睛：「出城？難不成她是想去追王爺？她傷成那樣，瘋了不成！」

「這、這委實不必，寫信即可。」舒景然也有種弄巧成拙的錯愕感。

「可小姐已經掙扎著坐起來了，還說這城她今日非出不可，奴婢若找不著人帶她去，她就要自個兒走過去，看誰敢攔她。」

攔是肯定不敢攔的，她也走不過去。只是若沒下樓就再暈一回，這罪過誰也擔不起。

白敏敏與周靜婉正要跟綠萼一道去勸，就見明檀顫顫扶著窗沿，往下望。

「阿檀！」白敏敏與周靜婉擔憂喊道。

陸停也不知哪根筋沒搭對，眼見眾人焦急著要上樓勸她，他冷不丁說了句：「我帶王妃去吧。」

周靜婉：「……」

自上京前往陽西路，需從西城門出，然別玉樓在京城至東，一隊兵馬疾行一個多時辰，才堪出城門。

方出城門，就下起了雨，冬夜凜風刺骨，雨絲冰涼，有將領勒馬提議：「王爺，今夜不如就在此處紮營暫歇，等雨停了再往前翻山？」

江緒勒住韁繩，回頭看了不遠處的城樓一眼，沉聲發令：「停，今夜在此暫歇。」

簡易的營帳很快紮好，不多的乾柴升起小小火堆，大家圍著取暖，隨意尋了地方，很快入睡。

江緒也坐在火堆旁，乾柴不時迸發出劈啪聲，火星子偶往外冒。

他這幾日一直守著明檀，都沒怎麼休息，可這會兒不守著她了，好像也無法入睡。

其實若早知有雨，他大約會再留一晚，可轉念一想，留與不留似乎沒太大差別，她總歸不想見他。

靜坐了一夜。

五更時天濛濛亮，眾人轉醒，收拾拆帳，準備上路。

江緒握住轡繩，最後看了身後一眼，在晨曦微光中逐漸清晰的西城樓，不再留戀地發號施令道：「出發。」

「江啟之！」

「駕！」

「駕！」

「江啟之！」

身下千里馬疾馳嘶鳴，江緒身側，忽有將領大聲提醒：「王爺！後頭彷彿有人在喚你！」

江緒速度稍緩，其實他也聽見了，只不過那聲音微弱又熟悉，他以為是他出現了幻覺。

一隊行速俱緩，馬蹄聲靜，身後喚他名諱的聲音雖遠，卻比先前來得清晰。

「江啟之！你若是回不來，我永遠也不要原諒你了！」

江緒緩緩掉轉馬頭，看向遠處城樓上那抹極小的身影。

「是王妃？」

「好像是……」

有人大著膽子向江緒建議：「王爺，您要不要回去與王妃說幾句話？左不過一兩個時辰，咱們後頭少休息會兒定能趕上大軍。」

「不必。」

江緒凝望著那道身影，明明隔著很遠的距離，可他好像與她對視了。

半晌，他抬手，眸光銳利堅定：「收復榮州，此戰刻不容緩，出發！」

馬鞭一揚，馬身俐落回轉，鐵蹄揚塵，逐漸隱沒在遠離上京的山林之中。

三個月後，上京。

百姓冬襖換春衫，顯江邊柳樹抽芽，又是一年春至。平國公府門前的春正大街被各府車馬堵得水泄不通，原是國公夫人攜世子夫人一道操持起今年的春日宴。

白敏敏如今身為平國公府的世子夫人，協理府務中饋是應盡之責，然她與宴暢快，要她辦宴就不怎麼提得起興致了。

好在府中有章含妙這麼位熱衷此道的小姑子。

因著章含妙前頭辦的宴會總是生出事端，平國公夫人許久未再許她張羅操持。

可如今念著她也到了相看人家的年紀，多辦幾回權當歷練，也就睜一隻眼閉一隻眼放她去了。

「原是含妙出的力，我道妳何時這般周到妥帖了呢。」周靜婉輕嗅著特地為她而備的竹青茶，輕聲道。

「雖是含妙出的力，可妳這竹青茶是我讓人備的好不好！上回看戲，妳說這幾日有些積食，氣不順，我可都牢牢記在心裡。」白敏敏絕不肯落下自己的一份功，「還有阿檀這杯，特特用了冬日所存的梅上新雪烹煮，阿檀最喜歡了！」

明檀聞言，端起茶盞輕嗅梅香，淺啜一口，略帶調侃地說了聲：「到底是嫁了人，從前可不見如此細緻。」

白敏敏本想駁她，可見她小臉清瘦，唇色偏淡，話至嘴邊還是咽了下去，回身吩咐道：「拿手爐給王妃。」

婢女福身應是，明檀喊住：「不必了，都入了春，用什麼手爐。」

「雖入了春，可這時節乍暖還寒，妳的傷還沒好全，身子骨弱，可不能著涼。」

白敏敏這話壓得低了些。

明檀受傷一事外人並不知曉，幾月未曾露面，只尋了個風寒的理由略作應付，畢竟靖安侯府出了那等大事，雖最後還了清白，可靖安侯沒過多久，便以沉疾未愈謝病請歸，她不願出門招搖也是人之常情。

說來，靖安侯交還兵權一事亦十分微妙。

若說陛下寬宏，這兵權可是實打實地拿回去了。

若說陛下容不得靖安侯，可通敵叛國的大罪竟替他洗刷了冤屈。

靖安侯請辭，陛下也很給面子，與他唱足了三請三勸的戲碼，才勉強收回兵權，然樞密副使一職卻是怎麼也不許辭，還帶著太醫親自出宮探望，又破格擢升靖安侯世子明珩為全州通判兼任桐港市舶使，儼然是聖眷不衰的勢頭。

「對了，聽我公公說，姑父昨兒在朝堂上與劉御史爭起來了？」白敏敏想起什麼，試探問道：「似乎是因定北王殿下在西北斬了位將領——因著這事兒，劉御史還翻起他延了五日才趕上大軍的舊帳。」

明檀彷彿未聞後頭半句，若無其事應道：「我爹爹與劉御史也不是頭回爭嘴了，朝堂上爭得面紅耳赤，私下還能一起飲酒，關係倒是不差。」

她用了一小塊糖酪青梨，繼續道：「說來，爹爹交還兵權之後，人輕鬆了許多，待母親生產，他也能多抽些時間陪陪母親與孩子，不失為一件好事。」

白敏敏與周靜婉對視了眼——

那日定北王殿下出城，某人可是堅持追了過去，臨時調來寬敞馬車，還將封太醫請來一路同行，以防傷口綳裂。

好在夜雨難歇，一隊兵馬在城外駐紮，天濛濛亮時，總算追上了。

大家都以為，她有此舉是既往不咎之意，可其後回府，她對定北王殿下卻是絕口不提。

這三個月來，西北軍情時時傳入京中，她從不主動探聽，有人說與她，無論勝敗，她都是淡淡的，寄回的家書也不看，更別提回信了。

白敏敏膽子大，趁著今兒府上人多，她不好翻臉拂了自個兒的面，小心翼翼問了句：「阿檀，其實有件事我一直想不通，定北王殿下出城那日，妳還追上去讓人別死，怎的這幾個月對王爺消息卻這般……」

明檀聲音冷淡：「我讓他別死，是顧全大局，若他死活與大顯疆土無干，與大顯將士無干，那亦與我無干。」

「那妳可真是為國為民，忍辱負重呢。」與章懷玉鬥慣了嘴，白敏敏不假思索便接道。

「……如今平國公府是在逐客？」

「敏敏不會說話，妳別理她。」周靜婉忙將糖酪青梨往明檀面前推了推，又朝白敏敏遞了個眼神，「還不去前頭招呼，少在這給阿檀添堵。」

白敏敏一臉錯愕無辜，「我」了半天沒我出什麼話來，生生被周靜婉半勸半推，趕去前頭待客了。

然這不會說話的不只白敏敏，明檀許久未出，驟然露面，許多貴女上前與之敘話。

也不知是誰打趣道：「今兒這春日宴倒讓我想起幾句詞，『春日宴，綠酒一杯歌一遍，再拜陳三願：一願郎君千歲，二願妾身常健，三願如同梁上燕，歲歲長相見。』聽聞前些時日定北王已率軍攻入榮州祿縣，這祿縣一仗打得分外艱險，想必王妃定是在府中日日祈願郎君千歲罷。」

明檀淺笑不語。

周靜婉知她不願談及某人，不動聲色地轉移話題道：「郎君會否千歲不知，妾身常健倒是不易，阿檀這回風寒彌久，大家都好些時日沒見了。」

「是啊，阿檀如今可好些了？瞧著清瘦了不少。」

「這春寒天也得緊著保暖，若是著涼，復病可不值當。」

三兩句話題扯開，眾人一道說著話，去戲園子看了兩折戲，又去馬球場上看了會子馬球，氣氛閒適尋常。

明檀傷癒不久，不宜太過勞累，是以從馬球場出，就打算回轉了。

在府外道別，明檀正要登上馬車，忽有京畿大營的士兵匆匆趕來，有事要稟於章懷玉。

白敏敏見他面熟，沒大在意便要放人進去，可他行禮時見著明檀，忍不住多看了兩眼，白敏敏察覺有異，忽然問道：「你有何事要稟於世子？西北軍情？」

「這……」士兵吞吐，聲音勉強，「是，屬下有西北軍情要稟。」

「什麼軍情？」

士兵支吾不應。

「既是有西北軍情要稟，定北王妃都在這兒，有什麼不能說的。」

就是因定北王妃在此才不好說啊……士兵心下為難，可抵不過白敏敏再三追問，他只得硬著頭皮稟道：「定、定北軍越河之戰遭…遭遇伏擊，退守祿縣，定北王……定北王……」

「定北王怎麼了？」

「定北王殿下身負重傷，昏迷不醒！」士兵一咬牙，語速極快說完，死死埋下腦袋。

明檀聞言，身形似是晃了一下，唇色倏然蒼白。

白敏敏與周靜婉不約而同扶住她。

「阿檀，妳還好吧？」

白敏敏有些擔憂，又有些懊惱，方才她以為這士兵是太過死板非要見著章懷玉才肯稟，早知是因如此，還不如不問！

周靜婉輕拍著明檀的背脊，寬慰道：「定北王殿下吉人天相，定會醒的。軍情多半延時，說不準咱們聽信的這會兒，殿下已然醒了。」

「醒與不醒，與我何干？」明檀很快恢復過來，她站穩身子，沒什麼表情地回了身，「我回府了。」

白敏敏與周靜婉目送她上馬車，眼底是掩藏不住的深深擔憂。

定北王府的車馬一路駛出春正大街，明檀端坐車內，不知怎的，她忽然撩簾往外吩咐道：「去靈渺寺。」

攻城之戰歷來多艱，臘月深冬打至入春回暖，西北邊地已是屍橫遍野，戰場上煙薰火燎，鮮血裹雜著未來得及清理的屍體腐臭味道，薰染得整片天空都是蒙著層灰的暗色。

西北起戰源因北訶虎視陽西路，可如今的主戰雙方已變成大顯與羌虞。

北訶被大顯打了個措手不及，節節敗退，哪還敢肖想陽西路，灰溜溜地往北回遷百里，連結盟的羌虞也棄之不顧。

窮寇莫追，況且大顯之意本也不在北訶，西北兵力又不足以分兵而戰，是以江緒拿捏著羌虞與北訶結盟圖取陽西路一事做文章，向羌虞所占榮州進發，發起收復之戰。

榮州若好收復，也不會成為大顯失落十三州的最後一州了。羌虞兵強馬壯，又占盡地形優勢，饒是江緒與諸員大將親自領兵，也攻克得十分艱難，常是方進三寸，又被逼退兩寸。

這樣的時日誰也不知還要持續多久，如今就連定北王殿下都遭受伏擊昏迷不醒，有時連士兵都會懷疑，自己到底還會不會有衣錦還鄉，與家人團聚的一日。

「王爺醒了！王爺醒了！」一日入夜，守在帥帳內的士兵忽然跑向軍醫營帳，欣喜通傳。

很快，軍醫並著江緒的心腹大將們趕至帥帳。

診完脈，軍醫長鬆口氣：「王爺無大礙了，再好好休養幾日，便能下榻。」

江緒的確是在遭遇伏擊後昏迷了幾日，但也沒到傳信所說的身負重傷那般嚴重，昏迷不醒，多半是因連日辛勞，精疲力竭，沒有好生休息的緣故。

只不過這往外傳的消息，總是說得越誇張越好，不然賊人又如何能放鬆警惕。

軍醫說要再休養幾日，可行軍之人，每停一日，燒的都是軍餉銀糧與身家性命，又哪能容得好生休養。

江緒醒後，便聽諸位將領彙報了一個時辰的軍情戰況，底下人還送來厚厚一摞密信摺子，他坐在油燈下頭，讓人將說正事的呈了上來。

待他一封封看完回完，手下提醒道：「王爺，這還有一道陛下的慰問摺子，平國公府、昌國公府、靖安侯府，左相府都寫了信，還有易家的。」

「王府還是沒有？」

「沒有……」

江緒默了默：「靖安侯府的拿來。」

手下人忙呈上。

他展信掃讀。

是他岳丈大人寫的，寫的是朝堂上與劉御史爭論，他先前未請聖意便斬懶戰將領是否應斥，洋洋灑灑百餘字，隻字未提某人。

餘下幾封他一一覽閱，皆是關心他的傷情，他看得極快，面上沒什麼表情。

剛巧沈玉回營，聽聞他醒了，與另一位將軍一道前來看他。

江緒掀了掀眼皮，見沈玉滿面春風，冷不丁問了聲：「榮州拿下了麼，你樂什麼樂。」

旁邊將軍揶揄道：「沈小將軍剛剛才瞧了南律寄來的熱乎信，可不樂著麼。」

沈玉不好意思地撓了撓後腦勺，輕咳兩聲，乾巴巴轉移話題：「王爺您醒了，可還好？」

江緒掃了他一眼，復而垂眸，凝視著滎州地形圖，聲音涼颼颼的：「本王很好，你少在本王跟前礙眼，本王會更好。」

沈玉：「……」

邊地寒苦，上京春深。

定北王殿下轉醒的消息，是在一個月後與定北王率軍殺過越河、兵臨滎州主城之下的消息一道傳入京城的。

明檀聽到這消息時，正在府中祠堂給毓琮太子夫婦供奉果盤，「哐噹」一聲，果盤摔落在地，明檀頓了瞬，也顧不上理，只回身怔怔問道：「妳說什麼？」

綠萼喜得淚凝於睫，又重複了遍：「王爺率軍殺過越河，已兵臨滎州主城之下，想來不日便要得勝還朝了！」她忙拭掉眼角的淚，「原來殿下早就轉醒了，只是前線戰況複雜，消息掩著，沒能傳回上京。小姐為著王爺，近日憂心得消瘦了不少，如今得了喜訊，小姐總算能睡個好覺了！」

自打王爺受傷的消息傳出，她便眼瞧著自家小姐時常夢魘、半夜驚醒，飯菜至多只用半碗，傷癒之後好不容易長了幾兩肉，這些時日又全數減回去了。

她們這些做奴婢的，看在眼裡，急在心裡，偏又是此等大事，連素心都不知如何勸慰，好在如今總算是守得雲開見月明瞭。

似乎是因消息來得太過突然，明檀不及反應，腦中空白了許久。

半晌回神，她指尖微動，嘴硬駁道：「誰憂心他了？」她不自覺摸了摸自個兒清瘦的臉頰，「我、我這是先前箭傷未愈，再說，夏暑天也離得不遠了，夏日衣裳輕薄，自是要身形瘦削才能穿出翩翩扶風之姿，妳懂什麼——」她看了地上散落的果品一眼，「還不快把這兒收拾了。」

「是。」綠萼破涕為笑，低首福身，也不與口是心非的某人爭辯。

待綠萼換了新鮮果盤過來，明檀虔誠叩拜完牌位，從蒲團上起了身。

走出祠堂時，她腳步略頓，忽吩咐道：「準備下，明日一早去趟靈渺寺。」

還願一事宜早不宜遲，若懶憊不守諾，惹了佛祖不悅，得償所願之事立時生變如何是好？

就在上京諸家因西北戰事進展心安歡喜的同時，榮州戰況也愈發撲朔迷離。

雖已跨過越河，兵臨榮州主城之下，可離綠蕚所說的得勝還朝似乎還為時尚早。

說來這越河跨得比諸位兵將想像中輕鬆許多，越河一過，前路無遮無擋，便是榮州主城堯城——落入羌虞之手後，羌虞給其改了漢名，綏泱。

無論是叫堯城或叫綏泱，它都是兵家必爭之地，軍事意義重大，羌虞敵軍這麼輕易便放他們跨過天險城下陳兵，將領們都認為十分反常。

「探子自高處勘探敵情回稟，綏泱城內士兵寥寥，巡兵六人一列，兩個時辰才在城東出現一回，糧倉位置也無重兵把守——」

有人皺眉接道：「城樓上只留了一隊巡兵，這不符合常理，羌虞兵力應不只於此，莫非……是想同我們唱一齣空城計？」

「就羌虞人那腦子，還空城計？」有魁梧軍將不以為意地嗤笑道：「我看就是你們瞻前顧後想得太多了，八萬精兵還怕攻不下一個綏泱？打到現在，城中守兵估摸都不足兩萬，照我說，直接殺進去便是了，少囉嗦！」

「話可不是這樣說的，上回伏擊險些讓他們得逞，可見羌虞人謀略不缺，孫將軍切莫輕敵，老話說得好，驕兵必敗。」

「是啊，大家都以為羌虞人魯直，可多番交手，其中也不乏狡詐之徒，不如先城外紮營，再從青州調兩萬援軍，如此一來，強攻也更有勝算。」

「等青州援軍，那要等到幾時，且咱們等援軍，他們未必不是在等援軍，由得他們喘了這口氣，怕是還有得纏耗！」

將領們爭執不休，江緒負手立在沙盤前，半晌未發一言。

也不知過了多久，眾人爭得嗓子冒煙，面紅耳赤地喘著氣，總算是停了下來。

「吵完了？」江緒沉靜抬眸，在眾人面上掃了一圈，停在一直沒參與爭辯的沈玉身上，「你怎麼看？」

沈玉被點到名，斟酌了會兒，緩聲道：「末將以為，攻城一事的確不宜再拖。即將入夏，西北邊地向來是秋冬苦寒，夏暑炎熱。這一熱起來，人心浮躁在所難免，且這場仗從年尾持續至今，已近半年，軍兵都已疲憊非常，再繼續拖下去，恐怕不容樂觀。」

「羌虞人不是毫無計謀，可正因如此，他們也應知曉，我軍若探得城中境況，會以為他們在唱空城計，不會輕舉妄動。如此一來，那又怎麼判斷，他們不是捏著我軍疑慮在拖延時間呢？」

這話甚是有理，可城中虛實難定，不少持保留態度的將領仍是不贊成近日攻城。

沈玉倒是看得明白，他們如何想並不是十分要緊，關鍵看發號施令的這人怎麼想。他大著膽子問了句：「不知王爺心中是否已有成算？」

江緒沒理他，拿起一面小旗，在手中把玩：「整軍，今夜丑時，攻城。」

眾人錯愕。

「王爺三思！」

「這是否太倉促了些……」

他抬眼：「一個時辰前，本王收到密信，羌虞內訌分裂，羌虞首領第三子祕密調兵回轉，不願再援榮州，如今城中僅餘羌虞首領與他長子所率一萬兵將，坐困愁城。」尾音沉沉，他將那面旗，穩穩插在綏泱之上。

入夜，天幕深黑，沒有半點星子。

江緒身著繡有蛟龍紋樣的玄黑戰袍，手握戰馬轡繩，沉靜望著不遠處的綏泱城門。

他身後，是肅立整齊，密密麻麻的八萬大顯將士，明明未動，卻含著撲面而來的肅殺之感。

江緒向來不是什麼能說出長篇鼓舞之詞令將士熱血滿腔的將帥，然他只要領兵於前，將士們看著他沉肅堅定的背影，便會湧起一往無前的勇氣和此戰必勝的信心。

無他，那是和他們生死與共，征伐多年的大顯戰神，定北王殿下。

江緒抬手，隆隆戰鼓隨之響起，戰旗在夜幕中飄揚，旗上的大顯遊隼圖騰在火光下展翅欲飛。

「北地十三州失落蠻夷多時，歷經三朝，無數將士浴血奮戰，才有今日我等這最後一戰，滎州乃我大顯失地，寸土不可讓。前朝有天子守國門，我大顯疆土國門，無需天子親自上陣，自有我等將士來守！」

他的聲音不算很高，可在沉靜夜色下，似是一字一句敲進了身後將士的心裡。

將士們高昂齊喊：「保衛疆土，收復滎州！保衛疆土，收復滎州！」

「這綏泱二字，也到了該改回堯城的時候了。」江緒劍指城門，劍身白光映照出他流暢英挺的輪廓線條，「攻城！」

「殺！」

千軍萬馬奔湧向前，如凶猛海潮勢不可擋，登雲梯投石車齊齊上陣，綏泱城外火光喧天，映照出一張張果敢肅殺的面龐。

三日後，在八萬定北軍不休猛攻之下，滎州主城綏泱，破了。

守城敵軍顯然已是強弩之末，然羌虞蠻族，骨子裡不乏瘋狂獸性，先前假作空城企圖令定北軍猶疑不前，贏苟延殘喘之機。

如今見大局已定，定北軍攻城不傷百姓，可守城的羌虞軍兵竟棄全城百姓於不顧，城中四灑火油，欲與定北軍同歸於盡。

「沈小將軍！」

眼睜睜瞧著城樓上一根被火油燒塌的橫樑直直朝沈玉的方向墜落，手下士兵目眥欲裂，暴喊了一聲。

江緒聞聲，一劍掃開面前敵軍，以常人不可及之速移至沈玉身前，一力撐起斷塌橫樑。

「王爺！」

「走。」他沉聲道。

那橫樑極重，這一撐，左手手骨許是已斷裂，沈玉呼吸停了幾瞬，才後知後覺回過神來。

前頭又迅速落下幾根橫樑攔住出路，一人撐著，僅餘一人可以脫離，沈玉背上已負重傷，可如今一走，江緒便不得脫身。他想都沒想，上前與江緒一道撐住橫樑。

江緒掃他一眼，也沒多說什麼。

有將士想要過來幫忙，可與敵軍交纏著，一時不得脫身，沈玉也不知怎麼想的，看了江緒一眼，艱難又真誠地從牙縫擠話道：「前些時日屬下還以為，還以為屬下做錯了什麼，後來得孫將軍點醒才知，原來是王爺一直、一直沒收到王妃的信——」

江緒：「……」

沈玉又道：「可、可屬下收到了明家表兄的信，信裡什麼都沒說，只有、只有一塊黑沉沉的玉，前兩日屬下才發現，裡頭其實是有信的。」

他額上冒著豆大的汗珠，強撐著繼續道：「那信拿出來的時候，不小心落在地上了，是前兩日，屬下才從地上找到。上頭寫了句話，讓屬下將那烏什麼，烏恒玉，對，將那烏恒玉……交予王爺，且、且明家表兄那信上頭還寫了，乃受人所托，屬下想，會否是……是王妃所托……」

「玉呢。」江緒沉聲問。

「屬下忘記放在何處，是、是以不敢第一時間，告訴王爺。」

「……」

「本王就不該救你。」

入夏，綏泱城破的消息傳遍大江南北，舉國歡騰。

綏泱城破，滎州等同於盡在股掌，然底下大大小小的縣鎮清掃駐軍，也花了近三月時間。

秋分之際，定北軍班師回朝的消息在上京城中不脛而走。

「左不過就是近幾日了，北地十三州盡數收復，此乃何等榮耀，章懷玉說，陛下這回要親至城門相迎呢。」白敏敏修剪花枝，嘴快說道。

周靜婉不著痕跡看了明檀一眼，見明檀眼睫輕顫，不是毫無反應，她也挑了枝新鮮飽滿的芍藥，邊修剪邊接著白敏敏的話頭輕聲道：「陸停這幾日一直在殿前司，忙得連家都不著，想來陛下親迎的消息不假。」

她將修剪好的花枝插在明檀花瓶中，狀似無意地問了句：「陸停當日定然顧不上我，阿檀，妳來接我一道去看熱鬧如何？」

「看什麼熱鬧？」

「自然是定北軍入城……」

明檀一頓，截過話頭道：「讓敏敏接妳，我這幾日要去郊外莊子會帳。」她垂眸，全神貫注地擺弄著瓶中花枝。

「何時不能會帳，非要這幾日去。」白敏敏忍不住嘀咕了聲。

明檀掃了她一眼：「我的莊子，我想何時去便何時去。」她放下銅剪，「時辰不早了，妳倆也該回府了，素心、綠萼，送客。」

很快，白敏敏與周靜婉便被強行送了出去。

院中天井倏然寂靜，明檀靜坐了會兒，忽然招了招手，示意在門口伺候的二等丫頭玉蝶上前。

「玉蝶，聽聞妳哥哥在惠春樓當二掌櫃？」明檀似是閒談般隨意問起。

「回王妃，是。」玉蝶乖巧福身。

「我還聽聞……惠春樓臨窗的位子很是難訂。」

「其實平日還好，若是有什麼熱鬧事兒，這位子就難訂了，就好比每科春闈放榜的狀元遊街，又或是像咱們王爺得勝還朝率軍入城——這回是從西城門入，從惠春樓過，臨窗位置定是要擠得水泄不通的。」玉蝶笑眼彎彎，伶俐道。

這些事明檀自然是知曉的，當初看舒二遊街便是白敏敏提前在惠春樓訂了位。

她想了想，斟酌道：「是這樣，我有一個朋友，剛巧就是這幾日想訂惠春樓臨窗的位子，不知妳哥哥……可否行個方便？」

玉蝶猶疑了瞬，王妃的朋友不就是敏敏小姐與靜婉小姐嗎？她們自是不必去惠春樓才能看勝軍入城的。

她想起綠蕚姐姐近些時日常常念叨王妃口是心非，驀然福至心靈道：「您說的朋友，該不會是您自己吧？」

# 第十七章 冰融

九月節，露氣寒冷，將凝結也[5]。

時序寒露，上京秋意漸濃，御街兩旁銀杏繁密，金黃滿地，顏色絢爛喜慶得似乎是在慶賀大顯軍滿載榮耀班師回朝。

一大清早，長街兩旁便俱是百姓擠挨相候，街邊茶樓酒館雕窗洞開，個個兒伸直了脖子往外探看。

「入城了入城了！」

「皇上下城樓了！」

聖駕今日親臨西城門，迎勝軍入城，西城門處皇城司與殿前司禁軍圍護得密密麻麻，極難看清裡頭發生了什麼，然也不必看清，僅是偶有勝軍入城與皇帝下城樓的消息傳來，翹首以盼的百姓們就已雀躍難耐。

5「九月節，露氣寒冷，將凝結也。」出自《月令七十二候集解》。

不多時，成康帝的口諭自西城門傳出。

榮州大捷，北地十三州盡數還朝，此等名垂千古的不世功績，成康帝自是要犒賞三軍，大赦天下，當然，能令百姓欣喜高呼萬歲的，還是關乎切身之利的免除三年賦稅。

先前靈州海溢，疫病四起，朝廷都只免了一年賦稅，如今開口便是三年，足以可見此次榮州收復，成康帝到底有多高興了。

隅中時分，城門處終於傳來行進動靜。

江緒身騎千里名駒掣雪，緩緩出現在長街盡頭，他劍眉星目，俊美無儔，面上沒什麼表情，冷肅一如往昔。

他身後離得最近的，是沈玉等一干心腹大將，還有在這場時逾半年的收復之戰中不幸殞命的將領棺槨，往後則是為大顯拋頭顱灑熱血的大顯精兵。

饒是得勝還朝，軍隊仍是嚴肅齊整，不見絲毫自滿心驕。

「定北王殿下可真是——」白敏敏看得眼睛發直，半晌，她喃喃道：「今日怎麼覺得定北王殿下比舒二公子更為好看呢……」

章懷玉拿摺扇在她腦袋上敲了下。

白敏敏後知後覺摸了摸後腦勺，眼珠子依舊不離江緒，又喃喃了聲：「阿檀命可真好……」

章懷玉輕嗤一聲：「如此說來，妳可真是命苦。」

白敏敏癡癡看了會兒，待到軍隊行進過半，她才收回目光，捧臉輕嘆道：「對啊，我可真是命苦。」

「命苦妳就好好受著。」

「……章懷玉你！」

兩人慣是好生說不過三句就要爭嘴，一旁伺候的婢女無奈地搖了搖頭。

軍兵繼續往前行進，一路瓜果滿擲無歇。

周靜婉今日未與白敏敏一道，而是同沈畫一道，沈玉此戰再立大功，沈畫自是欣慰非常，父親過世前便一直囑咐兩人，定要奮發向上，早日光耀沈家門楣，哥哥如此爭氣，想來父親在九泉之下，也能含笑心安了。

沈畫與周靜婉說了會子沈玉，目光又落至前頭的江緒身上。

「王爺腰間掛的可是香囊？」沈畫心細，一眼便注意到江緒腰間垂掛的與這一身不甚相襯之物。

周靜婉仔細看了看，邊點頭，邊輕聲應道：「那般配色，應是阿檀所做。」

兩人心照不宣地交換了個眼神。

江緒端坐於馬上，進城一路，沿途望見許多熟悉面龐，就連他岳丈大人也滿臉紅光負立於人群中，時不時同身旁的昌國公點頭交談。

可就是，不見他的王妃。

從前歡好過後，明檀還曾縮在他懷中懶聲道：「聽聞夫君那年加銜『定北』，是聖上親臨城門加封的？那下回夫君得勝還朝，我定要早早去城門口守著，看看大顯戰神到底是何種風姿！」

想到此處，江緒眸光略沉，緊了緊手中韁繩。

長街行進至末段，人群依舊密密麻麻擠挨成一團，歡呼聲亦是不絕於耳，江緒不知感應到什麼，忽然抬頭，看向左側樓上洞開的雕窗。

窗邊許多人都在朝他招手歡呼，只有一扇窗前空空蕩蕩。

他若有所思，眸光凝了半瞬。

得勝還朝，將帥自是要先入宮稟事，飲宴慶功的。成康帝於雍園設宴犒賞三軍，暢飲至深夜才堪堪算散。

江緒漏夜歸府，福叔一直在王府門口等候，見著他回，忙將他往裡迎。

江緒將馬鞭交予他，解著袖口束帶，淡聲問道：「王妃睡了？」

福叔抬頭一哽：「這……」他不確定道：「王妃，許是睡了？」

江緒抬眼看他：「什麼叫『許是睡了』？」

「王妃她，她不在府中，老奴也不知是否睡了。」福叔一臉為難，「王妃今兒一早，非要去城郊莊子會帳，這早不去晚不去偏偏今兒去，誰勸也不管用，大約是不想見您。」

說完，福叔下意識捂了捂嘴，心想自個兒怎麼嘴快把實話說出來了。

想過多種情形，卻未曾想過她不在府中，江緒默了默，又問：「哪個莊子？」

福叔忙回憶道：「好像是西郊近汜水河那個，是王妃的陪嫁莊子。」

江緒聞言，從他手中抽回馬鞭，束帶反向繞緊，又翻身上馬，俐落調轉馬頭，奔向了沉沉夜色。

「欸，王爺！王爺！」

福叔在後頭喊了好幾聲，可江緒恍若未聞，背影在遠處迅速消逝成一個小小的黑點。

福叔憂愁地嘆了口氣，王妃既是生氣，那便該想個法子好生哄哄，這孤零零的一個人趕過去有什麼用呢，好歹也拉上兩車戰利品表表誠意吧，他們家王爺還是太年輕了，太年輕了。

福叔背著手往回走，惋惜地搖了搖頭。

夜空深黑，秋星點點，京郊的夜似乎比京中來得閒適靜謐。已是深秋，夏夜擾人的蛙叫蟬鳴早已悄然退場，只偶有夜鳥篤篤，風吹過樹梢，枯葉或是凋零，或是沙沙作響。

明檀在床榻上頭翻來覆去，怎麼也睡不著。

倒不是因為屋子簡陋陌生，這莊子鄰水而起，土壤肥沃，十分豐饒，莊戶們的日子過得很是殷實。

聽聞主家過來會帳，莊頭管事早早兒就替她收拾了間寬敞屋子，屋中各項物什都是從京中採買新添的，布置得雅致舒適，床褥更是素心、綠萼收拾好，從府中帶過來的。

可明檀就是睡不著。

一閉眼，腦海中就滿是江啟之率軍從長街而過的英挺身影。

這男人，簡直就是給她下了蠱！

明明想著不要輕易原諒他，可總是不由自主地在心底為他辯解，總想著他也有自己的難處，有他在的地方，她似乎很難將目光從他身上移開，就像今日長街……明檀拍了拍小臉，轉身覆上錦被，讓自個兒不要再繼續往下想。

忽然，門窗處傳來一聲極輕的響動，明檀下意識以為是素心，蒙在錦被裡悶悶地說了聲：「妳去睡吧，不必守夜。」

半晌，無人應聲，她這才疑惑地從被子裡露出腦袋。

今兒夜色極佳，月光如水淌入窗櫺，將靜立在窗邊的某人映照得溫柔而清晰。

明檀怔怔，眼睛一眨也不眨地盯著來人，半撐起身子坐在床上，心跳在不知不覺間加速跳動。

她是看錯了嗎？還是說，她現在已在夢中，眼前所見，乃是日有所思，夜有所夢？

她不自覺捏了捏自個兒的臉蛋。

有點疼，不是夢。

就這麼一小會兒功夫，江緒已走至近前。

他穿著白日率軍入城時那身泛著凜冽寒光的鎧甲，更深露重，身上還帶著漏夜前來的清淺寒意，離得近了才看清，他比離京時瘦了不少，喉結突出，臉部線條愈發顯得清雋英朗。

他眸光裡盛著極難看懂的情緒，似是一湖靜水，可靜水之下，又暗潮湧動。

他凝望著明檀，也不知過了多久，才緩緩伸手，拂了拂明檀面上散落的髮絲，聲音低啞道：「我回來了，阿檀。」

有那麼一瞬間，明檀是真的很想上前抱住他，可她指尖微動，克制住沒有伸出雙手，反而往後退了退。

「大半夜不打招呼便徑直入屋，殿下不知這般很嚇人麼。」她別過眼，不看他，聲音生硬且冷淡。

「嗯，我的錯。」

江緒眸光深深，仍是筆直望著明檀。

認錯認得這般乾脆，明檀倒有些不自在了，沉默半晌，她翻身蓋上錦被，朝裡側臥著：「我要睡了。」

「好。」

下一瞬，床榻邊便傳來窸窸窣窣的解衣聲。

明檀回身，睜大眼睛，往裡退了退，不由自主地打結道：「你、你幹什麼，脫什麼衣裳！」

她這一退，剛好給江緒騰了地兒，江緒極其自然地躺到床榻外側，還很快闔上了眼。

明檀懵了，看了他好半晌，才伸手推了推他。

江緒眉頭打褶，手肘微動。

受傷了？

明檀下意識鬆手，目光移至傷處。

「攻綏泱城時，左手骨裂，邊地條件有限，傷口處理得潦草，所以至今未愈，不過如今已無大礙，妳不必擔憂。」他閉著眼，聲音低緩。

「……」

誰問他了？不是，誰擔憂了？

明檀正要反駁，江緒又道：「其實先前遭遇伏擊時，一箭只離心口半寸，要比左手的傷嚴重不少，不過也還好，總歸是如你所願，活著回來了。」

「……」

這還叫她怎麼說得下去？

半晌，她默不作聲往裡側挪了挪，無聲默許了他占用半邊床榻。

江緒始終未睜眼，只在黑暗中幾不可察地翹了翹唇角。

一夜無夢。

明檀原本是怎麼也睡不著的，可不知怎的，江緒躺到她身邊後，沒一會兒，她就無知無覺睡著了。

醒來時身側沒人，床榻涼涼，也無餘溫，若不是錦衾上顯出睡亂的褶皺，她險些都以為昨夜不過是做了一場太過真實的夢。

聽到屋裡傳出動靜，素心與綠萼很快進屋，伺候明檀梳洗起身。

兩人面上都帶著愉悅笑意，明檀莫名：「妳們笑什麼。」

「沒什麼，小姐與王爺和好，咱們做奴婢的心裡頭也為您高興呀。」綠萼伶俐道。

明檀一頓，從她手中搶過衣帶：「誰說我與他和好了？」

素心與綠萼對視一眼，繼續幹手裡的活兒，都沒接這話茬。

給明檀更完衣，素心才繞過話頭另道：「王爺在外頭練劍，說是等您醒來一道用膳。」

「不是受傷了，練什麼劍。」明檀想都沒想就順口接了句。

兩人揶揄地看了她一眼，彷彿在說——瞧，這般關心王爺，還說不是和好。

明檀見她倆的眼神，很想解釋什麼，可越解釋似乎就越透露出欲蓋彌彰的心虛之意，話到嘴邊咽了下去，她沒再多辯，只吩咐將她的早膳送進屋來，還特地叮囑不要備多了，今兒喝粥即可。

可沒想到她不願與某人一道用早膳的意思表現得如此明顯，某人還是進了屋，徑直在她身旁落了座，並且自帶了兩個饅頭並一小碟鹹菜。

「可要用些？」見明檀直直盯著他盤中的鹹菜饅頭，江緒將盤子往前推了推。

明檀立馬挪開目光，有一搭沒一搭地舀著粥，客氣道：「不必了，殿下自己用吧。」

江緒聞言，還真自個兒就著鹹菜吃了起來。

半晌沒聲兒，明檀用眼角餘光偷覷了他一眼。

覷完，明檀：「……」

這個男人怎麼這樣？合著他還真是來用早膳的？

明檀快被氣笑了，手中瓷勺刮著碗底，一蹭一蹭地，將白粥蹭出了碗沿。

忽然，她動作一頓，忍不住冷聲道：「記得殿下早膳愛用葷餡的包子，素饅頭不喜歡，其實不必勉強自己。」

「妳還記得我愛用葷餡的包子。」

明檀一哽：「這並不重要，重要的是……」

「很重要。妳對我，很重要。」

屋中一時又陷入了沉默，明檀放下瓷勺起身，一言不發地往外走。江緒略遲，緩步跟了上去。

既是打著來莊子會帳的名頭，那這帳虛虛實實，也總是要會一遍。

這一整日，莊頭管事作陪，領著明檀在莊子裡四處轉悠了圈，回頭又將這兩年的帳冊都搬了來，交由明檀翻閱。

江緒一直靜靜跟著，帳冊送來，偶爾也翻上一本，明檀沒怎麼理他，但也沒趕他走。

日暮時分從莊頭管事家中出來，明檀邊往前走，邊沉著氣對身後的江緒說道：「殿下放心，既然殿下都說，只要我一日是定北王妃，便可保一日靖安侯府，那就算是為著侯府，我也會盡好王妃職責，會完田莊的帳，我自會回府，殿下委實不必在此處浪費時間。」

「我並不覺得在浪費時間。」

「可我覺得是！」

明檀終於憋不住了，這男人大老遠追過來，光禿禿一個人什麼都沒帶絲毫顯示不出誠意也就罷了，若是有話要當面與她說，她明明給了許多開口的機會，可他就是和根移動的木頭似的，跟在一旁靜靜杵著，什麼也不說。

想當初舒二那般舌燦蓮花，說得她都要信了，怎麼到他這兒就沒話了呢，復述一遍不會？他杵在跟前一言不發是想讓她參透他面上本就不多的表情自行意會？

她只不過就想聽他多費些唇舌，親口同她從頭到尾解釋一遍，即算當初娶她是一場算計，即算皇上想從爹爹手中拿回兵權，他明明知曉也只是冷眼旁觀，可只要他親口多解釋幾句，若是錯了，賠聲不是，哄哄她，她那麼喜歡他，也許就原諒了呢？

明檀越想越氣：「你不要再跟著我了，我不會再喜歡你了！」

「不會麼。」

「不會！」

「那妳為何要在家書中附上烏恒玉？」

「那是哥哥擅作主張，與我何干。」明檀在送這玉牌之時就早早兒想好了說辭。

江緒也不打算在這一點上與她多做糾纏，又問：「那妳為何去靈渺寺祈願，希望我能平安轉醒，順利還朝？」

「你怎麼知道！」明檀回身，滿臉驚愕。

「我還知道定北王妃虔誠向佛，本王轉醒橫渡越水的消息傳入上京，定北王妃便親臨靈渺寺還願，給靈渺寺諸殿神佛都捐了金身。」

明檀已然驚愕得說不上話了。

她全然不知，她每回去靈渺寺祈福時的碎碎念，都落入了偏殿藏書閣小沙彌的耳中。這小沙彌是慧元大師的徒弟，綏泱攻下後，慧元大師給江緒去過一封信，明檀的諸多碎語，一字不落地記在信中，送到江緒面前。

——「佛祖一定要保佑我家夫君平安轉醒，若如願以償，信女願三年食素……不，三年食素未免有些為難於我，且女子若僅是食素於身子也有些妨礙，那還是給佛祖重塑金身吧，若如願以償，信女願給寺中所有神佛都捐獻金身。」

——「夫君雖已平安轉醒，然也不知何時才能回京，榮州還有那麼多縣鎮，信女怕奪回綏泱後他與屬下心驕自滿，輕敵生變，還請佛祖保佑夫君，定要順利還朝。信女願重添香油，修葺貴寺。」

明檀聞言，腳下不穩，踉蹌了下。

到此關頭，她仍是嘴硬，不肯承認自個兒的關心：「我希望你早日轉醒順利還朝那是因為，因為我心繫大顯疆土，盼著能早日收復北地十三州，你若有個什麼三長兩短，定然、定然影響士氣，你不必自作多情！」

天色已不知不覺暗了下來，明檀話音方落，忽然發現自個兒走錯了路，可江緒就跟在她身後，她也不好說在自個兒的田莊裡頭走迷了路，是以硬著頭皮，在半人高的作物裡頭艱難前行著，假裝出一副熟門熟路的樣子。

相比之下，江緒倒是行進得輕鬆，他始終緊跟在明檀身後，見她不承認，還不忘追問：「那今日托府中丫頭訂惠春樓臨窗的位子，也是我自作多情麼。」

明檀澈底站不穩了，腳下泥巴打滑，「哐」一下，往後仰倒。

江緒眼疾手快，接住了她。

明檀瞪直了眼，彷彿在問「你怎麼連這個都知道」？

可江緒並未回答這一問題，只是從身後抱著她，依偎在她耳側，沉靜認真道：「阿檀，起初迎娶，我的確有過欺瞞，可並非妳想像中那般不堪，我既娶妳，自會保妳一生無虞。從前種種，都是我的錯，以後定然不會再犯，我不會再讓妳親近之人涉險，也不會再讓妳擔驚受怕，妳可否給我一個機會？有做得不好的地方，我可以改。我心悅妳，也不知是從何時開始，可我希望，妳永遠是定北王妃，更希望，妳永遠是江啟之的妻子。」

夜色極靜，初升新月流轉出朦朧月華，溫柔地淌落在兩人身上。

明檀半仰著腦袋與江緒對視，他眼底似是盛著湖幽深動情的靜水，英挺眉目越靠越近，薄唇間的溫熱氣息也漸近噴灑，明檀彷彿迷失其中，不知該作何反應。

在兩人鼻尖距離不足半寸時，不遠處忽地傳來幾聲突兀狗吠——

「汪！」

「汪汪汪！」

明檀驀然清醒，立馬脫離江緒的懷抱，一瘸一拐地站了起來，也不知道是被嚇到了還是如何，她心跳很快，好半天都未有平復之意。

那狗吠聲極突然，又極凶猛，江緒撫了撫她的背脊：「嚇著了麼。」

明檀捂著心口搖了搖頭，隨即彆彆扭扭掙開了他的寬掌，邊往前走邊小聲道：「你別碰我，別以為說幾句好聽的就可以打發我。」

「我所說的乃肺腑之言，並非敷衍打發。」

明檀一深一淺地往前走著，眼角餘光往後瞥了瞥，語帶嫌棄：「我怎麼沒聽見肺腑出聲。」

「我代它出聲。」

「……定北王殿下是朝舒二公子借了張嘴麼，怎的今夜如此能說。」

明檀欲再嘲他幾句，誰想這黑燈瞎火的，作物叢中竟有莊戶設下的獵洞！

這獵洞藏在作物叢中，上頭鋪了層軟泥並乾草，白日看來都十分隱蔽，更別提夜裡無光無亮了。

明檀一個沒注意，腳下踏空，就踩了下去，正欲出口的話倏然變成一聲劃破夜空的驚叫：「啊——！」

「阿檀！」

江緒落她幾步，上前時，明檀已整個人落入陷阱裡頭，鋪在洞上的軟泥乾草落了她滿身，更糟糕的是，洞底還有莊戶放置的捕獸夾。

明檀本就走得痠疼的腳被捕獸夾夾得死死的，初時沒知覺，幾息過後，劇痛襲來，她眼前閃過一片白光，忍不住帶著哭腔破碎艱難地喊道：「疼！好，好疼！」

這獵洞挖得很深，裡頭也大，擠挨著，約莫能容下兩三人，原是為夜裡下山破壞作物的野豕所備。

江緒半蹲，緊握住她的手，想將她拉上來。

可她不停搖著頭，蹙眉痛苦道：「我的腳，被夾住了……使不上力。」

江緒一頓，方才他以為明檀喊疼是因折了腳，現下才知，原來是被洞裡放置的捕獸夾夾住了。

「別動，裡頭也許還有捕獸夾。」

在外行軍，林中也常遇獵洞，這般大小的獵洞捕的都是大獵物，捕獸夾不會只放一個。

明檀聞言，嚇得一動也不敢動。

見她瑟瑟發抖，江緒沉聲安撫：「別怕，我在。」

他避開明檀，出劍直探洞底，果不其然，洞底其他地方還零散布著幾個捕獸夾，劍刃所探之處，「哢噠」幾聲，獸夾全部閉合。

江緒這才收劍，縱身躍下獵洞，攬住明檀的腰，帶她離了陷阱。

明檀渾身上下沾著雜草土灰，十分狼狽，白淨小臉髒兮兮的，混合著疼得不停往外冒的眼淚，就像個剛從土裡挖出來的小邋遢。

江緒看了看她腳上的傷，捕獸夾還牢牢夾著她的腳，白襪上浸出點點血漬。

明檀額上冒汗，每挪一寸，都是牽筋動骨的疼痛。

江緒沒妄動，仔細觀察會兒明檀腳上的捕獸夾，這種捕獸夾如今已不大時興，上頭沒有釘刺尖刃，可也比如今時興的更難打開，還需放置之人手中的管鑰。

明檀眼淚唰唰流個不停，髒兮兮的臉上淌出了兩條白皙淚痕，她打著嗝問：「你……你到底能不能……把它…把它打開？」

江緒沉吟片刻，抬頭看了她的髮髻一眼。

也不知怎的，她今日格外樸素，只用了一根木簪。可如今手頭也沒有更為趁手的工具，他還是將她髮上的木簪取了下來。

見江緒要用木簪去開夾鎖，明檀眼淚巴巴地提醒道：「你小心點！」

江緒以為她擔憂木簪斷在鎖芯裡頭，沒承想她緊接著又道：「這木簪是南海進貢的極品沉梨木所製，自帶經久不散的淺淡梨香，且還是巧手魯大師所作，乃獨一無二的孤品，你不要弄壞了。」

說到寶貝的東西，她嗝也不打了，腳也不疼了，話都能說順暢了，只是一包眼淚凝在眼睫，緊張兮兮地盯著腳上獸夾。

江緒無言，半晌才道：「壞了賠妳。」

「都說了是孤品！」

「那位魯大師可還在世？」

「當然。」

「既還在世，就沒有絕對的孤品，若是壞了，我將他找來，做不出一模一樣的木簪，不放他走便是。」

「莽夫！」

下一息，極輕一聲「啐噠」，捕獸夾開了。

明檀腳上一鬆，只是疼痛並未有所減緩，反而如被釋放般擴散開來，愈發劇烈了幾分。

江緒扶住她。

她疼得不行，一口咬住江緒的手臂。

江緒未動，輕撫著她的背脊，待她身子稍稍鬆緩，才沉聲道：「我揹妳回去，回去上了藥，便不疼了，乖。」

他小心翼翼揹上明檀，避開她腳上傷處。

明檀軟綿綿地伏在熟悉又陌生的寬肩上，不知為何，眼淚止不住地唰唰往下流。

「你說不疼便不疼，疼的又不是你，騙子！」

腳上傷處牽連起先前箭傷的記憶，積壓多時的委屈擔憂還有種種複雜情緒全然爆發，她趴在江緒背上，一抽一抽地，哭個不停，江緒一直低聲安撫，可也不見奏效，明檀自說自話地發洩。

「我好疼，比上回箭傷還疼，為何我還沒有……還沒有暈過去。」

「還說不會再讓我受傷，在你眼皮子底下就受傷了兩回，什麼定北王殿下，半分用處都沒有，嗝！」

「是我的錯，對不起，阿檀。」

「當然是你的錯！」明檀眼睛哭得酸疼了，腫脹成兩個桃兒，視線模糊起來，她聲音哽咽，斷續控訴，「你、你還拆我的臺，老是拆我的臺！烏恒玉、靈渺寺、惠春樓……你知道便知道，為何、為何老是要說出來，我不要面子的嗎！」

「又無旁人聽見。」從前還有許多事被旁人聽見，他都隻字未提。

「旁人沒有聽見，我的面子就不重要是嗎？你還有理了……嗝！」

「好，也是我的錯。」

「本來就是你的錯，還有，還有舒二公子都會替你辯解，你為何不親自向我解釋，只會說讓我相信你，只會說心悅於我，只會說是你的錯，那你到底錯在哪裡！」

江緒默了片刻。

其實舒景然幫他說過話後，還曾去信給他，信中特特交代他，應親自與明檀再解釋一回。

可這些解釋的話，舒景然能說，他卻怎麼也無法分辯出口，總歸當初娶她目的不純，成康帝意欲收回兵權他也猜得大差不差，辯解的話從他口中說出來，無意算計的事實，就成了推卸責任的託辭。

明檀又打了個嗝，聲音已然哭啞：「怎麼，你又說不出話了？和舒二公子借的嘴還回去了？」

江緒輕輕將她往上掂了掂，緩聲道：「讓妳受傷，讓妳擔驚受怕，未顧及妳的顏面，未能及時與妳解釋，都是我的錯。還有未曾阻止聖上收回妳父親的兵權，讓妳父親涉險，也是我的錯。待回王府，我必親自登門，與岳丈大人賠罪，可好？」

明檀心想著，這還算句人話，然嘴上並不應聲。

也不知江緒是如何尋的路，走出一段，前頭便隱約瞧見熟悉的朦朧光亮。

素心、綠萼原本還想著，小姐與王爺在一道單獨相處是好事，不如先收拾行李再說，指不定明兒一早就要回府。可沒承想兩人的確是單獨相處，然半路竟處出了一臉髒污與一條傷腿！她倆忙上前迎人，下頭的人燒水的燒水，喚大夫的去喚大夫。

莊子裡的大夫醫術也就堪堪處理些小傷，替明檀包紮好後，戰戰兢兢，自以為小聲地與江緒稟道：「王妃這傷，這傷好是能好，可許會留疤——」

明檀聞言，忽然炸毛：「我不要留疤！」

「不會留疤，我保證，不會。」江緒回身與明檀承諾，隨手打發了大夫。

「你如何保證，先前的箭傷，敏敏尋了上好的祛疤藥都沒能完全祛除。」明檀鼻頭通紅，眼裡似還噙著淚，隨時都能奪眶而出。

「那是她尋的藥不夠好，回京途中，我尋到了霜華膏。」

明檀抬起朦朧淚眼：「霜華膏？真的嗎？」

霜華膏乃西域小國班霜的王室祕藥，有祛疤養膚之奇效，能令肌膚白嫩光滑，細膩如瓷。她也是聽白敏敏懊惱說起費了好大氣力都沒能尋到這霜華膏，才知世間還有此奇藥。

江緒將隨手攜帶的霜華膏拿出來，小小的白玉瓶裡，裝著氣味清淡的半透明膏體，聞之就令人心舒。

明檀想試著往身上抹抹，江緒卻阻止道：「我已命人去傳封太醫，等封太醫來了，看看如何用來效用更佳也不遲。」

說的也是。

明檀不捨地鬆開小玉瓶，往錦被裡縮了縮。

「這霜華膏所用藥材名貴，確有祛疤奇效，可這霜華膏只能用在結痂癒合處，王妃先前的箭傷可用，可腳上這傷——還是緩上幾日再用為好。」封太醫漏夜前來，端詳完這名貴奇藥，謹慎稟道。

江緒頷首：「有勞了。」

「這是微臣應該做的。」封太醫不知想起什麼：「噢對了，王爺的藥可是用完了？如今寒性應已無大礙，再吃一瓶，想來寒毒盡數可清。」

「什麼寒毒？」明檀茫然。

封太醫一頓，略有些意外：「怎麼，王妃不知？」

江緒打斷：「無事。」

可明檀堅持問道：「封太醫，到底是什麼寒毒？」

「這……先前王妃中箭，箭上染有奇毒，需用雪草相衝相解，然當時王妃無法自行吞咽藥物，唯有以唇相渡，這雪草至寒，王爺無需此物相解，是以渡藥時略受寒毒——」

封太醫頓了頓，「不過王爺受寒不深，加之內力深厚，左不過一月發一回寒病，還有微臣所配藥物緩解，應……算不上十分嚴重。」

明檀聞言，目光移至江緒身上。

江緒避開她的眼神，輕描淡寫道：「小事而已。」

西北冬日本就苦寒，行軍條件又極艱辛，寒病發作，怎會只是小事。明檀默然，半晌無言。

封太醫走後，屋中只餘明檀與江緒二人，江緒看著她，低聲道：「我留下，夜裡若疼便喚我。」

「喚你有什麼用，你又不能止疼，可真看得起自己。」明檀小聲嘟囔了句，然身體十分誠實地往裡側挪了挪，給江緒騰出半邊位置。

江緒見狀，唇角不甚明顯地往上翹了翹。

到夜裡，明檀腳上疼痛緩了不少，許是折騰一日累得慌，她沾著錦枕，很快便睡著了，江緒給她折好被角，也緩緩闔眼。

夜深靜謐，明檀指尖微動，睫毛輕顫，偷偷地睜開一條縫，見江緒呼吸均勻，睡得很沉，她略略放鬆，睜開了眼。

藉著窗外漏進屋中的月光，她側過身，動作極輕地掀起江緒背上的中衣。他的背脊堅實寬挺，然上頭布著許多條舊痕新傷，深深淺淺相互交錯著，在月光下顯得十分可怖。

從前沐浴歡好時，明檀見過他背上的傷，這回出征，明顯又添了不少。

她在心底細數著新添的傷痕，指尖輕觸兩下，很快收回，又小心翼翼從枕下摸出那珍貴的霜華膏，無名指指腹沾上些膏體，一點一點地，輕輕抹在他的傷痕上，溫柔，細緻。

因著腳傷，莊子裡頭的帳正經會了一日就沒了下文，次日一早，明檀坐著寬敞馬車回了王府，江緒單騎隨行，時時照看著繞開顛簸的石子路。

一行回到王府時，福叔很有幾分稱奇。

王妃可真好哄，就王爺這把式，還真將人哄回來了！

看著江緒將明檀打橫抱起往啟安堂走，福叔一張臉都笑出了褶子，眼睛更是瞇成了縫。

綠萼提醒道：「福叔，後頭那些菜還得勞煩您安排人，給送到安濟坊去。」

福叔回神，往後望了一眼：「喲，會個帳，怎麼、怎麼帶這麼多菜回了？」

「還不是那莊子裡頭的莊戶們，好端端地鋪什麼陷阱捕野豕，害得王妃遭了殃，這不，心裡過意不去，非得給咱們送菜不是？」

福叔了然，點了點頭：「成，我這就安排人送到安濟坊去。」

安濟坊乃官府設立，用以施貧救苦，濟養孤寡病弱的地兒，大顯開朝便有，只是往朝官府自個兒都維持得艱辛，多是形同虛設。

如今成康年間還算得太平富足，是以靈州海溢引發疫病時，在明檀為首的一干上京女眷提議下，章皇后重啟安濟坊安置了災民。

疫病過後，這安濟坊也未閒置，如今京中東西南北各設一坊，且其他州府也在逐步興修。明檀時不時會去看看，裡頭的老人們大多都識得她了。

在府中養了幾日，明檀的腳傷明顯好轉，許是知曉江緒在府，這幾日都沒人敢來王府打擾。就連素心與綠萼都少在屋中出現，前前後後都是江緒在照顧著喝藥敷藥。

待到腳上傷口癒合，確然留有兩道淡淡的疤痕，只是並不如莊中大夫說的那般嚴重，瞧著過些時日也能自然消褪。

夜裡沐浴過後，江緒寬衣坐在榻邊，看了明檀白嫩的小腳一眼，問了聲：「要用霜華膏麼。」

「當然，」明檀不知想起什麼，又道：「你轉過去一下。」

江緒依言背對著她。

她撩起江緒的中衣瞧了瞧，眼睛倏然睜大：「竟是真的這般有效！」

她忍不住伸手摸了摸，那些疤痕真的消失了，只有幾條深的還略略可見，想來再用兩次就能好全。

江緒默了默：「霜華膏難得，妳自己留著用便好，不用浪費在我身上。」

明檀一頓，放下衣擺，自顧自拿起霜華膏給自個兒抹起了傷處，心虛道：「你少自作多情了，我這是，這是拿你背上的傷做下試驗，封太醫雖是看過，可這畢竟是上身的東西，怎好隨便往我自個兒身上抹，我當然得確認它是真有用處。那、那如今既已確認，你也就不必再妄想還能用上了。」

江緒也不拆穿她，只「嗯」了聲，接過霜華膏，耐心給她塗抹。

傷痕腳背腳底各有一處，塗抹到腳底時，明檀辛苦憋了會兒，仍是憋不住，笑了起來，不由自主地蜷縮起腳趾。

「你快點……好癢！」

江緒聞言，心念一動，故意放緩了動作，且又捏著不讓她躲，明檀笑得在床上打滾，眼淚花兒都冒了出來，兩隻腳胡亂踢著，可怎麼也掙不開江緒的手。

不一會兒，明檀就衣帶半鬆，露出大半香肩，她身上沐浴後的青梨香與霜華膏的淡淡藥香牽動著江緒的神經，不知怎麼鬧的，待到癢意消減，江緒已然單手撐在她耳側，伏在她的身上。

他的喉結上下滾動著，眸色幽深，眼底欲意明顯。

明檀唇邊的笑凝了一瞬，心底莫名有些緊張，還有些奇怪的，揮之不去的……渴望。

她避開江緒的眼神，艱難吞咽了下。

隨即，清冷的吻就落在她的頸上，還緩緩往上，覆上她的臉頰、眉眼、櫻唇……

他的吻依舊熟悉，一瞬便能調動起久違的記憶，明檀有些意亂情迷，不自覺地回應著他。

衣裳漸落，兩人越貼越近，明檀攀附著他，心底隱祕期望著更深的親密，可江緒卻在緊要關頭停了下來，附在她耳邊低啞問了聲：「阿檀，可以麼。」

明檀清醒三分，可身體難受得緊，仍是誠實地需要他的靠近。

只不過如今她還在與他置氣，要她沒羞沒臊地應聲，又委實拉不下這個面子，她只能忍著不讓自己破碎的聲音泄出，沒什麼威懾力地氣瞪著他，小拳頭在他肩上錘了下。

江緒沒再為難她，吻著她的耳垂，聲音沙挲：「那我便當妳同意了。」

明檀緊緊環繞住他的脖頸，忽地重重悶哼了聲。

一夜無歇，次日醒來，明檀雖死不認帳，可待江緒不自覺親暱了些。

秋去冬來，又至開春，今年上京冬日的雪下得格外大，待到綠樹抽新芽，冰雪消融，定北王府也終於有了春日萬物復甦的景象。

江緒自西北回京的這小半年來，明檀一早便顯出軟化原諒的跡象，可作作磨磨著始終沒鬆口，時不時拿捏些嬌嬌姿態，見江緒耐心縱容，她也不由放肆了些。

直到除夕大雪，常年和鐵人似的江緒受了場時疾風寒，一病小半月不起，高燒囈語，昏昏沉沉，明檀再也裝不下去，眼淚汪汪守在他病榻前，衣不解帶地照料，這才鬆了口說原諒。

「我現在怎麼覺著……我被誆了呢。」明檀越想越不對勁，邀白敏敏與周靜婉來府賞花時碎碎念道：「封太醫明明說，再吃一瓶藥，寒毒就可盡數消解，我不放心，後來還問封太醫多要了一瓶，他都吃完兩瓶藥了，怎會還因寒毒受了風寒？」

「妳想得也太多了吧，這場時疾受了風寒的可多，妳家殿下受個風寒怎麼了，他又不是神仙。」白敏敏百無聊賴接道。

「可我從未見他受過風寒。」

「這不就見著了？」

明檀哽了哽，還是覺得不對：「可這回時疾風寒，旁的人至多五六日就能痊癒，他身體強健，絕非常人可比，怎會拖上小半個月？」

周靜婉這小半年得了不少江緒明面贈予陸停實際贈予她的珍稀字畫，自是不動聲色地為他說話道：「妳是覺得殿下裝病或是拖病誆妳？若是真的，妳想想，殿下不惜己身也要這般行事，為的是什麼？為的不過是妳心軟原諒，這便足以可見，殿下對妳，是真心的。」

「……」

雖然好像有哪不大對勁，可聽著也有幾分道理。

江緒特地給章懷玉尋了個下江南巡查的閒差，最是適合帶著白敏敏一道去遊山玩水，白敏敏出京遊玩之願得以實現，自然也閉眼幫腔：「靜婉說得沒錯，妳這小半年也沒少折騰，今兒想泡霧隱山的溫泉，明兒想看曇花一現，妳家王爺哪樣不是依妳？再說了，太醫都說了只吃一瓶能好，妳非讓人吃兩瓶，沒準適得其反了呢。」

「……」

好像有那麼幾分道理。

明檀思忖半晌，緩緩點了點頭，沒再多想，只咳了兩聲，忍不住晃了晃自己雪白皓腕顯擺。

白敏敏與周靜婉對視一眼，極為捧場地誇讚道——

「這手串怎的如此好看？這玉顏色特別，還如此純淨通透！」

「方才我便注意到了，這可是雲城的青蓮玉？聽聞十分難尋，妳手上的還磨成了大小一致的玉珠，可更稀罕了。」

「上月妳家王爺去雲城辦差，又是妳家王爺尋的對吧？」

明檀彎唇，在小姐妹面前也做作地半是無奈半是炫耀道：「上月他和李家姐夫一道去雲城辦差就尋回來了，也沒告訴我，錯金閣趕工半月才製出來的。前幾日畫表姐來府上看見這手串還順口提起，他去雲城尋這青蓮玉可是頗費了一番功夫，好幾宿沒合眼。」

白敏敏與周靜婉默契地喝了口茶，心底默道：沈畫這人何時有順口提起過什麼事兒？妳也不想想李家二郎是如何入的戶部。

見她倆飲茶，明檀也端起府中新進的西北廚子做的酥油茶，略啜了口。

只是這酥油茶剛下嚥，明檀就莫名噁心得緊。

素心見狀，忙上前替她掩了唇吐出來，又端起清茶，讓她潤了潤嗓子。

明檀一臉嫌棄：「這酥油茶真是膩得慌，快撤下去。」

白敏敏與周靜婉看了自個兒的茶碗一眼，心底莫名，膩是膩了點，但也不至於剛喝半口就這麼大反應吧。

白敏敏不知想到些什麼，忽然福至心靈，狀似不經意地隨口說了句：「今兒妳家王爺不回來用晚膳是吧？那我就留在王府用膳得了。對了素心，我喜歡吃你們府上廚子做的清蒸魚，快吩咐廚房備上一條。」

「是，奴婢這就去。」

夕食時分，啟安堂偏廳擺上豐盛晚膳，白敏敏要了清蒸魚，可又指揮人擺了一堆其他菜在自個兒面前，一來二去，清蒸魚就只能放在明檀面前了。

明檀不知怎的，總覺得今兒的魚腥得很，聞著就想吐。

可白敏敏吃得歡，自個兒吃還不夠，還夾了一筷子非要往明檀嘴裡塞。

明檀不得已接過，剛入口，她就受不住了，吐出魚肉，伏在素心及時送上的盆盂裡大吐特吐。

白敏敏沒想到她反應這麼大，驚慌的同時心底不由生出絲絲喜意，她忙吩咐：「快去尋太醫，常給王妃請平安脈的那位太醫叫什麼來著，封太醫，對，沒錯，就是封太醫！」

明檀嘔得臉色蒼白，心中隱隱有了猜測，她漱了漱口，還不忘虛弱地睇了白敏敏一眼：「妳是不是存了心想折騰死我？」

不多時，封太醫揹著藥箱匆匆趕來。

他熟練地為明檀搭了搭脈，搭完，似是不確定般收了手，又重新搭了一回。

脈象如舊。

他很快起身，恭謹道喜道：「脈象流利，如珠滾玉盤，此乃滑脈，微臣恭喜王妃，您有喜了！」

有喜了？

明檀腦袋空白了瞬。

方才嘔吐時，心中雖也驚疑著有過這般猜想，可這消息真從太醫口中說出，她還是有些反應不過來。

她坐在軟榻上，半晌沒動，戴著青蓮手串的皓白玉腕搭在脈枕上，指尖微晃，也半晌沒收。

屋中眾人喜得不知說什麼好，圍著明檀驚呼感嘆了會兒，還是周靜婉先回過神，立時吩咐人去拿毛毯手爐，白敏敏也緊跟其後，忙遣人去京畿大營知會江緒，屋中倏然忙亂起來，新熬的溫粥，厚實的毛毯，不一會兒便都堆到明檀面前。

這消息來得太突然，眾人又太驚太喜，完全忘了要先瞞下，不多時，這消息便長著翅膀飛遍了定北王府，還大有要飛往府外之意。

福叔得了喜訊，先是往後一仰，白眼一翻，喜得暈了過去。等醒了，又抹著淚直往祠堂那頭健步如飛。聽聞他老人家在祠堂外磕頭告慰，碎碎念叨了足有半個時辰。

江緒今日在京畿大營處理軍務，他手下有兩位將領起了衝突，一言不合還動起了手，最後雙雙負傷，鬧得頗為難堪。

他方處置完兩人，府中便來人稟事。

「什麼？」江緒抬眼，「再說一遍。」

「王爺，王妃有喜了！封太醫如今還在府中，千真萬確！」

江緒面上沒什麼表情，瞧不出什麼情緒，然他停了一息，便俐落起身，出了營帳。

沈玉正要尋他告假，可他半個眼神都沒給，徑直翻身上馬，從營帳一路直奔出營，夜風微涼，卻吹不冷他灼熱起來的胸膛。

「王爺！王爺！」沈玉在後頭喊了兩聲，毫無回應。

得，這假又告不成了。

沈玉搖了搖頭，無奈又懊惱。

江緒回王府時，白敏敏與周靜婉已經離開了，明檀一人留在內室，也不讓人伺候，說是要一個人靜靜。封太醫倒還留在府中花廳喝茶，省得走了還得被揪回來問話。

果不其然，再是呼風喚雨的戰神，遇上嬌妻有喜，關心的也是尋常人會關心的那些事，幾月了，胎象可穩，有什麼需要注意的。封太醫心中有數，自是應答如流。

送走封太醫，江緒抬步便入了內室。

見江緒進來，明檀下意識起了身，不知為何，有喜這麼大個事砸下來，她總覺著有些不真切，還覺著有些茫然。

「不要亂動。」見她起身，江緒上前，橫抱起她，放至床榻。

明檀半倚在榻邊，抱著他的脖頸不撒手，他沒辦法站直，索性坐了下來。

「怎麼辦……我有喜了。」放空半晌，明檀忽然失神地問了句。

「什麼怎麼辦，妳不是一直盼著有喜麼。」從前旁人有喜、唯獨她沒消息時，她的確焦急憂愁，可如今真有了，她又很有幾分不知所措。

「害怕？」

明檀沒應聲。

「放心，有我在，阿檀不必害怕。」江緒揉了揉她的腦袋，又抵著她的額，低聲承諾道。

明檀倒也不是害怕，就是有些迷茫。思緒游離了好一會兒，她冷不丁打了下江緒：「封太醫說一個多月了，定是那回在霧隱山泡溫泉，都怪你！」說了不要還按著她來了兩回，她都沒準備好要做母親呢！

江緒這會兒極好說話，也不駁當時意亂情迷她在溫泉中有多主動，略帶哄意地低聲應道：「嗯，都怪我。」

明檀沒心情和他多鬧，她低頭，膽怯遲疑地摸了摸小肚皮，委實有些難以相信，這裡頭已經有了她與江緒的孩子。

明檀的反應彷彿稍有些遲，剪燭安置半晌，江緒已沉沉入睡，她的心於迷茫中，悄然蔓開絲縷喜意。

她突然從榻上坐起，還將江緒搖了起來。

「怎麼了，阿檀？」江緒揉了揉眉骨，聲音沙啞。

「我們有孩子了。」

江緒「嗯」了聲，等著她的下文。

可明檀說完這句，不滿地鼓了鼓腮：「你為何看著一點都不高興？」

「……」

「我何時不高興了？」

「就現在，你去銅鏡前看看你自個兒的臭臉。」

恰巧，府外響起了打更人一慢三快的梆子聲，江緒默了默：「四更了，我現下……應如何高興？」

「……」

四更了，這會兒喜笑顏開，確實不大正常。

明檀暫且放過了他，縮回被窩，一個人朝裡側著，想到她和夫君可能會有一個像畫表姐家胤哥兒那樣乖巧的兒子，或是一個像豫郡王府上瓏姐兒那樣可愛的女兒，她就忍不住唇角上揚，蒙在被子裡頭偷笑。

「妳笑什麼。」

「沒什麼，」明檀回身，一本正經地看著他，「就是想到寶寶以後會像我一樣好看，替他高興，這可是八輩子修來的福氣！」

「……」

「夫君，妳覺得我說得對嗎？」她賴上去，往江緒懷裡蹭了又蹭。

江緒默了默，面不改色心不跳道：「阿檀說的都對。」

明檀這才滿意，縮在他懷裡，找了個舒服的角落，安分入睡。

只不過明檀這遲來的喜意並未持續多久，因為她很快就發現，她有喜後，整個人失去了自由！

「這個、這個，還有這個，通通鎖到庫房去，啟安堂中除了新鮮瓜果，不許燃任何香料，都聽到了嗎？若是在旁處沾了什麼香料，也得立時回屋把衣裳換了才可入內伺候！」

一大早，綠萼便在明間端起王妃陪嫁大丫頭的架子，嚴厲交代。

平日待人溫和的素心今兒也與綠萼一樣，極有威嚴地給小丫頭們訓了通話，末了還不忘施壓：「這些個王妃愛吃這會子又不能吃的，福叔已然交代廚房不許採買，更不許準備，即便是王妃命令，你們也不許偷偷從府外買來討好王妃，回頭若是發現了，殿下那兒可是不會手下留情的，知道了嗎？」

小丫頭們齊齊福身應是。

明檀倒也不是拎不清，為著肚子裡的孩子，不能吃的她自然不會吃。可府中上下未免太過緊張，封太醫明明說的是少食生冷之物，府裡頭執行起來便是再也見不到生冷之物，她不過想吃半碗杏仁冰酪都死活不成，如今還未入夏，可以想見這夏日裡得有難熬了。

吃食上也就算了，明檀本身也不是多重口腹之欲的人，然吃可忍，穿不可忍，如今她小腹還平坦得能放下一碗茶，素心、綠萼就已將所有束腰的衣裳都收了起來，只留下些腰身全無的寬鬆衣裳，她商量著說會鬆些繫帶也全然不被允許。

明檀極為鬱悶，不能穿好看的衣裳，她自然也沒了出門的欲望。

成日悶在府中無所事事，她只好變著法兒折騰江緒，一會兒鬧著要吃哪家的餛飩，一會兒又腿痠肩疼需要他捏，江緒始終耐心縱著。

孕中多思，明檀本就嬌氣，有了身子後愈發敏感，一個不如意就要生氣，太過如意也容易多愁善感。

某日江緒帶了塊熱騰騰的糖糕給她，她吃到一半眼淚巴巴地抱住江緒，哽咽問道：「夫君，阿檀是不是太難伺候了？你是不是有些嫌棄我了？」

問完她也不給江緒答話的機會，自顧自歷數了自個兒難伺候的諸般罪狀。

江緒安撫半晌，不斷重複著「阿檀很好」，末了她終於收了眼淚，還打著嗝，隱隱嫌棄他翻來覆去就只會說這一句。

孕後明檀一直待在府中，頭回跨出府門，還是去參加自個兒親弟弟的百日宴。

裴氏生了。

她年紀大，生產得並不順利，九死一生才產下一名男嬰。

因著將養，洗三滿月都是簡單擺了桌飯，如今百日大肆操辦，也是因著裴氏終於能出來走動了。

明家這輩女子從木，男子從玉，明檀給她這弟弟單名取了一字，琅，琳琅美玉，無瑕珍稀之意。

琅哥兒生得不似明亭遠，倒極肖明檀，旁人見了都要打趣，說這哥兒可真會生，怎的就像了天仙似的姐姐呢，眉清目秀的，長大後必然是滿樓紅袖招的俊俏才子。

明檀聽了極為心舒，只是如今她懷著身子，到底是不方便去抱抱琅哥兒。

老來得子，明亭遠自然也很是高興，裴氏如今操勞不得，明檀又有了身子，這回百日宴，都是明亭遠厚著臉皮請了昌國公夫人並著沈畫來府操持的。

人逢喜事精神爽，敬酒者眾，明亭遠來者不拒，見明檀擔憂岳丈大人喝不得，江緒不動聲色上前，替他擋酒。

定北王殿下擋酒，誰還敢敬？除了幾個不怕死的，其他人都悻悻走開。

這場百日宴辦得熱熱鬧鬧，臨散時，明亭遠都沒機會喝醉，他滿面紅光，不知想到什麼，忽然說，要與明檀敘會兒話。

說來，父女倆也好長時間沒單獨敘過話了。

江緒聞言，了然地點了點頭，主動退了出去。

花廳裡，左右盡退，只餘明亭遠和明檀二人一上一下坐著，明檀主動問了聲：「爹爹，您想同我說什麼？」

「沒什麼，就是，好久沒和妳說說話了。」明亭遠喝了口解酒茶，清了清嗓子，「旁人都說琅哥兒和妳生得像，其實要說像，還是和明珩那小子更像。」

明檀彷彿明白了什麼，也不接話，垂眸抿了口茶。

明亭遠頓了頓，明檀這小女兒在他心目中最是善解人意，向來是他起個頭，她便能會意往下接。

乾等半晌沒見明檀應話，明亭遠只好硬著頭皮又兜會兒圈子，兜得口乾舌燥，他終是忍不住直接問出了口：「阿檀啊，妳哥的婚事可不能再拖了，如今他連家都不回，妳說這，如何是好啊？」

明檀作不解狀：「哥哥不是有心儀的女子了麼，且這回不回家，也不是哥哥能定的，哥哥如今在全州身居要職，又如何能隨意回京？」

「那女子如何能成！」明亭遠想都沒想便揮手道：「那家世，不提也罷，不提也罷。」

先前明亭遠被疑通敵叛國入大理寺獄時，明珩也被扣押於龐山縣衙，其後還被押解入京，只不過入京沒幾日，明亭遠就洗刷冤屈了。

從前父子倆關係緊張，藉著這回遭難，難得有所緩解，可緩解不足兩日，明珩提出想娶龐山縣衙的小捕快青和，就遭到明亭遠的強烈反對。

明亭遠雖是武將，然骨子裡卻極重世家規矩，明檀的生母白氏，如今續弦的裴氏，無不是名門閨秀，端莊大方。明檀與明楚兩個閨女，他顯然更滿意明檀的貴女作派。他想都沒想過，身為侯府世子的明珩，會想娶個毫無家世可言的小捕快！

「爹爹，您若是因為家世不滿青和姑娘，委實不必。」明檀緩聲道：「此番卸下兵權，爹爹還不明白嗎？靖安侯府已經出了我這位定北王妃，再與高門結親，也許就不是錦上添花了。」

明亭遠默了默：「這道理我當然懂，我也沒想再結一門定北王府這樣的親，可咱們侯府再小心再謹慎，也不至於淪落到娶個這……這樣的世子夫人吧？這成何體統！」

他越說越想不通：「上京什麼人家沒有？麓崧書院師先生的閨女，還有那什麼……翰林院嚴編修的妹妹，這都是書香世家，哪個不比小縣城的女捕快來得好？」

「她們很好，可哥哥都不喜歡。」明檀放下茶盞，「爹爹可知，此回靖安侯府落難，哥哥被押入京，青和姑娘不顧家中反對也非要跟來京城？」

明亭遠不言。

「在此之前，她並不知哥哥身分，更不識爹爹，可她只因敬慕哥哥，便願相信他的父親絕非通敵叛國之奸賊。就算靖安侯府闔府株連，哥哥被斬於市，她也堅持要來送這最後一程，這份情誼如此難得，哥哥又怎會辜負？」

「哥哥雖未從戎，可性子極倔，爹爹您也是知道的，左右他的心意無可回轉，爹爹不如順了他的意，許還能與哥哥挽回些父子情分。青和姑娘家世不顯，但至少清白，對侯府來說，這便已經足夠了。」

明亭遠沉默著，然見其神色，顯然已有鬆動。

明檀還想再勸些什麼，明亭遠卻擺了擺手：「先不說他了，說說妳。」

明檀稍怔。

「妳母親一直擔心，妳和王爺鬧得太過，鬧散了情分，我今兒瞧著，他對妳倒也還算上心，我也就放心了。先前的事本來也怪不到他頭上，俗話說得好，君要臣死，臣不得不死。皇上看在妳夫君的面上，對靖安侯府也算是手下留情了。」

「我也沒與他鬧……」明檀略有些心虛地辯解了句，抿了口茶，她又轉移話題道：「爹爹，有件事我一直不明白。」

「何事？」

「皇上既如此忌諱手握重權的臣子，為何對夫君如此信重？」江緒手握五十萬定北軍，占了大顯一半可調兵力，還養著津雲衛眾多高手，威脅性較之明亭遠高了不知凡幾，有此疑問的從來不只明檀一人。

明亭遠略略沉吟：「他們二人是自小一起長大的情分，皇子們都在相爭皇位，堂兄弟間關係親近也是正常，況且皇上多次陷於危急之中，都是啟之出手相救，這可不是一回過命的交情。」

他不知想到什麼，又輕嘆了口氣，聲音極緩：「況且啟之和妳爹不同，妳覺得，以如今定北軍之勢，皇上除了無條件信任於他，還能做什麼呢？其實也不是如今，很早以前，就是了。」

明檀聞言，愣怔半晌，久久無言。

從靖安侯府出來時，已近日暮，江緒抱她上了馬車，順手將自個兒位置上的軟枕放到她腰後。

靜默了會兒，明檀忍不住問：「你都不好奇爹爹尋我說了什麼嗎？」

江緒略頓，順著她話頭問了句：「那岳丈大人同妳說了什麼？」

「也沒什麼，就是聊了聊我哥的婚事，」她支著下頜，目光移至江緒面上，「還讓我不要同你鬧，省得你嫌棄我……回頭將我休回侯府，亦或是再納上幾房側妃美妾。」

「啊嚏！」

並沒有說過後半句話的明亭遠在府中莫名打了個噴嚏。

不過也難怪明檀要拿這話噎人，西北歸京以來，恰逢封地王室及鄰國友邦入京朝賀，往宮裡塞人的多，意欲往定北王府塞人的也不少。

好在江緒先前在靈州吃過教訓，這回處理得俐落乾淨，明檀也只是聽了那麼幾句風言風語，斷不能有塞到她面前添堵這種事了，府中如今清淨得很，連雲旖都搬了出去。

想到這，明檀多問了句：「對了，雲旖如今去了何處？上回來信說在桐港，這一晃又過去不少時日了。」

「不知，不過以她的身手，妳無需掛心，想回的時候，自然會回。」

明檀聞言，點了點頭，略感悵惘。

雲旖是因舒景然離京的，他們二人的事，明檀並不十分清楚，只知這小半年來，右相夫人為舒景然相看人家頗為高調，舒景然也因在全州建港與靈州善後這兩件事上表現突出，如今頗受皇上信重。

雲旖離開時曾說：「他有錦繡前程，也有遠大抱負，我倒也不是覺得我配不上他，只是不想因為我，耽誤他實現自己的抱負。況且，我也有我自己想做的事，雲遊四海，仗劍天涯，不是很好嗎？」

她說這話時，神情坦蕩一如往昔。離開時也很瀟灑，只帶了個小小的包袱，揮揮手，頭也沒回就融入了無邊黑夜。

雲旖離京後，舒景然彷彿與從前沒什麼不同，可似乎又比從前沉穩了許多，朝堂上時常有他直言相諫，成康帝也愈發信重於他。

右相告老後，周靜婉的父親翰林周掌院替上右相一職，舒景然亦年紀輕輕便官居文職三品，大有接替他父親，成為聖上左膀右臂之意。

他從未主動開口說過雲旖，可不知怎的，右相夫人張羅了許久的相看，悄無聲息就沒了下文。

很久之後，上京貴女常議，那位深受皇上重用的舒大人為何還不成婚？明明曾是翩翩玉公子，上京最風流，卻孤家寡人至今，連個侍妾也無，莫非是身有隱疾，又或是不喜女色？

諸般猜測紛紜，甚至有人往他府上送過南院的小倌，皆被他打發了出來。

直到那年春，舒景然已高升二品，成為了大顯朝最年輕的尚書，離位極人臣不過一步之遙，自遙遠的南方有信入京，夾著飄揚的柳絮，上頭歪歪斜斜寫著一句：「靈州的樟茶雞和從前一樣香，舒二公子若想吃，我帶一隻回來給你。」

舒景然展信讀了數遍，倏然笑了。

此間後事暫且不表，眼下京中將至的熱鬧事還得數定北軍副統領、雲麾將軍沈玉，將要迎娶南律六公主為妻。

從前沈玉對那位南律六公主可謂是避之不及，也不知怎的，護送了一趟使臣節禮回南律，他竟在南律的接風宴上提出要迎娶六公主為妻，當時六公主已有駙馬人選，南律王並未正面應答。

又逢西北戰事將起，他許下承諾，便調轉馬頭直奔西北。奪回榮州後，才在慶功宴上，以赫赫軍功換來了成康帝的說親手書。

誠意至此，六公主自個兒又願意得緊，南律王一心交好大顯，沒理由不答應。

京中姑娘都對這六公主豔羨得很，這得是多喜歡啊，南律那頭才傳回允親的信兒，這沈將軍就自個兒奔到南律接公主去了。

南律公主嫁入上京，為表大顯與南律友邦情厚，婚儀比照大顯長公主規制來操辦的。

上京許久未有過如此熱鬧的婚事，鑼鼓喧天，滿堂華彩，錦紅十里灼灼，雲麾將軍府上來往不絕，熱鬧非凡。

只不過明檀盼著湊熱鬧盼了許久，到頭來卻沒能參加這場婚儀。

無他，雖是年初便有了婚信兒，可六公主自南律來京，本就路途遙遠，沿途竟還遇上信河汛期，走不了水路。繞陸路至京，婚期往後一延再延，恰好就延到了明檀生產。

明檀生產得並不順利，早上發作，直疼到入夜都沒生出來。

江緒幾度欲往裡闖，可明檀死活不讓，說自個兒這會兒太醜，不想讓他瞧見。封太醫和產婆們也都賠著小心，勸他不要入內。他負手立在屋外，周身氣壓低得令人不敢喘息。

近人定，裡頭哭喊聲響忽然微弱下去，只聽人圍在旁邊緊張喊道：「王妃，不要睡！醒醒，您醒醒！」

江緒再也等不下去：「讓開！」

他直闖入屋，眉目極冷，誰也不敢相攔。

「王爺……」

「王爺您不能……」

他理都沒理，跨步走向明檀，握住她冰涼的手：「阿檀，醒醒，是我。」

沉金冷玉般的聲音裡夾著難以掩飾的緊張。

明檀眼睫翕動，半晌勉強睜開，偏頭看向他，聲音和小貓似的，微弱可憐：「夫君，我好累，我想睡一會兒……」

「乖，等會再睡，我陪著妳。」

見她睜了眼，旁邊的太醫產婆還有婢女都為她鼓勁道：「是啊王妃，再堅持一下，已經快出來了！」

參湯很快送了進來，江緒接過，一勺勺吹溫了餵她，末了又給她含上參片。

她緩緩恢復些氣力，也不知是話本看多了還是怎的，她忽然望向太醫，虛弱道：「若是只能保一人，就保我的孩子吧，反正……」

「保王妃。」江緒不容拒絕地打斷。

太醫擦了擦汗，小心翼翼回道：「王爺不必憂心，只要王妃再使使勁，母子都會平安無事的。」若是有事，也輪不到保大保小，一般是都保不了。

不過太醫說話最是保守，既能說出大小皆可平安，自是有十足信心。

「娘娘，如今胎位很正，只差最後加把勁兒，您先放鬆，憋足一口氣，您一定可以的。」

明檀被說得有了些希望，她的目光移回江緒身上，帶著哭腔小聲堅持道：「那你先出去好不好，醜死了，你不要再看了。」

「阿檀不醜。」

明檀本也沒指望他能說出什麼「在我心中阿檀永遠都是最美的姑娘」這種情話，眼淚汪汪看了他好一會兒，心底到底添了些安慰，只不過仍是一個勁地將人往外推。

江緒不得已，只能依她，退了出去。

待門口傳來「吱呀」關門聲，明檀又讓人端來參湯喝了兩口，隨即深吸口氣，閉上眼，咬著唇，用上了所能使出的全部力氣。

她渾身發顫，面色慘白，額上有滾落的汗珠，合著咬破的唇上血，在唇邊蔓延出絲絲縷縷的疼，然這點疼痛與下半身的比起來幾乎可以忽略。

忽然，明檀眼前一瞬空白，意識也在那瞬隨著身下一輕的如釋重負感倏然抽離。

「生了！」

「生了生了！」

「王妃生了！」

江緒剛出來沒多久，聽到裡頭喜極的呼喊聲與由小漸大的嬰兒哭喊聲，他回身，推門而入。

「恭喜王爺，賀喜王爺！王妃平安產下位小世子！」產婆用錦被抱著孩子，一臉喜氣地上前給江緒瞧。

可江緒半個眼神都未給，甚至還伸手擋了擋，示意人別礙路。

「王妃如何？」他沉聲問。

太醫忙答：「王妃脫力，一時昏過去了，素心姑娘已餵了參片，想來稍後便會轉醒。」

江緒望著躺在床上面無血色還渾身被汗水浸濕的明檀，正欲上前，侯在一旁的素心又道：「王爺，奴婢們要為王妃換衣裳了。」

他略默半息，退開半步，任由婢女們放下床帳，為明檀更衣。

趁著這間歇，他掃了眼窩在錦緞繈褓裡皺巴巴的孩子，似是因為他威勢過甚，嬰兒啼哭聲愈發響亮。

江緒皺了皺眉，不鹹不淡道：「太吵，抱下去，別打擾王妃休息。」

產婆們對視一眼：「……」

明檀是在半個時辰後轉醒的，知她最愛整潔，婢女們將衣裳錦衾全換了遍，屋中血腥味也被新燃的安神香驅散殆盡。

都說生孩子等同於過鬼門關，生完之後，四散的氣力慢慢回注，明檀醒時竟感覺輕鬆了許多。

「夫君，我生完了嗎？是男是女？還是說……我的孩子沒保住？」見四下極靜，明檀心中茫然無措。

「生完了，是個男嬰，怕打擾妳休息，我讓人抱下去了。」

「我想看看。」她眼巴巴地看著江緒。

江緒「嗯」了聲，吩咐人將孩子抱過來，又提前提醒道：「太醫說，新生的孩子被羊水泡過，有些皺，都不大好看。」

明檀點點頭，但沒在意，只是期待又緊張地等著孩子抱來。

等孩子抱了過來，明檀目凝片刻，心梗了瞬。

半晌，她似是不能接受般滯緩道：「這……不是不大好看吧。」

「長開了就好。」

明檀心如死灰道：「奉春侯府的大房四公子也是這般從小說到大的。」如今長是長開了，就是越長越醜，醜到連媳婦兒都娶不上。

「……我們的孩子倒也不至如此。」

明檀默了默：「也是，咱們好歹是定北王府，不比奉春侯府，越來越沒落。」她彷彿有被安慰到一點，靜默了好一會兒，她半支起身子，嘆氣道：「算了，母不嫌子醜，來，給我抱一下吧。」

抱著孩子上前的產婆滿腦子疑惑，小世子哪兒醜了？鼻子是鼻子，嘴巴是嘴巴，標標緻致的，如今不過是皺巴了些，以她的經驗，過段時間定是玉雪可愛！

「真是太難看了……」明檀接過孩子，嘴上嫌棄著，可還是小心翼翼貼近，親了下他的小臉蛋，「就叫你醜醜吧。」

「……」

產婆忍不住看了江緒一眼，可江緒面不改色，還應了聲：「妳想叫什麼便叫什麼。」

小世子太可憐了！

明檀也就是過過嘴癮，皇族宗室，逢年過節常要入宮，總不能真和闔宮宗親介紹，自家孩子小名就叫醜醜。

江氏至這一代，名仍單字，男子從宀，禮部早早預備了寓意極好的字，世子郡主都有，只是送來後，江緒沒多看，孩子的名字，他自有想法。

「定？江定？」明檀看著紙上的字，不由問出了聲。

他略停筆，又在一旁落下另外二字。

「北歸？這是字麼？」

江緒「嗯」了聲。

「這麼小便取字？」

「我也是出生不久便有了字。」

時下高門男子取字都早，也不算太過稀奇，可他竟是將自己的封號給了兒子做名做字。誰人不知，定北而歸，這是他史書歷歷的畢生榮耀。

明檀怔怔看了會兒，忽然投入他懷中，緊緊抱住他。

「江定？」成康帝略忖片刻，點了點頭，「這名兒取得不錯。」他細瞧會兒奶娃娃，又挑眉道：「這孩子生得和你小時候一模一樣。」

「皇上那時也不過小兒，如何記得清。」江緒淡聲駁他。

「小兒怎麼了，朕記性好，朕還抱過你呢，臭小子！」

這話明檀頗信幾分，孩子滿月後，與剛出生那會兒大變了樣，小臉軟軟嫩嫩，一雙眼睛清澈明亮，五官長開來，很是可愛好看，夫君如今這般好看，小時候說不準也是長這模樣呢。

似乎是為了證明自個兒真記性好，成康帝又說起些兒時舊事，江緒偶爾糾正幾句，總能氣得成康帝瞪眼，吹起並不存在的鬍子。

兩人難得拉些家常，章皇后彎了彎唇，示意明檀與自個兒一道去外頭賞賞花。

明檀先前懷著身子，已許久不曾入宮，今兒也是因著成康帝想要見見江緒的頭一個孩子，趁著朝臣休沐，將他們一家子召了進來。

西北戰後，朝中鬆緩，江緒常常是召而不來，好不容易召進一趟，成康帝留了午膳又留晚膳，還硬留江緒與他手談，一家子只好在宮中留宿了。

夜裡，明檀心中的疑問又不由冒了出來，躺在床上，她小聲問：「夫君，我能問問……陛下為何會對你如此信重嗎？陛下雖也信重他人，但總感覺，與對你是不一樣的。」

「說來話長。」

「那長話短說？」

江緒揉了揉她的腦袋：「長說也無不可。」

其實當年太宗皇帝駕崩前，查出他最為寵愛的敏琮太子並非意外身亡，而是為當時繼位東宮的太子，也就是先帝所害。

先帝並非心狠手辣之人，也是因他素來仁德，有太平當政之能，太宗皇帝才挑中他繼承大統。

事發後，先帝跪於太宗皇帝跟前痛哭流涕，直言自己鬼迷心竅，為宿女所惑才釀下大錯，皇兄死後他夜不能寐，悔恨難當，願讓賢皇太孫，自囚大宗正司，以殘生幽禁彌補己過。

其實當時先帝繼位已是眾望所歸，他完全可以不認此事，甚至可以讓太宗皇帝神不知鬼不覺地提前咽氣，可在執掌天下的滔天權勢面前，他終究還是，越不過自己的心魔。

那時江緒還小，朝堂波瀾詭譎，即是讓賢於他，也很難說他能在那位子上坐多久，於是太宗皇帝寫下了待先帝駕崩後再還政於皇太孫江緒的密旨，鎖入雲偃大師所造的精密機括之中。同時先帝也應允太宗皇帝，必會信守承諾，百年之後，傳位於皇太孫江緒。

先帝口中的宿女便是後來的宿太后，即便先帝已厭棄於她，然當時宿家權勢已達頂峰，迫於種種壓力，先帝還是讓她在先皇后薨逝後，繼位中宮。

先帝平生仁善，一念之差，害了從來信任疼愛自己的大哥，又坐了不屬於自己的皇位，雖勵精圖治，然心中積鬱極深，當政短短數年便因病崩逝。

先帝崩逝前，江緒已不是稚兒，也已查明真相，他一直以為先帝狡詐偽善，蟄伏嚐膽數載，便是想手刃仇人，為父親報仇。

可沒想到先帝在臨去前，當著江緒還有已坐穩太子之位的成康帝的面，親口說出全部真相，還取出藏有太宗皇帝密旨的機括，及他親手所書的聖旨一封，交予江緒。

密旨及聖旨的內容一樣，都是傳位於江緒。

做完這些，先帝心安地咽了氣。

那種感覺該如何形容呢，就像是一拳打在棉花上，恩怨在此了了，卻並不快意。

他無法將這份仇恨轉移到成康帝身上，讓它再延續下去。

他與成康帝自幼相識，一起共過諸般患難，即便在初初得知先帝乃殺父仇人之時，他也未曾想過要報復他的兒子。同樣，他一直以來的信念也只有手刃仇人，並未想過要奪回本該屬於他父親的皇位。

平心而論，成康帝比他更適合做一國之君，所以最後，他在成康帝面前，燒了那兩封足以改變整個大顯朝堂的聖旨，隻身出宮，奔赴北地，彷彿只有在戰場奮勇殺敵，他才能感受到自己存在的意義。

聽江緒講完這個自太宗朝開始的故事，已近五更。

明檀也不知是一時無法消化還是怎的，過了許久都未出聲。

不過她終是明白了，為何許多時候江緒的態度已稍顯冒犯，成康帝還能無條件包容並予以信任。

這份信任不僅源於自小長大的情分與危難與共的情誼，還源於愧疚，更源於，他拱手相讓的皇位。

一個連名正言順繼承大統都乾脆放棄的人，又怎屑處心積慮謀權篡位？

日子過得不緊不慢，不知不覺，又至一年清明，明檀與白敏敏、周靜婉，並著六公主還有沈畫，相約帶上夫君去郊外游玩賞花。

江緒難得給面，應下了此事。

他們所去之處熟悉又陌生，正是當年被一把大火夷為平地的寒煙寺舊址。如今在這平地上起了間書院，林間鳥叫啁啾，書聲清晰朗朗。

明檀與江緒被分配去溪邊取水的活計，一路走往溪邊，明檀不時望向書院，雀躍地同江緒說起：「對了夫君，哥哥來信說，桐港今春也開了一家書院，收了五十餘人進學呢。」

「這是好事。」

「聽哥哥說，如今桐港很有幾分繁盛樣貌，唉，我也想去看看。」

「想去便去，近日無事，我陪妳。」

聞言，方才還一臉嚮往的明檀支吾了兩聲，卻並未應話。

「怎麼了？」

「近日恐怕去不了呢。」明檀抬眼看他，故作為難道。

「為何？」

明檀想了想，示意他傾身，而後踮起腳尖，湊到他耳邊小聲說了句：「我好像又有喜了！」

江緒稍頓，喉結上下滾動，嗓子仍是乾啞：「真的？」

「阿淳替我看的，錯不了。」

他倒忘了，那位南律六公主還懂幾分醫術。

「阿淳還說，這次很有可能是個小姑娘呢，若是小姑娘可太好了，定哥兒那般像你，小姑娘定然像我。」明檀摸了摸如今還十分平坦的小腹，已然有了幾分期待，「你說若是小姑娘，叫什麼好呢？」

江緒伸手，也摸了摸她的小腹，聲音倏然柔軟了許多：「叫蔻蔻吧，初見妳時，正是在此，那時妳方及豆蔻，還是個小姑娘。」

彼時他並不知，那位有些嬌氣的小姑娘，今後會成為他的妻子。他的人生，曾為復仇而活，也曾為大顯而活，可遇上明檀之後，他這一生多了許多與溫暖有關的故事。

「好，就叫蔻蔻！」明檀想了想，一口應下。

見四人無人，她摟住江緒的脖子，踮腳在他唇上親了下。

不遠處彷彿能聽到白敏敏與六公主妳追我趕的笑鬧聲，似隱約夾雜周靜婉與沈畫含笑的說勸，溪水清澈淙淙，吹落的杏花順流而下，春光正盛。

明檀偏頭，伸手擋了擋晴好得略微刺眼的陽光，看著前頭取個水也要保持王爺風儀的男人，不由彎起唇角。

那日自雲麾將軍府出，得知自個兒應是又有了身孕，她悄悄去了趟靈渺寺。

上京貴女都愛拜大相國寺，殊不知上京城裡，無人問津的靈渺寺才最靈驗。

她在這裡求到了如意郎君，求到了夫君平安歸來，那日她又許了一願，只不過這願望太長久，想來，得等她百年之後才能去還願了。

——《小豆蔻》正文完——

# 番外一　周靜婉×陸停

大顯周氏，百年名門，詩書傳家。周靜婉亦不負周氏盛名，打小便比旁的姑娘更通詩書，是上京名門閨秀裡頭公認的才女。

周家的姑娘不愁嫁，周靜婉及笄後，來府求親者絡繹不絕，不過都被周母以「小女年幼，還想多留幾年膝下承歡」為由擋了回去。

這理由乍一聽沒什麼毛病，可周靜婉明白，母親推擋說親，倒不是真想多留她幾年，主要還是因著前來說親的那些人家，母親不怎麼能看得上。

從前她長姐周靜姝低嫁李司業府，母親就一直心有不滿，這些年長姐與姐夫恩愛如初，除無子嗣外，日子過得也算和美，然母親始終認為，周府嫡女，合該配得上更顯貴的門第。

周靜婉於門第一事上，倒比她母親看得明白，其父立於儲相之位，又在文士儒生中素有清名，再結高顯文臣姻親恐有拉朋結黨之嫌。

她亦思慮過自個兒的婚事，可思慮來思慮去都沒想過，那位京中赫赫有名的殿前副都指揮使——陸停，會親自登門求親。

「年紀輕輕，位高權重，前途無可限量，我瞧著這陸殿帥還算不錯。」陸停求親當晚，周母在膳桌上滿意道。

周靜婉頓筷，委婉提醒了聲：「母親，這陸殿帥，可是素有能止小兒夜啼之凶名……」

「市井傳言，豈可盡信？」周母嗔了她一眼，又望向坐在主位的周父，「老爺，我瞧那陸殿帥模樣周正，人也謙遜，不像什麼凶神惡煞之徒，且這般年輕就成了天子近臣，想來頗具才幹，老爺與人同朝為官，平素可有打些交道？」

「陸停？沒打過什麼交道，不熟。」周父埋頭夾菜，隨口一應。

「……一心埋首翰林院，能和誰熟！」周母沒好氣地數落。

周父一哽，忙換了口風：「我的意思是，雖然沒打過什麼交道，但陸停……夫人妳也說了，天子近臣，本事肯定不差。」

他停箸作細細思慮狀，又找補道：「陸家有從龍之功，如今闔府僅剩陸停一根獨苗，聖上對他確然是信任有加，只不過他這人個性——」

周靜婉眼巴巴地望向周父，可他略頓，很快圓道：「想來就是孤僻了些，話少，也是好事，這不是後院清淨嘛。」

周靜婉：「……」

其實自陸停登門求親起，周靜婉心中隱有預感，這門親事，怕是推脫不掉了。

陸家累世高官，然因擁立當今聖上招來滅門慘案，僅餘陸停逃過一劫，因此淵源，陸停深受聖寵，弱冠之年便身任殿前副都指揮使，官居三品，統領禁軍，乃毋庸置疑的天子心腹。

放眼上京，能讓母親不覺低嫁，又不給父親招來朋黨之嫌的適婚郎君屈指可數，陸停確乃上上之選。

只不過這門婚事，周靜婉是極不情願的。

她雖見過那陸殿帥，卻不敢拿正眼瞧，只記得他左額上一道刀疤，眉目間戾氣深重，加上他凶名在外，聽到「陸停」二字，她周身都能泛起一陣涼意。

然明檀與白敏敏好一番勸，還拿當初她為定北王殿下說過的話噎她，她心中動搖，勉強應下牽線，於大相國寺中與陸停見了一面。

不見還好，這面見完，她更是不願相嫁了。那廝心狠手辣又目中無人，竟以為多給些聘禮便能娶到她，自大！狂妄！俗不可耐！

她決然離開，嘴上還說著寧死不屈之辭。

可她嘴上硬氣，心裡頭卻害怕得緊，她還有父母親族，若拼死得罪這煞星，為家中惹來麻煩，亦非她所願。且她並不想死，她自幼體弱，咽下無數苦湯藥身子才漸有好轉，平白為此丟了性命可不值當。

她惶惶猶豫，心緒鬱結，夜裡悄然獨泣多回，一時又臥了病榻。

說來也是莫名，那煞星不知從哪得知她染了風寒，竟悄沒聲息地遣人送來諸多補藥並信一封，解釋上回相見的言語誤會。

原來他並未有以聘禮作價輕賤她的意思，不過是因著沒能聽懂她所引之典，胡亂應答，才生出牛頭不對馬嘴的誤解。

那信上字跡歪歪斜斜，寫得著實不忍直視，然言辭頗為懇切，三兩句話便能解釋清楚的事，翻來覆去寫滿了兩張紙，周靜婉讀著讀著，忍不住彎起了唇角。

周靜婉與陸停的婚事很快便定下來了。

男婚女嫁本就是父母之命媒妁之言，雙方有意說定，這禮節走得自然順暢。只是沒承想，靈州突降海溢天災，難民四竄，疫病四起，婚期卡在這多事之秋，一切只能低調從簡。

大婚那日，陸停來府迎親。

抱著新娘上轎的路很短，他垂首，望著流蘇搖晃的大紅蓋頭，用只有兩人才能聽到的聲音鄭重承諾道：「阿婉，我陸停，定會用下半輩子，來彌補今日欠妳的十里紅妝。」

當下周遭俱是親朋起鬨，又是頭回被男子這樣抱著，周靜婉藏在蓋頭下，羞澀得思緒亂成一團，也沒認真聽他訴此情衷。直到很久之後憶起當日嫁娶，她才恍然驚覺，這男人，真是在竭盡全力，讓她擁有他認為她該擁有的一切。

其實方嫁陸停之時，周靜婉覺得頗不自在，他們在完全不同的環境下長成，許多習慣不甚相同。

她喜淨，可陸停這廝常是一回屋子便要上榻，推著搡著鬧起脾氣，才不情不願去淨室沐浴；她身子弱，吃得清淡，可陸停嗜葷重油，兩人用膳總得擺上一大桌子，菜色布得涇渭分明；她喜歡看書，寫字，作畫，陸停於此卻是一竅不通，初初成婚，兩人總是雞同鴨講，說不到一塊。

旁的夫婦，言語上無甚交流，床榻上總得多些交流，可她的身子骨經不得折騰，一月裡同榻而眠，大半時日他都只能憋著。

就連周靜婉自個兒都覺著，兩人過著過著，只會愈發冷淡疏離，指不定哪天一睜眼，府裡就多了那麼一二三四五位姨娘。可日子一天天地過去，府中也未有多出誰來的跡象。

某日明檀邀她過府喝茶，閒話間無意打趣道：「對了，昨夜夫君說起，他在京畿大營與陸殿帥過招，竟從袖口過出本《南華經》來，陸殿帥可是被這書繞得頗為頭疼，妳是不是太為難他了些？」

周靜婉怔了怔：「《南華經》？」

「怎麼，妳不知道？」明檀神色忽而玩味，「聽說這些時日，妳家陸殿帥還在殿前司備了套上好的筆墨紙硯，每日都能寫廢一遝雲陽紙呢。」

周靜婉：「……」

回府後，周靜婉神色如常，與陸停一道用了晚膳，沐浴更衣，立在桌案前習字。

其實陸停在時，她甚少看書習字，今日忽動，陸停又有些不知該做什麼，乾坐在榻旁，來來回回擦著那柄鋥亮的利刃。

她寫完擱筆，拿起紙張吹了吹，忽出聲道：「夫君，你來一下。」

陸停聞言起身。

待他走近，周靜婉輕聲問：「夫君，我今日這字，寫得可好？」

「阿婉的字，自然很好。」陸停想都沒想便應了這麼一句，等看清紙上所書，他不由一頓，「『物無非彼，物無非是。自彼則不見，自知則知之』，這是……《南華經》？」

周靜婉點了點頭：「《南華經》難讀，我不通其義，便多寫幾遍。」

陸停遲疑：「阿婉也有不懂的麼。」

「自然是有，」周靜婉輕聲細語道：「父親讀萬卷書，也不敢說書中之義皆明。此間長進，不在一時，亦不可操之過急。」

陸停彷彿明白了什麼。

周靜婉也不點破，只是重新鋪了紙，又翻開一卷《論語》：「夫君可想同我一起習字？」

《論語》陸停還是略通一些的，從頭再學，想來不難，他稍頓片刻，便點了點頭：「左右無事，也好。」

「夫君，下筆不可倚桌，試一試懸臂而書，就當手中所握乃一柄利刃。」

「太用力了，輕緩一些。」

「不盡之處亦無需添補，重寫便是。」

夜色靜謐，燭火輕搖，屋中只餘周靜婉輕柔的提醒聲，有時陸停不得要領，她還會用小手包住他粗糙的大掌，一筆一劃地認真帶寫。

平心而論，陸停不算很得其法的學生，但他耐心勤勉，從不會因做不好便惱羞成怒半途而廢。因著習字讀書，兩人的話愈發多了起來，相處也愈發自然。

成婚以來，周靜婉雖對陸停有所改觀，可仍有些怕他。慢慢她發現，陸停對她，總是笨拙沉默，卻也細膩溫柔。從前她是個極沒脾氣的人，如今卻有些恃寵生嬌，總是對陸停有很多的小性子。

兩人鬧得最凶的一回，便是靖安侯府出事，她也心知職責所在，皇命不可違，卻忍不住將氣全都撒在陸停身上，陸停不駁什麼，任打任罵，她不理他，他也要時時刻刻跟上來。

後來她也問過，明明求親前只見過一面，他為何就非要娶她，陸停想了想，糾正道：「不只一面。」

陸家家破人亡時他尚年幼，後來得知此事乃宿家手筆，其中還不乏承恩侯府添柴加火，他年輕氣盛，白日便隻身闖入承恩侯府尋仇。

承恩侯長子率人將他包圍，利刃從他眼角劃至左額，鮮血如注，他被踩在腳下，背脊被人腳尖用力碾著，頭頂傳來輕蔑笑聲：「你這條喪家之犬，沒能一併除你，算你命大，竟還不知死活送來門來，很能耐啊。」

當日的羞辱與折磨他從不曾忘，他亦不曾忘，那日一牆之隔，他從漏明窗隙間瞥見的，那一抹羞澀溫柔的笑顏。

彼時，承恩侯府正在辦賞花宴，承恩侯長子正是要從那月洞門旁的漏明窗隙偷看宴飲女眷才正好撞上他，他讓手下折磨他，自個兒卻悠哉地立在漏明窗旁，對另一面的女眷品頭論足。

「穿鵝色月裙的是哪家小姐？從前怎麼沒見過，很乖啊，是本公子喜歡的款兒。」

那時陸停心想，那位乖巧溫柔的小姐，也是他喜歡的模樣，一笑起來，如風拂春水，青澀柔軟，他身上鑽心的傷，好像沒那麼疼了。

時隔數年，承恩侯府由他親自抄家，當日將他踩在腳下的人，匍匐於地，求他饒命。後來在大相國寺後山，明檀的「曲有誤，江郎顧」聽得他昏昏欲睡，他站在江緒與舒景然身後，只望儘快脫身，可周靜婉上前時不經意地彎了彎唇，他的目光停在她身上，就再也移不開了。

成婚第三載，周靜婉那位遠在江南的外祖母因病離世，她隨同周母遠赴江南奔喪。陸停執掌禁軍，輕易不得離京，只得三日去一封信，以緩思念之情。

周靜婉也會回信，可每每回信，定要先評一番他先前來信所書的諸多錯漏。在嚴師督促之下，陸停寫信的水準頗有提升，可信一封封來回三月有餘，卻始終不見人歸，陸停終是耐不住性子，略催了一催。

「靜婉吾妻，近日讀《十國春秋》，錢武肅王與妻書：『陌上花開可緩歸。』江南好景，然陌上花開，阿婉可緩歸否？」

周靜婉見信莞爾，略一思琢，溫柔彎唇，提筆回信道：「夫君信愈凝簡，字無錯漏，然秋日蕭瑟，葉凋花敝，何如賞花緩歸？」

擱筆回信後，她起身，看了眼身後已收拾好的行李，緩緩走出廂房。

沿途雖無淺草花海，然此時回京，想來還能趕上顯江兩岸滿地金黃的紛紛銀杏，還能與他共賞中秋好景，人月兩圓。

# 番外二　白敏敏×章懷玉

其實很多時候白敏敏自己都不明白，她的目光，到底是如何從打馬遊街探花郎淪落到章懷玉這一事無成浪蕩子身上的。

白敏敏乃昌國公府嫡出嬌女，章懷玉乃平國公府金尊玉貴世子爺，兩人門第相當，年歲相當，自幼便免不得在親輩口中聽聞彼此的存在。待明檀與江緒定了親，兩人又從免不得彼此耳聞變成了少不得打打照面。

不過這打打照面也就僅是打打照面，彼時昌國公夫婦早為白敏敏看好了說親人家，皇后也為章懷玉定下了張太師的嫡孫女，便是後來兩人的婚事都黃了，白敏敏的目光從來只停留在聞名上京的舒二公子身上。

直到那日茶館聽書——

白敏敏打小就不是什麼端莊柔順大小姐的好苗子，惹是生非上房揭瓦的本事一流，好在有明檀和周靜婉這兩位手帕交堪堪拘著，安分時才勉強有些姑娘家模樣。

她素愛聽書，上京城裡一百零八家茶館，上至一碟點心一兩金的聽雨樓，下至三個銅板一大碗粗茶的街邊小館，她都熟門熟路。

那日聽聞城西開了家頗上檔次的茶樓，茶好點心好，說書先生更好，嘴皮子利索且故事新奇，近些時日每至說書時分，樓中都座無虛席。

白敏敏心癢得緊，立時遣人去周府討了張邀帖，光明正大溜去了茶樓。這也是沒法子，婚事黃了之後，母親嫂嫂看她看得頗嚴，成日拘著她在家學女紅，若無人相邀，是決計不會輕易放她出府的。

所幸傳言倒也非虛，白敏敏到茶樓時，裡頭人聲鼎沸，滿堂喝彩，已是座無虛席。

白敏敏是姑娘家，雖做了男裝打扮，到底不好和一群陌生男子在樓下堂中擠挨坐著，好在她深諳「能用銀子解決的問題都不是問題」這一道理，輕車熟路走向二樓某間雅座，極有禮貌地提出了想要用一兩金換雅座之席的請求。

雅座靜了半瞬，忽伸出半柄摺扇撩簾。

章懷玉？見到裡頭坐著的人，白敏敏心下略感驚訝。

章懷玉顯然也認出了她，略一挑眉便閒散道：「白小……公子，好巧。既然無座，那便一道坐吧。」

「如此……那就卻之不恭了。」白敏敏也是個臉皮厚的，想著也不算生人，章懷玉那麼一說，她那麼一應，就心安理得坐進雅座了。

「……卻說那武林盟主這才恍然，原來他娶錯人了！眼下他親率名門正派討伐的魔教妖女，才是當日不惜耗盡半身內力，拼死護他心脈之人！」

「然後呢？」

「你倒是接著說啊！」

「武林盟主如何了？」

眾人追問，白敏敏也興奮望向那停下飲茶的說書先生，迫不及待想聽下文，可就在這時，說書先生放下茶碗，笑吟吟地賣關子道：「今兒時辰到了，欲知後事如何，明兒老夫，還在此處等著各位。」

臺下頓時一片惋惜唏噓。

白敏敏懵了懵，不是，怎麼正精彩著就結束了？她那剛上來的熱乎勁兒被這瓢冷水倏然澆滅大半。

章懷玉倒沒覺得如何，只是見白敏敏意猶未盡，便隨意問了句：「想知道後面發生什麼了麼？」

白敏敏點了點頭：「其實我也猜得差不多了，話本嘛，無非就是那檔子事，武林盟主為了妖女又與正道反目，拼死護下妖女，兩人歷經一番磨難，有情人終成眷屬——」

她托腮感嘆，「不過這說書先生說得可真不錯，比從前聽雨樓的那位錢先生也不差分毫呢。」

章懷玉聞言挑眉，伸出根手指擺了擺。

白敏敏疑惑：「嗯？你這是什麼意思？」

章懷玉展扇緩搖，慢道：「妳猜得不準，這武林盟主雖已知曉真相，卻仍是打著匡扶正道、整肅江湖的名號，將魔教一干人等殺了個乾淨，那妖女，還是他親手所殺。」

「你胡說八道什麼，」白敏敏驚了，「不可能，我從未見過這般話本！」

「那是妳見識少。」

「你！」

「妳若不信，我同妳打個賭，誰輸了誰便請客吃飯，如何？」

「賭就賭。」

白敏敏不信邪，忍了一日，次日再尋機會出門，總算是聽完故事的後半截，奇就奇在，這後半截竟是同章懷玉所言一模一樣！

請客吃飯時，白敏敏仍是百思不得其解：「你為何知曉這武林盟主會如此做？說書先生都說了，這個故事是他第一回說，難不成這話本是你寫的。」

白敏敏也就是隨口一說，沒承想章懷玉卻頗有幾分自得地展扇道：「不巧，還真是我專程請人寫的。」

白敏敏瞪大了眼。

「平日那些話本乏味俗氣得緊，聽了上半場，便能想出下半場。笑話，堂堂武林盟主，如何會為一介妖女與江湖諸派為敵？白大小姐都能想出的戲文，不過就是哄哄你們這些閨閣姑娘罷了。」

「什麼叫我都能想出的戲文！」白敏敏後知後覺反應過來，差點氣炸，這人騙她請客便也罷了，竟吃著她的還損她平日看的話本老掉牙！

「妳親口所言，可不就是妳能想出的戲文。」

「你還說！」

「行，我不同妳爭，吃菜。」

「都爭完了才說不爭，怎會有你這種人，舒二公子怎會同你這種人結交！」

「不同我結交難道同妳結交？聽說妳那婚事不成了，怎麼，妳這是看上舒二了？」

「你有完沒完，章懷玉！訛我請客話還這麼多，你自個兒付，本小姐不請了！」

「原也不必妳付，這樓是我開的。噢，忘了告訴妳，聽雨樓也是我開的。」

「……」

白敏敏用一種「有錢你了不起」的眼神狠狠剜他，章懷玉雲淡風輕回望，滿臉寫著，有錢真的很了不起。

兩人的梁子不大不小就這麼結下了。

俗話說得好，不打不相識，從前兩人多打照面，卻沒正經說過幾句話，鬥上這麼回嘴，兩人倒是莫名熟絡了不少。

章懷玉是個愛玩會玩的，自熟絡後，他時常透過堂妹章含妙相邀白敏敏。

白敏敏也是個玩性重的，很是樂於同他一道在京裡閒逛，尋些新鮮玩意兒。

雖看過不少話本，可白敏敏於男女情事上遲緩非常，不知自個兒對章懷玉情意漸生，還時常想著章懷玉與舒景然相熟，三不五時便向他打聽舒二近況。

後來有一回，章懷玉、舒景然與陸停三人小聚，白敏敏熟門熟路至酒樓尋章懷玉，沒承想剛好在門外聽到舒景然承認，他已有心儀之人，很顯然，那人並不是她。

章懷玉見她在外頭，忙起身，領她離了酒樓。

那夜溫香閣選花魁，兩年才有一回的熱鬧事兒，章懷玉早就答應要帶她去一觀盛況。走在路上，章懷玉不時瞥她，醞釀半晌，才不自在地咳道：「那個，妳還好吧？」

「嗯？我挺好的。」

「妳也不用太難過了，妳和舒二本就不合適，他那人無趣得緊，若和他在一塊，可有得妳受的，且他母親規矩極嚴，總之嫁給他，日子可不好過。」章懷玉安慰了好半天，又道：「雖然妳這性子委實和大家閨秀沒什麼干係，可就憑家世相貌，也能尋上一門不錯的親事了，再說了，沒準有人就喜歡妳這性子。」

白敏敏莫名看了他一眼：「你同我說這些做什麼？」

章懷玉頓了瞬：「妳不是……喜歡舒二麼。」

「是啊，我是喜歡舒二公子，可那是景仰的喜歡，我才不想同他成親。」白敏敏想都沒想便應。

「那妳想同誰成親？」

「反正不想同——」白敏敏話音未落，忽有人在人頭攢動的街上橫衝直撞，白敏敏躲閃不及，「啊」地驚叫出聲！待她回神，卻發現章懷玉眼疾手快拉了她一把，正好將她攬入懷中。

燈火憧憧，兩人心跳貼得極近，不知過了多久，白敏敏回神，慌忙從他懷中退出，章懷玉亦是後知後覺鬆手，兩人不甚自然地交錯著視線，方才還沒說出的「你」字，白敏敏悄然咽了下去。

那夜溫香閣選出的花魁很美，是女子也會忍不住讚嘆的美，某家公子哥兒以千兩黃金拿下花魁春宵，白敏敏悄聲問：「你為何不出價？」

「我為何要出價？」

「嘖，你從前就沒和人搶過姑娘麼。」

「我若喜歡，還用得著搶？」

「長這麼美你都不喜歡，你眼神是不是有什麼問題？」

章懷玉忽然望了她一眼：「對，我眼神有問題，我瞎。」

那一眼很短，可白敏敏莫名被望得有些心虛。

那夜過後，好像有什麼變了，白敏敏聽聞皇后又在為章懷玉相看人家，心裡竟有些說不清道不明的彆扭，然則相看到她頭上的時候，她心底又有些抑制不住的喜悅。

兩人仍是同從前一般，好生說上三句便要爭嘴，可慢慢的，兩人也都明白，他們同從前有些不一樣了。

白敏敏尤其能感受到，章懷玉自從知道她並不想嫁舒二之後，日漸直白的心意。

雖沒挑破最後那層窗戶紙，兩人的婚事卻頗有那麼些不言而喻水到渠成的意思，章皇后先是數度召白敏敏的母親入宮，緊接著又連著幾回召了白敏敏入宮，還在人前人後表現出對白敏敏的滿意。

很快便到了白敏敏的生辰，因非整生，只在家中簡單擺了桌飯，好在禮沒少收，就連章皇后都遣人送來了一對水頭極好的玉如意，可左翻右翻，白敏敏始終沒找到章懷玉送她的生辰禮，就連托章含妙帶句問候也不曾。

白敏敏越等越氣，越等越失落，直到入夜，她已經沐浴更衣準備入睡，屋中忽然傳來極輕的拍窗聲。

她猶疑開窗，站在窗外的不是旁人，正是一日未見人影的章懷玉。

章懷玉不等她質疑，便不由分說地帶著她翻牆出昌國公府，府外早有馬車相候，將兩人送到了城北的一處山谷。

「你帶我來這做什麼？」夜裡谷中漆黑，風沾著夜風，透著絲絲縷縷的涼意。

章懷玉給她披了自個兒的外衣，卻不應聲。

沒過一會兒，白敏敏發現，自地面緩緩升起了數盞孔明燈，明亮而緩慢地飛向天空，那明燈愈來愈多，很快，山谷上方的天空便似淌起一條暖黃璀璨的銀河，嵌在淨藍幕布上，美得令人沉醉。

「這是我送妳的生辰禮，喜歡麼。」

白敏敏仰著頭，眼睛一眨也不眨，好半晌才遲鈍地點了點頭：「喜歡，我很喜歡……謝謝。」

正當白敏敏還沉浸在這明燈銀河的震撼中時，章懷玉又半是認真半是玩笑道：「妳我之間原也不必說謝，妳若非要謝的話，以身相許也不是不可。」

他邊說著，邊悄然握住白敏敏微涼的小手。

白敏敏回神，象徵性地輕掙了下便任由他握著，還不忘嘴硬應道：「我還以為你忘了今日是我生辰呢，這孔明燈自是極美的，可這些孔明燈就想讓我以身相許，未免也太輕易了些。」

「我還讓人排了齣新話本。」

「什麼話本？」

「武林盟主同魔教妖女。」

「這個話本不是聽過了麼？」

「改了，改成了武林盟主為妖女與正道反目，拼死護下妖女，兩人歷經一番磨難，有情人終成眷屬。」

白敏敏聞言彎唇：「這還差不多。」

故事雖老套俗氣，卻終是圓滿結局才令人歡喜。

章懷玉握緊她的手，抬眸望瞭望璀璨天燈：「敏敏，生辰快樂。」

# 番外三　風光不滅，歲月不暮

「這根簪子好是好看，可與衣裳半分不搭，哥哥定非用心為我挑選！」三月早春，定北王府，瓊華院內，小郡主蹙著眉，脆嫩的聲音裡滿透著不開心的情緒。

一旁伺候的侍女忙道：「世子怎會對郡主不用心呢，府中上下誰人不知，世子爺最疼郡主了，這件衣裳不搭，換一件便是，或是……奴婢去請綠蕚姑姑來為您挑選？綠蕚姑姑眼光最是獨到了。」

「綠蕚姑姑未隨母妃去霧隱山嗎？」

侍女搖頭答：「這回去霧隱山，王爺與王妃誰都沒帶，素心姑姑也在府中呢。」

小郡主聞言，更不開心了：「父王、母妃總是這樣，兩個人偷偷出去玩，都不帶我，哼！」

這下侍女可不知該怎麼哄了，好在門外及時傳來輕叩，緊接著響起一道溫淡的男聲：「蔻蔻。」

「哥哥？」小郡主聞聲，立馬來了精神，她快步走往明間，待開了門，仰頭對上那張俊美無儔的面龐，鼓著小臉使性道：「哼，你倒是還記得有我這個妹妹！」

江定揉了揉她的腦袋，語氣中帶著不易察覺的無奈：「誰又惹我們家小郡主不高興了？」

「除了你還能有誰！」

「我？」

小郡主忙將他所送衣裳與髮簪不搭的事添油加醋了一番。

原來是這麼回事，江定心底略鬆口氣的同時，又面不改色安撫道：「都是兄長考慮得不夠周到，過兩日江南歲貢便到，這裡頭的新奇衣料，為兄都為蔻蔻討來，如何？」

「這還差不多！」小郡主面色稍霽，然一想到出門逍遙的父王、母妃，她又鼓起小臉，拉著兄長衣擺，邊往外走邊忿忿控訴：「父王、母妃為何總是偷偷出門玩，不帶哥哥你就算了，為何連我也不帶，是蔻蔻不可愛了嗎？」

「誰說的，蔻蔻自然是天底下最可愛的小姑娘。對了，今日太子在南郊騎射考校，為兄帶妳一同去看好麼，聖上與皇后娘娘也會去看。」

「噢，我答應了太子哥哥要去看他騎射的！」小郡主一拍腦袋，這才記起承諾，「還有皇娘娘，皇娘娘昨日派人送了我一盆含羞草，好可愛呀！我正該當面感謝皇娘娘才是，那我們快走吧哥哥……不對，我還要換一身衣裳。」說著，她忙回身，一溜煙跑回閨房。

不多時，小郡主換了一身顏色鮮妍的騎射服，頭髮高高束了起來，小身板挺得直直的，比方才那身粉嫩羅裙顯得精神不少。

「哥哥，蔻蔻好看嗎？」小郡主提起衣擺轉著圈圈展示。

江定頷首：「蔻蔻穿什麼都好看。」

他這寶貝妹妹，年紀小小，倒是將母妃的作派學了個十成十，無論騎射蹴鞠，會不會都是其次，打扮總是相當到位。

小郡主滿意了，眼睛彎彎，笑出一排整齊的小米牙，腳步甚為輕快。

不過走了沒幾步，小郡主又仰起腦袋疑惑問道：「哥哥，那蔻蔻是最可愛的小姑娘，父王和母妃為什麼不帶我一起出門呢？」

江定顯然沒想到，七八歲的小姑娘記性這般好，繞開一大圈竟還能將話題繞回，他頓了會兒，緩聲解釋道：「父王和母妃是去霧隱山泡溫泉的，蔻蔻年紀小，不能泡。」

「只有大人可以泡溫泉嗎？」

「嗯。」

「那太子哥哥還未及冠，也不是大人，為什麼太子哥哥就能泡呢。」

「太子他——」江定正欲順著她的話頭往下圓，可忽然覺出什麼不對，「蔻蔻怎知太子泡過溫泉？」

「我見過呀，就在東宮，太子哥哥的身體竟然比我還白，他定是私藏了太醫的養顏祕方不告訴我！」說到這，小郡主嘟著嘴，還頗為不滿。

「……妳偷看了？」江定艱難問道。

「沒有偷看，是剛好撞見！太子哥哥還說，我若想泡溫泉也可以隨時去東宮的。」

江定的面色不大好看，然小郡主並未察覺，還在不依不饒追問太子哥哥不是大人為什麼也能泡，半晌江定才冷冰冰地吐出三個字：「他有病。」

小郡主「啊」了聲，眼睫不停撲閃：「那……那太子哥哥泡溫泉是在治病？」

江定點頭，還面無表情補充了聲：「他體虛，蔻蔻沒病，蔻蔻不能泡。」

小郡主不疑有他，語氣中不免添了些惋惜同情：「太子哥哥好可憐啊，都生病了還要騎射考校……」

不知想到什麼，她一臉懂事地提議道：「那哥哥，我們帶些補品給太子哥哥吧。」說完，也不管江定應不應聲，小郡主就忙去尋人準備補品了。

不多時，南郊校場外，小郡主上前鼓舞將要上場的太子，江定則是將試練太子騎射功夫的津雲衛北營指揮明韌喚了過來。

明韌就是當年江緒從桐港收至津雲衛培養的乞丐小石頭，他天資聰穎，短短十餘年，就成了津雲衛中最年輕的一營指揮。當初他沒有名字，又不知江緒身分，非要隨恩人姓，可「江」乃本朝皇姓不得衝撞，江緒便讓明檀給他賜了名——明韌。

江定是明韌看著長大的，他亦深知眼前的小少年不是好惹的主，聽完小少年所言，他略有些遲疑：「世子，這樣是不是，不大合適？」

「有什麼不合適的，太子乃一國儲君，若總是放水，他便認不清自身騎射的真實水準，總是活在虛妄的讚美中，將來又如何能聽得進百家之計萬名之言？」

明韌：「……」

好像很有道理。

但好像又有哪不對。

待應承下來，他才後知後覺發現，這不放水和故意為難彷彿是兩碼事啊，他們家小世子，年紀不大，倒是有著和王爺一脈相承的沉靜，且還比王爺能說，道理從他口中說出來，總是一套一套的，繞得人半晌回不了神。

這場考校的結果可想而知，明韌在津雲衛中都是一等一的高手，多用半分準頭，小太子都只能眼睜睜看著自個兒剛射進靶心的箭被人擠落在地。

考校結束，太子十分鬱悶，他是哪兒得罪明指揮了不成？今兒竟這般為難於他。

偏這時小郡主還懂事地上前安撫道：「太子哥哥你已經很棒啦，畢竟你身體虛，怎麼可能比得過韌哥哥呢！」

太子看著粉雕玉琢的小姑娘在自個兒面前一本正經地胡說八道，緩了半晌才捕捉到這話重點：「蔻蔻，孤什麼時候體虛了？」

「哥哥說的呀，他說太子哥哥有病，所以才要泡溫泉，對了太子哥哥，我和哥哥帶了好多補品給你。」小郡主獻寶似的讓人將補品呈上來。

太子一一掃過去，人參、鹿茸、鹿筋……他抬頭望向站在小郡主身後的江定。

江定一臉平靜，對上太子視線，不避不閃。

太子仔細回想了番蔻蔻方才所言，溫泉……他彷彿明白了什麼，可被撞見沐浴的是他，他都沒說什麼，江北歸這廝一副要找他算帳的表情是怎麼回事。

蔻蔻見他沒接補品，還追問道：「太子哥哥是真的病了嗎？」

「……」

算了，江北歸這廝心黑得不行，若是破壞了他在蔻蔻心中完美長兄的形象，回頭還指不定怎麼坑他，且萬一以後江北歸成了他的內兄呢。

如是想了一番，年紀小小卻常年故作老成的小少年忍辱負重承認道：「嗯，孤有病。」

而與此同時，霧隱山上，白玉湯泉霧氣嫋嫋，明檀隱在這嫋嫋白霧中，靠在江緒肩上，也正操心自個兒的小閨女——

「……那蔻蔻何時許出去呢，這樣，十三便給她定親，及笄便將她許出去吧。反正皇后娘娘、豫郡王妃……還有好多人都看上我們家蔻蔻了。」

「甚好。」江緒吻了吻她微濕的額角，低低應了聲。

「如此算來，用不了幾年我們就可以去遊山玩水了！」說到這，明檀眼睛都亮了起來。

江緒輕攏著她的烏髮：「蔻蔻若知她母妃這般打算，該要哭上三天三夜了。」

明檀仰頭，不講道理地咬了口他的下巴，還威脅道：「不許告訴蔻蔻。」

江緒唇角輕扯，熟練地覆上她的身子，喉結不甚明顯地上下滾動著，聲音沙啞低沉起來：「叫敵之哥哥。」

明檀：「……」

緩動不久的水霧再次繚繞，湯泉深處，水動淺吟，漾出一池漣漪。

直至月上中天，這漣漪波紋才漸漸歸於平靜。

明檀累極，環抱著某人脖頸，月下好眠。

這些年他們感情一如往昔，雖時常不打招呼偷偷出門，可到底有一雙兒女，出門至多不過三日便要回轉。

從前明檀喜歡京中舒適安逸的生活，可許是在京中待得久了，她也漸漸生出了想要四處去看看的念頭。

她想去的地方很多，譬如桐港，桐港如今是大顯第一大港，早已不似當年荒涼，上一科還有位出身於此驚才豔絕的少年狀元，在生蔻蔻之前她就想去，可一晃數年，竟一直未能成行。她還想去看看西北邊塞，看看爹爹曾駐守多年的陽西路，看看她夫君曾浴血奮戰的沙場……

夜裡做了個極好的夢，夢裡她正與江緒策馬，一道遊覽四時風光，然半夜忽醒，美夢倏斷，心中不免悵然若失。

不過這悵惘情緒轉瞬即逝，因為她知道，現實比夢境更為美妙。這天地太大，餘生還有太多可能，只要與他一起，便是風光不減，歲月不暮。

她伸手，沿著身側男人的輪廓輕輕描繪，又試探著悄悄喊了聲：「啟之哥哥？」

江緒眼皮微動。

「就知道你醒了，又裝睡！是不是想要我偷偷親你？做夢！」

江緒唇角上揚。

多年夫妻，他們總歸最瞭解彼此。

他一把將明檀撈回懷中，闔著眼，聲音中含著不難察覺的笑意：「所以阿檀是要偷親還是再來一次？」

# 番外四　他們的故事悄悄發芽

大顯史載，成康帝在位期間，功績卓著，國泰民安，尤其是北地十三州的收復，為大顯後世的繁榮強盛打下了堅實的基礎。

在收復北地十三州此等百世流芳的豐功偉績面前，成康中後期的那場小小動亂，自然也成了大顯史書上順嘴一提的微末注腳，然這微末注腳，改變了瑤寧郡主江蔻的一生，某種意義上來說，也間接改變了大顯王朝的歷史。

蔻蔻及笄那年，大顯並不太平。

曾馳騁沙場的老將大多解甲，威震四方的戰神定北王正當壯年，卻不知起的何等興致，攜王妃江湖雲遊，蹤跡難尋。這朝堂與沙場雖有年輕一輩登場，可面臨從春至秋頻頻侵擾的北禍，似乎很難應對得從容體面。

彼時成康帝因圍獵時不慎落馬，骨裂難愈，加之傷口感染，高燒昏迷，太醫院眾聖手日日駐守天子寢殿，雖是將成康帝從危險邊緣拉了回來，卻無法使其瞬息之間恢復往昔。

成康帝此遭元氣大傷，一時半會兒下不了地不說，精神也大不如前，多看幾本奏摺便覺得疲倦非常。偏是北地蠻族休養生息多年，部落間吞併整合，一朝來犯，馬踏陽西，竟有幾分銳不可當之意。

江緒不在上京，成康帝本欲密令將其召回，然慮及軍情瞬息萬變，一來二去誤了軍機不說，偌大朝堂，若是沒了定北王就再無領兵之人，也顯得忒不像話了些，正好他也早有考驗太子之意，密令暫按不發，先發了一道太子監國的聖旨，北夷來犯之事也全權交由太子處理，於是乎，滿朝文武的目光都聚集在了方及弱冠的太子身上。

當今太子並非中宮所出，其生母為章皇后近前宮婢，生他時難產而亡，他出生時，成康帝仍盼嫡出，故未將其記在章皇后名下，然章皇后遲遲無子，為免國母因久無所出遭人詬病，這才將其交由皇后撫養，記作中宮之子。

認真計較起來，當今太子行三，既不占嫡也不占長，前些年立儲，朝堂便有一番腥風血雨，直至如今，這東宮位子坐得也不算穩當，畢竟聖眷不衰的蘭貴妃——從前的蘭妃名下，還有一位生母出自隴西杜家，且頗有天資的五皇子。

五皇子天資聰穎，太子資質也算上佳，若是太平時節監國理事，想來也能從容妥當，可北夷遊牧兼併更替，曾弱小微末不被在意的戎戈部自去歲冬末便統率草原諸部，屢犯大顯北地邊境，燒殺搶掠，無惡不作，偏又勁馬疾風，來去無蹤，眼看又要入冬，如何一舉震懾蠻夷揚大顯國威，令其不敢再犯，委實棘手難辦。

正當太子與諸位輔政重臣商議是否應派人領兵征討，又該由何人領兵征討之時，西北又傳回一封意料之外的八百里加急密信——西域烏恒求援，戎戈部舉兵進犯，欲踏烏恒王城。

烏恒與大顯遙隔千里，中間隔著陽西路以西那一望無際的漫天黃沙，國境雖小，卻美麗豐饒，礦產尤盛，西域胡商常往來兩國易物，從前兩國只存在於胡商天花亂墜的傳聞中，然近年，兩國商人易物互通愈發頻繁，成康帝亦已早生與之互市建交的打算。

這封求援密信，對監國理政的太子而言，有未知的危險，也有被成康帝、被朝臣、被天下人肯定讚譽的難得機遇。

與輔政重臣幾番商議，又得到成康帝默許後，太子決定，由時任定北軍駐東州營副統領的定北王世子江定領兵，以出使烏恒為名，襄助烏恒擊退戎戈部鐵騎。

江定前兩年便北行入軍歷練，年紀雖輕，行事卻頗具其父風範，在軍中早已薄有威名。入秋以來戎戈部幾番縱惡陽西，江定早欲呈請前往征伐，然東州與陽西兵權相諱，調動不可隨意，成事也並非朝夕，此番既遂他願，也算是給了朝中那些認為只有定北王揮師北上才能一勞永逸的朝臣一個滿意的交代。

皇命八百里加急直奔東州，太子仍不得閒，所謂國事，便是日理萬機，初初上手，許多個日夜，勤政殿內都是燈火通明，待他稍有片刻空閒去給章皇后請安，磨蹭著想要偶遇心心念念的小姑娘時才知，小姑娘去宮外小住了。

「前些時日靖安侯府的裴太夫人身子有些不適，蔻蔻自請前往照料，本宮還能攔著不成？」章皇后慢條斯理地飲著茶，聲音端莊溫淡。

「去多久了？裴太夫人的身子可是還未大好？」

章皇后未答，只望了陪坐旁側心意難掩的年輕儲君一眼，另起話頭問道：「阿玨，你可還記得母后曾說過，為君者最忌什麼？」

太子正要應，可話至唇邊他略略一頓，意識到自己問安三兩句便將話題轉至蔻蔻身上的醉翁之意太過明顯，面上稍露慚色，下意識垂首低聲道：「兒臣知錯。」

「知慕少艾，人之本性，放在尋常男兒身上，也談不上對錯。」章皇后放下茶盞，目光沉靜，「然你是一國儲君，喜怒不形於色，將是你一生的修行。」

殿內靜默良久，只餘薰香嫋嫋似有若無縈繞，好半晌，太子起身，拱手受教。

章皇后拂了拂衣擺，話鋒一轉，又輕描淡寫道：「仔細算算，郡主離宮小住也有段時日了，本宮心中甚為想念，隔輩情誼很是難得，可定北王妃離京前到底是將其託付給了本宮，諸般功課不可廢，太子監國得閒之時，不妨替本宮將郡主接回宮來。」

得了此話，太子心中欣喜，面上倒乖覺，沒白費章皇后方才的一番告誡。

望著太子離去時頎長的身影，章皇后心中滿意之餘又有些悵然。

蔻蔻是她看著長大的小姑娘，她自是十分中意，這兩年定北王夫婦離京雲遊，她撿著夫婦倆不好拒絕的當口將小姑娘接進宮中教養，未嘗沒有培養未來國母的打算。

只可惜京中貴女虎視眈眈的太子妃之位，定北王夫婦不僅沒有表露過半分意願，甚至還隱隱有些嫌棄，蔻蔻本人也是情竇未開，對待太子與對待自家兄長並無分別，太子之願，恐怕一時難遂。也罷，因緣際會自有天定，孩子的事，便讓他們自去煩惱好了。

而另一邊，匆匆料理完手頭事宜趕至靖安侯府接人的太子直接傻了眼：「什麼？蔻……瑤寧郡主已經回宮了？」

「太子殿下何出此言，五日前宮中不是遣人來接了麼？難道郡主未曾回宮？」

太子與靖安侯府中人面面相覷，心中不約而同捲起驚濤駭浪。

此間如何人仰馬翻不提，至夜，定北王府郡主院中的婢女尋出一封留在枕下的離別信，眾人這才驚覺，定北王夫婦離京雲遊的這一兩年，素來嬌氣黏人的小郡主一反常態安分乖順，原來是在醞釀一場轟轟烈烈出人意料的離家出走！並且，這出人意料的離家出走還順順當當實現了！

於蔻蔻而言，離家勉強稱得上順當，這出走可就和順當二字沾不上什麼邊了。養尊處優十數載，一朝離京，她才後知後覺發現，許多事並不是帶上足夠多的盤纏就可以解決的，這一路上，她無數次想要打道回府繼續做她金尊玉貴的小郡主，反正她那麼可愛，只要和親近的人撒撒嬌，誰也不會怪她。可一想到哥哥不在身邊，父王母妃竟還扔包袱般將她扔進宮中出門雲遊，她心中就會湧上一股難言的委屈和憤怒。也就是這份委屈和憤怒，支撐著她獨自離開了生活十數載的上京，一路北上東行。

她想去東州找兄長。在離京之前，她做了許多準備，話本子裡頭都說，漂亮小姑娘獨自出門不安全，所以她一路都做少年郎打扮，青布衣裳樸素低調，白淨小臉上抹了黃粉，到底是沒那麼惹眼。去東州的路線也仔細琢磨了番，她膽子不大，選的路線也是儘量途經繁盛之地，一路行至青州，雖有波折但也沒遇上什麼大麻煩，若是這般一路走下去，運氣好，說不準還真能讓她獨自走到東州。

然在青州休歇時，蔻蔻偶然聞得一則不亞於晴天霹靂的消息——西北戎戈進犯，時任定北軍駐東州營副統領的定北王世子正領兵前往陽西路，不日便要出使烏恒。蔻蔻雖不通軍務，然也明白，在這節骨眼上，領兵遠調的出使自然不是真的出使，哥哥這是要去打仗了！

坐在茶館中，蔻蔻腦子空白了好一會兒，等緩過神來又止不住地心慌，一下想著哥哥去打仗會不會有什麼危險，一下又想自己接下來該怎麼辦，她去東州原本就是為了找哥哥，哥哥不在，那還有什麼好去的，陽西路、烏恒……這些地方從前她也聽外祖、舅舅，還有父王提過，可這些地方陌生又遙遠，與養在深閨的小郡主彷彿隔著千里萬里，如無意外，應是一生都不會踏足。

但眼下這情形……不管了！小郡主腦中思緒亂成一團，唯一清晰的一點是，她很擔憂哥哥，既然都出來了，那她一定要親眼見到哥哥，確認他不會出事！大不了偷偷去叮囑完就打道回京，不給他添麻煩就是了。

這麼想著，小郡主再也坐不住了，起身便打聽該怎麼去陽西路。

正所謂關心則亂，先前小郡主還算是小心謹慎，這會兒心裡頭記掛著事兒，難免有所疏漏。從青州去東州都是大路，然轉道陽西，路可沒那麼好走了。蔻蔻編了套去陽西探親的說辭，花了些銀兩跟了個商隊。

跟商隊並不是什麼稀罕事，但也不是所有人都和蔻蔻小郡主一樣，身上帶足了盤纏，能好吃好喝被帶著，同行的灰衣少年是個啞巴，也是要去西邊探親，然囊中羞澀，一路得幫著幹不少活計。

商隊一路西行，蔻蔻時不時便會去注意那灰衣少年，一來因為那少年生得俊俏，瞳仁是淡淡的琥珀色。二來她覺得那少年有些不同尋常，雖不能言語，可用飯時的樣子，總讓她莫名想起往日在京中見過的那些貴公子，有一次她盯得久了些，那少年也抬頭看了她一眼，眸光銳利得讓她不由自主地心慌。

行了半程都沒出什麼意外，蔻蔻心裡又時時刻刻記掛著自家兄長，自然就放鬆了警惕，快至陽西時，他們得在沙漠外的破舊客棧投上一宿，她因白日太過疲累，沾了床就合上了眼皮。

半夜迷香吹入屋中，蔻蔻意識愈發昏沉，待醒轉時，她後知後覺發現自己雙手被反綁至身後，雙腿也被捆了起來，嘴裡還塞了塊破布團，整個人蜷縮在一個逼仄的沒有蓋嚴實的大貨箱裡，行進時顛簸晃蕩，箱蓋縫隙上下闔合，透過那縫隙，蔻蔻看到外面彷彿是無邊無際的黃沙，有時縫隙被顛大了些，她鼻尖都能聞到陌生的風沙的氣息。

腦中空白混亂完，漫無邊際的驚恐才湧上心頭，蔻蔻下意識嗚咽掙扎，瘦削的後背卻忽然間撞上一堵奇怪的牆，她艱難地轉了個身，才發現這箱子裡頭還有個也被捆得結結實實的人，是那個灰衣少年！

還不等蔻蔻反應過來，馬車突然停了，不一會兒貨箱被打開，天光刺眼，蔻蔻不自覺地瞇了下眼，下一瞬，有人粗魯地扯開塞在她嘴裡頭的碎布團，拿了個裝半碗水的破碗往她嘴裡塞，蔻蔻猝不及防，嗆咳出聲，那塞水的人罵道：「小娘皮就是麻煩！」

「對小美人這麼粗魯幹什麼？」另一道不懷好意的聲音響起，那人上前，抬起蔻蔻的下巴，嘖了兩聲：「中原女人真是漂亮……」

塞水之人沒好臉色：「這小娘皮是要送給狼主的，你最好別亂碰！」

那人大約也是想到這層，面上不由浮現出遺憾之色。

隨後這兩人又給她和灰衣少年餵了點水，塞了半塊硬邦邦的胡餅，重新塞上布條關上了貨箱蓋。

事到如今，蔻蔻還有什麼不明白的，這根本不是什麼商隊！她這是羊入虎口了！狼主是北地蠻族首領的稱呼，這些喬裝潛入大顯又一路往西的人，是戎戈部的馬賊！

聽那兩人送飯時的閒聊，他們狼主大約是個好色到男女不忌的變態，這一行從青州也不知是要帶回些什麼，恰巧遇上她與灰衣少年請求搭上一程，見他倆長得不錯，便生了順便帶回去討賞的心思！之前一路不見異樣，那是因為還未靠近邊境，綁兩個人可比帶著兩個乖乖一道走的人顯眼多了。

蔻蔻縮成一團，肩膀發抖，不爭氣地被嚇得直掉眼淚。

平日裡蔻蔻小郡主掉金豆子可是不得了的大事，上上下下不知道多少人著急忙慌，可這會兒不管她怎麼哭，也沒人搭理她一下，哭著哭著，她不哭了，轉身看到安安靜靜合著眼的灰衣少年，她不知想到什麼，難為情地猶豫了會兒，還是忍不住撞了下他。

少年睜眼，眼瞳仍是淡淡琥珀色。

蔻蔻的眼睛忙往下望，下巴則往上揚，不停示意自己嘴裡被塞的布團。因為她發現，只有她一個人被塞了布團，灰衣少年不會說話，所以這些人沒堵他的嘴！

灰衣少年也不知有沒有看懂她的意思，遲遲不動。

蔻蔻愈發焦急地示意起來，不想突然一陣顛簸，蔻蔻撲到了灰衣少年的身上，兩人的臉只隔了一個破布團，四目相對。蔻蔻懵了下，一眨不眨地盯著灰衣少年的眼睛。灰衣少年也不知道在想什麼，也靜靜回望著她，蔻蔻懵懵地想往後退，拉開點距離，灰衣少年卻突然動了動，垂眸咬上她唇邊的布團，往外輕扯。

蔻蔻終於能說話了，可突然間，她眼淚不流了，眼睛不眨了，也不知道要說什麼了，好半晌，她打了個淚嗝。

灰衣少年面上彷彿抽動了下，隨即目光挪開，又重新闔眼。

貨箱顛簸，蔻蔻的淚嗝一連打了好幾個，不過眼下這情形，小郡主倒也顧不上不好意思了。

「謝謝你。」她道了聲謝，聲音軟軟的，略帶些啞，又怯怯問，「你不害怕嗎？他，他們說要把我們送去給什麼狼主。」

灰衣少年又睜眼看了看她，安靜。

蔻蔻想起什麼，沮喪道：「我忘了，你不會說話。」

也許是想緩解未知的恐懼，又也許只是這一路不說點什麼總覺得慭得慌，蔻蔻小小聲地斷續念叨——

「怎麼辦，我有點難受，我一定是受傷了，顛得好痛好痛。如果知道會變成今天這個樣子，我一定不會踏出上京半步的……」

「不過我可以偷偷告訴你，我爹爹還有我哥哥都很厲害的，你、你放心，他們一定會來救我，我會讓他們把你也救出去的，你別怕……」

「等我們被救出去之後，你可以去當我們府中的侍衛，月銀很多，還可以學武功……」

她一開始只是給自己和灰衣少年打氣，慢慢地情緒又低落下來，可憐巴巴地反省自己的過錯，說起自己心裡的委屈，還發誓絕不可能去伺候什麼狼主，娘親說過她這麼可愛，一定會找到一個頂天立地世上第一好的夫君！

灰衣少年也不知道有沒有聽進去，大多時候都是閉著眼。蔻蔻就這麼小小聲說了一路，只在察覺有人來送飯食時乖覺地咬上布團。

也不知道走了幾日，在大漠黃沙裡，這一行喬裝的商隊終於到達了終點，戎戈部老巢。

蔻蔻和灰衣少年從貨箱裡被拎出來，又扔進一個簡陋的帳篷。蔻蔻原本一直抱著會有人來救自己的希望，可此刻呆在戎戈部的老巢中，她心裡那些小小希望都一點點被掐滅，慢慢只剩絕望。

外頭似在慶祝此行任務圓滿完成，烤肉的香味透過帳篷飄了進來。入夜，黃沙裡燃起篝火，蔻蔻手腳冰涼，兩隻眼睛紅通通的，有一身酒氣的人進了帳篷，指使著人提溜起她，要送去洗漱送入狼主帳中。

蔻蔻怕極了，拼命地往後縮，不曾想，那始終沉默的灰衣少年突然往她身前擋了一步。

滿身酒氣的漢子挑了挑眉，似乎覺得有點意思：「噢？你這小子，是迫不及待要去侍奉狼主了？行，就讓這小子先來！」

蔻蔻懵了瞬，他怎麼……下一息，她的小身板就先於腦子上前，想要阻止。

那漢子放聲大笑：「你們兩個倒是中原人裡少見的識相，既然侍奉狼主這份榮幸都想爭個先，那不如一起！」他大手一揮，兩人被扭送出帳。

被送到狼主榻上前，也不知道被餵了什麼藥，蔻蔻半點力氣也沒，明明應該是一件極度恐懼的事，可這個少年在身邊，她並沒有嚇到哭出聲來，而且兩人被綁著扔在大紅帳裡頭，蔻蔻腦中竟不合時宜地冒出了「洞房花燭夜」這一念頭，這念頭也就一息，因為很快，那位變態狼主就邁入了帳中。

這位狼主撩簾入帳的時候，似乎有大漠的夜風呼嘯而過，空氣中有種很奇特的寧靜氣息。蔻蔻也不知為何，總覺得有些什麼事將要發生。她下意識望向灰衣少年，他的眼中，許久不見的銳利一閃而過。

那之後的事情發生得很快，她甚至還沒看清楚狼主具體長什麼樣，她身邊一直安靜的少年不知何時解開了束縛，如疾電風雷般，兩三個回合便將刀柄架在狼主的脖頸上，一刀，見血封喉。且在看到噴散出來的紅色的瞬間，有人溫柔地捂住了她的眼睛。

營帳外頭也打了起來，戎戈部營地瞬間成了沙漠中刀光劍影的一片火海。

灰衣少年身上銳意四溢，眉目間蓄著淡淡戾氣，與前些時日靜默無聲的模樣大相徑庭。

那一晚蔻蔻這輩子都很難忘記，一切歸於沉寂之時，她清晰地聽到外頭有人喊：二殿下。隨即她看到熟悉的津雲衛走了進來，畢恭畢敬帶她離開。

那灰衣少年是烏恒國的二殿下。

烏恒萬里求援，必不會只寄託於一封小小書信。灰衣少年早與大顯有了聯繫，此番打的本就是直搗戎戈巢穴的主意。

至於她的出走，從始至終都沒有逃出她爹爹的視線，只不過是她爹爹覺得，她被慣得太嬌氣，做事也太衝動，合該吃點苦頭，以後才不會再如此任性妄為罷了。

那年戎戈部的動亂來得快去得也快，年末時，京中熱議的話題已然變成了集萬千寵愛於一身的瑤寧郡主及笄禮到底會有多麼盛大。瑤甯郡主與太子殿下青梅竹馬，太子已至娶妻之齡，瑤寧郡主又會否是太子妃的不二人選。

其實蔻蔻也知道，自己可能是未來的太子妃人選，當太子妃好像也不錯，太子哥哥一直對她很好，還不介意她這番驚天動地又出格的離家出走，可她總是會不自覺想起那個在大漠黃沙裡遇見的灰衣少年，他的刀尖淌著血，捂住她眼睛的手卻很溫柔。還有最後那句不大地道的中原話：「郡主，妳的父親的確很厲害，不過，妳該回家了。」原來，他不是小啞巴。

伴隨著瑤寧郡主及笄禮的逼近，京裡又毫無預兆地多了樁新鮮事，那個曾經只存在胡商口中的西域古國烏恒，派人出使大顯，不日便要抵達上京城了。得知這個消息，蔻蔻不知怎的，莫名有些雀躍歡喜。

冬末之後便是春初，柳枝抽芽，屬於下一輩人的故事也悄悄發芽了。

——《小豆蔻》番外完——

——《小豆蔻》全文完——

高寶書版集團
gobooks.com.tw

**YE 053**
**小豆蔻（下卷）**

作　　者　不止是顆菜
責任編輯　吳培禎
封面設計　虫羊氏
內頁排版　賴姵均
企　　劃　何嘉雯

發 行 人　朱凱蕾
出　　版　英屬維京群島商高寶國際有限公司台灣分公司
　　　　　Global Group Holdings, Ltd.
地　　址　台北市內湖區洲子街88號3樓
網　　址　gobooks.com.tw
電　　話　(02) 27992788
電　　郵　readers@gobooks.com.tw（讀者服務部）
傳　　真　出版部(02) 27990909　行銷部 (02) 27993088
郵政劃撥　19394552
戶　　名　英屬維京群島商高寶國際有限公司台灣分公司
發　　行　英屬維京群島商高寶國際有限公司台灣分公司
初　　版　2023年8月

本著作物《小豆蔻》，作者：不止是顆菜，由北京晉江原創網絡科技有限公司授權出版。

國家圖書館出版品預行編目(CIP)資料

小豆蔻/不止是顆菜著. -- 初版. -- 臺北市：英屬維京群島商高寶國際有限公司臺灣分公司, 2023.08
　冊；　公分. --

ISBN 978-986-506-803-5(上冊：平裝). --
ISBN 978-986-506-804-2(中冊：平裝). --
ISBN 978-986-506-805-9(下冊：平裝). --
ISBN 978-986-506-806-6(全套：平裝)

857.7　　112013360

GOBOOKS
& SITAK
GROUP©